Cristiana Scandariato

Une Seconde Chance

Comédie Romantique

© juillet 2020 Cristiana Scandariato
Éditeur : BoD-Books on Demand
12-14 rond-point des Champs-Élysées, 75008 Paris
Impression : Books on Demand, Norderstedt, Allemagne

Illustration : Liga Lauzuma — Coka — Pixabay

ISBN : 978-2-3222-3611-4
Dépôt légal : Juillet 2020

Un matin au réveil, ma fille vient me trouver alors que je bois tranquillement un petit café en essayant d'imaginer la trame de mon nouveau roman, et elle me dit qu'elle a fait un drôle de rêve.

Le prologue de ce livre est tiré de ce que ma fille m'a raconté. De là est venue l'idée du roman : Une seconde Chance. Merci Lea de m'avoir donné l'occasion de me lancer dans une nouvelle histoire.

Pour mes enfants qui sont ma fierté et mon plus grand bonheur. Pour Paul et Lea.

CHAPITRE 1

— Mais où est-il encore passé ?
Je tourne la tête dans toutes les directions. Mais l'horizon est barré par les centaines de corps qui gesticulent au son de la musique. La soirée bat son plein. Peut-être que Jordan a changé d'avis et qu'il s'est élancé sur la piste de danse ? Je me fraye un passage parmi la foule, tapotant contre les corps mouvants, heurtant les hanches désarticulées et évitant les mains qui se lèvent et redescendent sur les cuisses. En rythme. Après cinq minutes de recherches infructueuses, je réussis à m'éloigner de la piste et j'arpente le bar tout en séchant mes yeux d'un revers de la main. Mais Jordan ne s'y trouve pas non plus. Je ressens la douleur de l'angoisse opprimer ma poitrine tandis que je viens juste de comprendre que mon petit ami m'a finalement laissée tomber. Mes jambes flageolantes m'obligent à m'asseoir. Deux heures auparavant, nous avons eu une dispute terrible. Jamais je n'ai vu Jordan aussi près de m'intimer sa décision de rompre. J'ai essayé pourtant de ne pas le heurter. J'obéis d'ailleurs assez souvent et trop facilement sans doute à ma première directive qui est assez claire : faire en sorte de lui plaire. Et pour cela, il faut juste que je lui donne raison sur tout, que je le rassure, le cajole, oubliant par la même mes propres émotions. Sans jamais chercher à le contrer. En calfeutrant ce qu'il appelle ma mauvaise foi et mon mauvais caractère les rares fois où j'arrive un tant soit peu à émettre une seule de mes envies. C'est simple pourtant. Pourquoi je n'y arrive pas ? Les larmes reviennent, baignant mes yeux. Le souffle court, les souvenirs refont surface.

Nous nous sommes rencontrés un an auparavant. Le 8 septembre précisément. Je marchais d'un pas rapide

maudissant le bus qui venait juste de passer sous mes yeux. J'allais être en retard au boulot. Le jour même où ma présence était plus que nécessaire. La présentation de ma nouvelle rubrique de sorties et d'excursions sur la Côte d'Azur pouvait me propulser vers le poste d'adjointe de la rédactrice en chef. Travailler pour un magazine féminin me plait énormément. Même si jusque là je ne me suis contentée que de minces rubriques concernant le dernier rouge à lèvres ou la sublime crème auto bronzante, je pouvais obtenir ce poste à temps plein et plus alléchant. Unir ma passion de la nature et mon métier de journaliste. Proposer des randonnées pédestres dans l'arrière pays niçois et sur le littoral azuréen. Tout en maugréant contre l'injustice d'un karma qui me pourrissait la vie en m'ayant fait rater mon bus, j'ai trébuché sur une plaque d'égout découverte. Mes bras ont balayé l'air tout en éjectant mon dossier muni de photos splendides de coucher du soleil du village de Bouyon. C'est alors que j'ai rencontré mon fameux chevalier blanc : fort, grand, musclé, un teint mat magnifique vêtu d'un costume élégant et stylé. Un gris scintillant. De la même couleur que ses yeux. Naturellement que j'ai fondu quand il m'a attrapée par la taille pour m'aider à me soulever. C'est ainsi que tout a commencé. Electrisée par la puissance de son regard et le sourire légèrement coquin qui s'échappait des lèvres de l'homme, j'ai complètement oublié l'importance de mon rendez-vous. Trop absorbée par la discussion que l'inconnu et moi venions d'entamer :
— Si j'avais pu m'élancer plus vite, je vous aurais évité de vous écorcher les genoux.
Sa voix était aussi enjôleuse que son corps splendide.
— Vous ne vous êtes pas trop fait mal ?
C'est à ce moment là que j'aurais du le remercier et attraper quasiment au vol le second bus qui passait.

Je secoue la tête pour effacer mes souvenirs. Il ne faut pas que je recommence à songer au fait que j'ai raté une opportunité à mon travail pour les beaux yeux d'un homme. Je me lève, bien décidée à sécher mes larmes et à anéantir ma déprime latente. Je ne dois pas en vouloir à Jordan. C'est moi qui ai pris la décision de faire comme si rien d'important ne m'empêchait de discuter tranquillement avec lui, d'aller boire un café, histoire de voir si j'arrivais à marcher sans béquilles. Je me souviens de son rire quand il a dit cela. Sa façon d'insister pour ne pas me laisser partir m'a touchée. A cet instant précis, mon avenir a basculé. Je continue à argumenter sur le merveilleux baume à lèvres qui fera fureur cet hiver, dans des rubriques toujours aussi minuscules. Mais j'ai un homme dans ma vie. Il faut que je le retrouve et fasse mon mea culpa. Après tout, Jordan n'avait pas tout à fait tort au sujet de cette soirée. Il m'avait prévenue qu'il ne comprenait pas pourquoi je devais me rendre à une fiesta organisée par mon magazine alors que je ne tiens aucune rubrique conséquente si ce n'est quelques lignes fines lancées presque à la va vite dans les dernières pages. C'était l'une des rares fois où je lui ai tenu tête.
— C'est important pour mon travail Jordan. Tu n'es pas obligé de venir. Mais moi j'y vais.
— Et tu crois que je vais te laisser danser parmi la foule avec tous ces types qui vont te croire célibataire et qui vont te faire du rentre dedans ?
— C'est ridicule ! Ce sont des gens du boulot qui viennent chacun avec leur conjoint. Je vois mal le journaliste venir me faire la danse du ventre devant les yeux de sa femme.
— Je viens avec toi puisque c'est *si* important.
Je n'avais pas aimé le ton de sa voix. Mais je n'ai rien dit. Durant le trajet, il a continué à me houspiller. Je me suis sentie minable de voir à quel point ce qui m'importait *à moi* ne lui importait pas autant.

Je grimpe les marches du grand escalier. C'est avec soulagement que je reconnais Jordan tout en haut. Je m'avance vers lui tout en sentant les battements de mon cœur venir me titiller ma poitrine.
— Jordan, ça fait une heure que je te cherche et....
Je m'arrête, intriguée. L'attitude de Jordan me déconcerte. Il se tient immobile, les deux bras tendus dans ma direction, les deux paumes ouvertes avec dans chacune d'elle une rose rouge. Je baisse les yeux sur les fleurs. La première est d'une couleur flamboyante. Ses pétales duveteux sont éclatants. Une fleur dessinée dans du velours. L'autre parait moins vive. Et elle n'a pas d'aiguillons.
— Jordan... mais... qu'est-ce que ça veut dire ?
Je le regarde maintenant avec espoir. Peut-être qu'il est en train de me faire sa déclaration. Je sais que je dois avancer et choisir l'une de ses roses qu'il me tend. Rester paralysée devant lui n'a pas l'air de lui plaire. Mais laquelle choisir ? La plus belle est le choix le plus facile. Cependant, je me sens attirée par l'autre.
— Mais, lui dis-je en reprenant mon souffle... je ne sais pas... je ne sais pas.
Brusquement j'ouvre les yeux.

1

Je me réveille en panique. Je mets quelques secondes avant que l'impression de réel ne s'estompe. Je continue à visualiser les mains tendues de Jordan et ces deux roses qui semblent encore se mouvoir dans ma direction. Quand mon rythme cardiaque reprend son allure de croisière, j'allume la lampe de chevet. Je suis seule. Jordan n'a pas dormi dans le lit. Il est sept heures du matin. J'essaie de me rappeler la soirée de la veille. La dispute avec Jordan, le temps passé à le chercher parmi la foule. Et ces deux roses…. Je secoue la tête. Je me souviens d'avoir un peu trop forcé sur la boisson quand j'ai songé que *peut-être* Jordan allait me quitter. Ce matin au réveil, le black-out total. Même si je me souviens des premiers instants de la soirée qui n'étaient pas bien glorieuses, je n'arrive pas à me rappeler de ce qu'il s'est passé ensuite. Ni comment je me suis retrouvée ce matin dans mon lit. Seule. Cette influence néfaste de l'alcool sur mes souvenirs me panique un long moment. Est-ce que nous nous sommes réellement disputés ? M'a t-il vue ivre ? Pourquoi m'a t-il laissée seule ? Je me décide à me lever. Je n'ai pourtant pas la gueule de bois. Juste un mal de crâne persistant qui m'oblige à avaler vite fait une aspirine. Le premier jour du mois de septembre commence mal pour moi. Dans une semaine, nous allons fêter nos un an. Une soirée trop arrosée ne peut pas être le détonateur d'une rupture. Il doit y avoir autre chose. Si encore je me rappelais…. Après tout, Jordan a du partir au boulot. Voilà pourquoi il n'est pas à mes côtés. Ou alors il a préféré dormir dans son appartement. Je me lève, bien décidée à canaliser mon imagination débridée qui va finir par m'angoisser. Je vais me laver, m'habiller. Ensuite j'appellerai Jordan. Je me dirige vers l'armoire pour sortir l'un de mes tailleurs préférés. Je l'ai eu en solde en juillet dernier : une jupe fluide et droite de couleur bordeaux assortie à sa veste légère, tout aussi fluide mais remarquablement bien cintrée. Je mets près d'une minute avant de m'apercevoir que mon fameux tailleur ne se trouve pas dans l'armoire. Je recommence l'opération de séparation des cintres, de manière plus lente et plus minutieuse. Mais je dois bien me rendre à l'évidence que ma tenue n'est toujours pas là. Je souffle d'énervement. Mais il ne faut pas me laisser gagner par la mauvaise humeur. Sinon j'en aurai pour toute la journée avant de m'en remettre. J'attrape le premier tailleur qui se trouve devant moi et je me dirige dans la salle de bain. Alors que je saisis ma brosse à dents et que j'y appose un peu de dentifrice, je remarque que le bol est vide maintenant. Où est donc la brosse de Jordan ? Après trois secondes d'hésitation, je me tourne vers le placard. J'aperçois mes produits de soins et de beauté qui occupent les trois étagères. Mes sourcils se froncent quand je réalise que la deuxième étagère, celle destinée à mon copain avec ses rasoirs et ses propres savons, est en fait agrémentée de gels douches à la vanille et de shampoing tout aussi odorants. C'est alors que la peur panique arrive. J'ouvre les autres placards de la salle de bain. Aucune serviette blanche. Celles de Jordan ont disparu. Dans l'armoire de ma chambre, il n'est pas besoin de la vider pour comprendre qu'il a emporté toutes ses affaires. Je cours dans le salon en me tenant la poitrine d'une main. La crise d'angoisse ne veut plus me lâcher. Sur la table basse du petit salon, même le cadre fourni avant-hier encore par une photo de nous à la plage n'existe plus. Je m'effondre alors sur le sofa. Jordan a tout emporté ! Il a même eu le culot de ranger mes affaires à la place des siennes. Laisser des étagères vides aurait été le summum de la normalité. Les remplir avec mes affaires, c'était comme pour m'indiquer que je pouvais reprendre ma vie en oubliant même le fait qu'il était passé par là. C'est très humiliant pour moi de comprendre que j'ai tout oublié de la soirée de la veille. Je m'en veux d'avoir top bu au point d'annihiler mes souvenirs. Il faut que je l'appelle tout de suite. Mes doigts tremblent quand je cherche son prénom dans mes contacts. Mais dans les J il n'y a aucun Jordan. Peu à peu, l'incompréhension laisse place à la colère. Il a même eu l'audace d'effacer son numéro ! Il ne veut donc plus avoir affaire avec moi. Mais il ne s'en tirera pas à si bon compte. C'est une honte de me traiter avec une telle froideur, une telle suffisance. J'ai droit à une explication. Le fait de me traiter comme si notre histoire n'avait pas d'importance et qu'il peut donc m'effacer de sa vie aussi facilement, sans faire le moindre effort de politesse, en agissant de manière incorrect et irrespectueux pour ma personne ne réussit pourtant pas à maintenir ma colère bien longtemps. C'est alors que je me mets à pleurer.

***

Durant le trajet pour me rendre au boulot, je n'arrête pas de penser à Jordan et à son départ précipité. Je ne pleure plus mais mon état d'anxiété ne fait qu'empirer. Il faut que je trouve le moyen de me comporter le plus naturellement du monde. Car je n'ai pas envie de passer pour la pleurnicheuse de service. De la secrétaire à la directrice, tout le monde parait heureux dans leur couple. Je n'ai pas envie de jouer à l'éternelle victime qui fait fuir tous les hommes. J'en ai assez bavé de ces histoires d'amour éphémères. Pourquoi le sort s'acharne-t-il sur moi ? Je suis jolie, sympathique, intelligente et de bonne compagnie. Du moins c'est ce que j'ai cru jusqu'à présent. Sans pouvoir me comparer à un super top model qui peut avoir tous les hommes à ses pieds, je ne suis ni bossue ni difforme. Et pourtant, aucun homme à l'évidence n'a réussi le prodige de vouloir me garder. La déprime n'est pas loin. Je dois vraiment me reprendre en

main. La seule chose à faire est d'appeler Jordan à son boulot. Je mérite une explication.
— Sophie ! Enfin te voilà ! Tu en fais une tête. Ça va ?
Ça y est, j'enrage contre la secrétaire qui vient de me parler avec ce ton agaçant que l'on prend toujours pour bien faire comprendre à la personne concernée qu'elle a une sale tête. J'aurais voulu lui rétorquer une vanne bien méchante concernant la couleur de cheveux de cette satanée secrétaire. Le violet lui faisait, à elle, une tête d'aubergine salement amochée. Mais la répartie n'a pas le temps de sortir car la secrétaire a une fois de plus changé de teinte. En fait elle a carrément repris la couleur qu'elle avait l'année dernière.
— Et toi Valérie, tu redeviens la Marilyn des temps modernes ?
— Quoi ?
Il vaut mieux ne pas s'appesantir sur la question car la femme me regarde avec comme un petit air de suffisance qui ne présage rien de bon. C'est donc plus gentiment que je rétorque :
— C'est vrai que la couleur platine te va bien. Mais le violet est ta couleur je crois.
La secrétaire me regarde avec un certain étonnement. J'en profite pour me glisser derrière mon bureau. Du calme et de la modération. Se battre avec Valérie n'est pas le meilleur moyen de commencer la journée. Je pose mes affaires sur mon bureau et décroche le téléphone. Valérie me regarde toujours avec les sourcils froncés.
— Bonjour, pourrais-je avoir le numéro de téléphone de la Société Vérosse s'il vous plaît ?
Evidemment, Jordan avait pris grand soin d'effacer *aussi* ce numéro de téléphone là. Mais à moins de me prendre pour une demeurée au stade final, il ne pouvait pas ignorer qu'il me serait très facile de me le procurer.
— Société Vérosse bonjour, que puis-je pour vous ?
— Bonjour, j'aimerais m'entretenir avec monsieur Jordan Gilly s'il vous plaît.

Elle allait certainement me demander « De la part de qui ? » ou le non moins « Qui dois-je annoncer ? ». Et là, j'ai bien réfléchi à l'astuce. Ne surtout pas lui donner mon nom avant de l'avoir eu au bout du fil. Naturellement, cela ne l'empêcherait pas de me raccrocher au nez. A ce dernier geste rageur viendrait s'ajouter une grand part de pathétique.
— Monsieur Gilly ne rentrera qu'en début de semaine prochaine. Puis-je vous demander votre nom et le but de votre appel je vous prie ?
Je raccroche. Je n'ai pas du tout envie de m'appesantir sur mon sort en déclamant à qui voulait l'entendre que Jordan avait tout intérêt à me rappeler. La colère est maintenant venue remplacer ma tristesse. Alors que j'ai encore la main sur le combiné, Josiane, la directrice du magazine, apparait dans mon champ de vision :
— Sophie, j'ai une bonne nouvelle, me dit-elle en s'avançant. Nous avons décidé, lors de la dernière réunion, d'agrémenter le magazine d'une toute nouvelle rubrique. Et pour cela, j'ai pensé à vous. Vous avez l'étoffe d'une bonne journaliste et je suis persuadée que cette rubrique est faite pour vous. C'est ce que j'ai dit aux actionnaires. Je vous en parlerai plus en détail après votre retour. C'est bien cet après-midi et demain que vous avez posés pour l'anniversaire de votre père ?
Je mets quelques secondes avant de sortir de ma torpeur. Non seulement j'ai complètement oublié d'avoir demandé un jour de congé mais en plus je suis saisie par la demande de ma directrice.
— En effet, demain nous serons le 2 et oui c'est l'anniversaire de mon père, je réussis à dire en essayant de sourire un peu. Je vous remercie de m'accorder ce congé.
— Je vous en prie, ce n'est pas tous les jours qu'on a soixante ans. Ça se fête. Profitez de votre excursion pour nous apporter des photos de votre village de Bouyon. Et un article concernant les randonnées et tout ce qui se passe dans le village. Autant

vous dire de suite que cela sera un excellent appui lors de notre réunion lundi prochain pour que vous obteniez le poste. Ils verront bien que la rubrique *Excursions dans l'arrière pays niçois* est faite pour vous. Apportez-moi tout ça à votre retour et nous en reparlerons plus en détail.

Sur ce, elle me sourit et poursuit son chemin vers la sortie non sans avoir dit à Valérie qu'elle serait absente tout l'après midi pour son rendez vous à Vallauris. Je reste bouche bée une seconde. Josiane m'a t-elle vraiment laissé entendre qu'on me laissait une seconde chance ? Il me semble en plus qu'elle vient de me répéter, mot pour mot, ce qu'elle m'avait déjà dit l'année dernière. Pour en avoir le cœur net je me retourne vers la secrétaire et tout en baissant ma voix pour ne pas être entendue de la directrice qui devait être devant l'ascenseur :

— Il y a un problème avec Olivier ?
— Comment ça ?
— C'est lui qui a obtenu le poste. Et là, elle est en train de dire que j'ai peut-être encore une chance. Après un an ?
— Je ne suis pas dans le secret des rois. Mais à ma connaissance, c'est toi qu'elle a choisie.
— Oui elle m'avait choisie l'année dernière aussi mais… j'ai raté le rendez vous et c'est Olivier qui a obtenu le poste. Alors je me demande quel est le problème.

La secrétaire fronce de nouveau les sourcils.

— Tout ce que je sais c'est que je dois préparer le contrat pour le poste d'assistant de la rédactrice en chef et que ma foi… je n'ai pas encore mis le nom mais c'est toi que la chef a choisie. Si j'ai un conseil à te donner ce serait de te montrer un peu égoïste pour une fois. Ne songe pas à Olivier ou à qui que ce soit d'autre. Si tu veux le poste, fonce, apporte lui ce qu'elle demande et ne sois pas en retard lundi prochain pour la présentation. Tu sais que personne ne supporte les retardataires ici.
— Oh oui je le sais.

— Je ne savais pas qu'elle t'avait déjà proposé le contrat. Il m'avait semblé que l'idée leur en était venue lors de la réunion de la semaine dernière.
— Crois moi je ne peux pas oublier une chose pareille. Je suis arrivée très en retard et c'est Olivier qui a raflé la mise. Je n'arrive pas à y croire. C'est... super.
Je souris de plus belle. Heureusement que cette nouvelle *excellente* est arrivée aujourd'hui même. Car en fixant le nouveau rouge à lèvres pour lequel je dois écrire un court article de présentation, je réalise à quel point j'en ai marre de tout ça.
— Un nouveau rouge à lèvres ! Nouveau ! Non mais sans blague... il est sorti l'année dernière et j'ai déjà fait un papier dessus. Je n'ai qu'à récupérer l'article et en faire un copier coller. On n'y verra que du feu.
— Il a quoi d'exceptionnel ce rouge à lèvres ?
— Il est scintillant.
— Je me demande quelle femme aurait envie de laisser sa bouche scintiller de la sorte. C'est indécent.
Après cette remarque, la secrétaire se plonge dans ses papiers. Je la fixe d'un air étrange. J'ai l'impression d'avoir déjà entendu ça. Entendre ronchonner Valérie n'est pourtant pas bien nouveau. Elle passe son temps à se plaindre. Mon portable se met à sonner.
— Ma chérie ! crie ma mère à l'autre bout du fil.
Je ferme les yeux tout en pestant contre ma malchance qui vient juste d'effacer le bon moment que je viens de vivre et qui n'a duré qu'un très court instant. J'aime ma mère mais je dois avouer aussi qu'elle me tape sur le système nerveux.
— Je t'appelle pour te dire que tout est préparé. Le cadeau est arrivé. Ton père va être ravi de sa nouvelle télé.
— Encore une télé ! dis-je en soufflant et en levant les yeux au ciel. C'est quoi la malédiction qui pèse sur la maison pour détruire vos télés couleurs à la vitesse de la lumière ?

— Mais enfin chérie... nous étions d'accord. Quoiqu'il en soit je t'appelais pour te dire de ne pas t'inquiéter. Tout est prêt. Le gâteau aussi. Il ne manque plus que toi. J'ai invité aussi Marianne. Tu sais que son fils est médecin et qu'il est célibataire ? Il a trente trois ans, il est brun et il est beau... avec des yeux bleus charmants et une barbe. Enfin tout à fait ton style.
C'est dans ces moments précis que je sens mes terminaisons nerveuses se tordre dans tous les sens. Non seulement ma mère n'a jamais apprécié Jordan mais en plus je sais que si je lui raconte mes dernières mésaventures elle va riposter d'un « Je te l'avais dit, il y a toujours eu dans ce garçon un petit quelque chose qui ne me plaisait pas ».
— Tu viens seule ? poursuit-elle
Je lève de nouveau les yeux au ciel. Ma mère ne fait vraiment aucun effort. Sa question sous entend qu'elle aimerait que ce soit le cas. Et je n'ai pas du tout envie d'entendre ma mère me réciter toutes ses sincères condoléances pour ma dernière mésaventure. La preuve en est qu'elle veut encore me présenter quelqu'un. « Tout à fait ton type » a t-elle ajouté. D'ailleurs ce n'est pas du tout le cas, j'ai toujours eu un faible pour les blonds. Et ensuite de quoi se mêle-t-elle ? Est-ce normal pour une mère de ne pas tenir compte du fait que je suis avec Jordan ? Bon... ma mère ignore encore tout de notre dispute récente. Mais ce n'est pas une raison pour me dicter ma conduite en me laissant entendre qu'un autre ferait mieux l'affaire. Elle aurait pu au moins avoir la décence de ne pas afficher ouvertement le fait qu'elle n'a jamais apprécié mon petit ami. Un léger : « Est-ce que Jordan vient ? Il est invité aussi *naturellement* » aurait mieux fait l'affaire. Mais je ne veux pas commencer une énième bataille avec elle. Tout d'abord parce que je n'en ai pas la force et que les oreilles de la secrétaire ne sont pas loin. Je réponds alors que je serai là demain sans faute. Que ma mère comprenne ce qu'elle voudra !

— Rendez vous au restaurant de la Colline à 11h30. Bisous ma chérie. Et fais-toi belle.

Je raccroche, l'air penaud. Je n'en peux plus des remarques de ma mère. Et en plus, elle aurait pu innover un peu. Pour choisir le même cadeau et le même restaurant que l'année passée, elle ne s'était pas trop cassé la tête. Surtout que je ne garde pas un très bon souvenir de cet endroit. Sans doute parce que ma mère s'était ingéniée à me coller au fils de cette même Marianne. Combien de fils avait-elle donc à caser ? Celui que j'ai vu l'an passé se nommait Vincent. Je l'avais effectivement trouvé charmant physiquement. Un grand brun aux yeux bleus, bien bâti. Vêtu d'un jean et d'un polo blanc. Qui lui allait à ravir. Il avait renversé un verre de vin sur ma nouvelle robe tandis qu'il me déplaçait la chaise pour m'inviter à m'asseoir. J'avais souri sans aucune rancune quand il s'était excusé gentiment. Mais je l'avais déjà catalogué comme le maladroit de service. Il faut que je retrouve cette vieille robe que je n'ai plus jamais remise depuis l'incident. Je l'ai donnée à nettoyer mais une légère trace est restée localisée sur la droite. Je vais la remettre juste pour énerver ma mère. « Fais-toi belle ! » Non mais bon sang ! Le même couplet à chaque fois qu'elle veut me présenter quelqu'un. Etant donné qu'elle a préparé le même anniversaire avec le même cadeau dans ce même restau pourri, je vais remettre la même robe ! Il faut maintenant que je me mette au travail et terminer ces quelques lignes pour la présentation de ce rouge à lèvres. Tout en écrivant, j'ai l'impression de répéter les mêmes mots déjà écrits. La lassitude commence à prendre racine. Toutes les deux secondes je pense à Jordan. Il rentrera la semaine prochaine. Je réussirai à lui parler. Quoiqu'il en soit, il faut que je prépare un super article. Je n'ai pas le cœur de reprendre des photos de Bouyon durant l'anniversaire de mon père. Il faut juste que je recherche celles prises l'an dernier. En fouillant dans mes armoires, je finirai bien par les retrouver avant d'entamer mon ascension au village. A moins que les collines aient changé subitement de place, que les sentiers des randonnées aient été anéantis, que le panorama soit obstrué par de nouveaux immeubles, il n'y a aucune raison pour ne pas utiliser les anciens clichés. Encore une chance pour moi. Je reprends mon travail en essayant de ne plus penser à rien d'autre. Midi va bien finir par sonner. Je vais vite rentrer chez moi, préparer mes petites affaires, prendre une douche, attraper le premier bouquin en m'installant sur le lit, m'endormir et.... attendre que Jordan m'appelle. Il va m'appeler. Je n'arrive pas encore à croire qu'il peut me négliger à ce point. L'après-midi se passe, la soirée aussi. Le lendemain matin arrive. Il n'a toujours pas appelé.

2

Il est 11 heures du matin. Je ne vais pas tarder à arriver à Bouyon. Encore dix minutes de trajet pour trouver assez de contenance et faire bonne figure devant ma famille et les amis de mes parents. Je me sens épuisée, triste, déçue et en colère. Je vais devoir jouer la comédie, sourire, m'extasier devant le bonheur de ma sœur et de mes cousines qui ont toutes une vie de famille bien rangée, un mari, des enfants. Ma mère va à coup sûr me faire encore les éloges de ma sœur qui a déjà, elle, un petit garçon de trois mois. Un petit bout de chou dont je suis la marraine. Ma cousine Elodie qui est enceinte et qui va afficher un sourire épanoui. J'envie ses femmes qui ont réussi à trouver un compagnon de route alors que moi je les fais tous fuir. Je vais devoir sérieusement prendre rendez vous avec ma sœur. Elle est psy, elle va bien pouvoir m'expliquer les raisons de mes échecs sentimentaux répétés. Trouver le problème. Même s'il ne faut pas être devin pour comprendre ce qui ne va pas chez moi. Je ne suis pas assez attirante, je n'ai rien d'intéressant. J'ai eu beau tout faire pour rendre heureux les hommes que j'ai rencontrés, ces derniers ne l'étaient évidemment pas. Aucun n'a voulu poursuivre un chemin plus long avec moi. Je repense à tous mes ex en vrac quand je freine brutalement. Une biche vient de traverser la route. La peur me cloue sur place. Je réussis à manœuvrer pour remettre ma voiture sur la bonne file après avoir brutalement freiné et je m'engouffre sur la petite aire de repos, le temps de reprendre mes esprits et de me calmer. Je coupe le moteur et je pose mes mains sur le volant. Je ne dois pas pleurer. Même si je ne me suis pas trop maquillée, je ne vais pas risquer de me présenter devant mon père les yeux bouffis. C'est son jour. Je ne vais pas lui voler la vedette tandis que toutes les femmes de la famille vont m'entourer pour me cajoler et me demander ce qui ne va pas. Ce qui ne va pas ? Jordan m'a quittée sans un mot d'explication. Alex a presque fait pareil. Après trois mois de vie commune, il m'a dit qu'il ne se sentait pas prêt à s'engager sérieusement. Avec moi bien sûr. Car aux dernières nouvelles il est en couple depuis six mois avec une ravissante créature de vingt deux ans. Je suis restée plus longtemps avec Christophe. J'avais tout fait pour lui plaire, arborant toujours une mine heureuse et satisfaite car il détestait les femmes négatives. Mais cet écolo ne se nourrissant que de tiges m'a laissée tomber pour une autre. J'ai pourtant changé mes habitudes pour lui, délaissant la viande et me nourrissant de recettes Veggie. J'en ai passé des heures devant des recettes de cuisine végétariennes pour lui concocter de bons petits plats. Mais cela n'avait pas marché non plus. Et quant à Jérôme, à part des nuits torrides, il ne se sentait pas prêt non plus à entamer une relation plus sérieuse. Et que dire de Thomas, ce salaud qui était en couple tandis qu'il me faisait miroiter une vie à deux. Il vaut mieux arrêter de penser à mes anciens petits amis. Car cela n'est rien. En comparaison avec la douleur que vient de me faire subir Jordan. J'allume le moteur. Je respire un bon coup. Il faut maintenant mettre de côté mon mal être et entamer une belle journée en souriant à tout va. En plus de toutes mes récriminations, je n'ai pas retrouvé les photos de Bouyon que j'avais prises l'an dernier. Je vais devoir tout recommencer. Tant mieux finalement. Je vais pouvoir arpenter les sentiers en solitaire pour faire de nouveaux clichés, délaissant les mines réjouies de tous ces gens avec lesquels je n'ai pas envie de parler. De guerre lasse, je me ferme à toute émotion. D'ailleurs, à bien y réfléchir, la journée n'a pas si mal commencé. Moi qui pensais chercher ma robe dans un vieux carton, j'ai eu la surprise de la découvrir dans la penderie, bien rangée et, ô comble de miracle, sans aucune trace de vin sur le devant. Si cela n'était pas la preuve que tout allait bien se passer !

***

Toute ma famille est là. Au grand complet. Sans oublier tous les amis de mes parents. Cela en fait du monde à qui sourire ! Après les salutations d'usage, je lève la tête et j'aperçois la grande banderole d'anniversaire de mon père : 60 ans ! Je fronce les sourcils un instant tandis que ma mère se dirige droit sur moi :
— Ma chérie, mais tu es splendide ! Cette robe est une merveille !
— Maman, dis moi, papa veut rester éternel ou quoi ?
— Mais pourquoi tu dis ça ?
— 61 ans maintenant. La banderole est jolie mais puisque tu voulais la garder tu aurais pu transformer le 0 en 1.
Pendant que ma mère me regarde avec un air bizarre d'incompréhension, je prie pour ne pas avoir à subir, en plus de toutes mes péripéties d'une vie bancale, le début d'une légère sénilité de ma mère. C'est elle qui a 60 ans maintenant. Elle est pourtant encore jeune et jusqu'à ce jour je ne lui ai trouvé aucun signe flagrant de perte de mémoire.
— Tu ne me demandes pas des nouvelles de Jordan ? je décide de dire sournoisement pour tenter de voir si ma mère a *aussi* oublié que j'avais un copain.
Jusqu'à cet instant, je ne crois pas vraiment à une quelconque maladie dégénérative. Je connais tout le côté original de ma mère, excentrique jusqu'au bout des ongles. Une mère qui s'est toujours rajeunie de cinq ans pour ne pas déclarer aux yeux du monde qu'elle faisait parti des séniors maintenant. Peut-être voulait-elle faire de même avec son mari. J'attends donc, docilement, qu'elle se mette à rire, comme elle le fait d'habitude avant de présenter ses excuses devant ses actions pas toujours enrobées de politesse.

— Qui donc ? répond-elle l'air interrogateur.
Je la regarde alors bouche bée, subitement agacée par son attitude. Est-ce qu'elle le fait exprès ? Aurait-elle le culot de me laisser entendre qu'elle ne sait vraiment pas de qui je parle ? Mais son expression est dénuée de la moindre hypocrisie. Au contraire, elle me regarde avec tendresse et encore cette même incompréhension. Ma vie part à va l'eau et ma mère nous fait un début d'Alzheimer. Il ne manquait plus que ça. Il vaut mieux ne pas la contrarier.
— Sophie, enfin te voilà !
Je me retrouve bientôt dans les bras de Marianne, la meilleure amie de ma mère.
— Je suis tellement heureuse de te voir ! Mais dis moi tu es jolie comme un cœur ! Tu es splendide ma chérie et cette robe est superbe.
Puis, je suis entraînée par ma mère et Marianne pour faire le tour de tous les invités. Jusqu'au moment fatidique où j'aperçois un sourire de connivence entre ma mère et son amie.
— Je vais te présenter mon fils, me murmure Marianne l'air guilleret.
Même si j'avais été de bonne humeur, je n'aurais pas pu apprécier ce qui était encore en train de se jouer devant moi. Les mêmes mimiques des deux femmes, le même air de circonstance que celui de l'an passé. Marianne avait vraiment misé sur l'un de ses fils pour que je tombe sous le charme d'un rejeton de sa famille. J'ai eu envie de lui crier qu'elle avait déjà fait la roue avec son Vincent et que rien de bien n'était arrivé. Pourquoi les deux femmes n'arrivaient pas à comprendre que plus elles s'occuperaient de mes amours en essayant de me dénicher l'homme parfait moins cela marcherait. Ou alors, mieux valait voir les choses sous un angle plus flatteur. Marianne me trouvait suffisamment parfaite moi-même pour devenir sa belle fille. Tout en avançant, le bras fermement tenu par ma mère de peur que je ne m'envole sans doute, j'aperçois à

quelques pas de moi un homme de dos. Brun, jean, polo blanc. Ma mère lance alors son cri de guerre :
— Vincent, je te présente ma fille Sophie.
Alors là, je n'en crois pas mes yeux quand il se retourne. *Encore lui ?*
Nos yeux se croisent. J'essaie de ne pas paraître trop déçue en le fixant. Mais je n'arrive pas à me contrôler. Je ferme les yeux un instant et le souffle qui s'échappe de mes lèvres va finir par lui faire comprendre que cette deuxième rencontre est loin de combler ma petite personne. Il fait comme s'il ne s'est pas rendu compte de mes deux secondes d'impolitesse. Ou alors je l'ai joué super fine et il n'a rien remarqué du tout car il me lance gentiment :
— Bonjour. Sophie c'est bien ça ? Vous avez une très jolie robe, je crois n'en avoir jamais vu de pareille.
Oh non, Seigneur, on dirait ma mère. Et sa mère. Et toutes les femmes présentes qui ont réussi le pari de me faire réaliser que personne ne me regarde jamais vraiment. HouHou ! Je l'ai déjà portée cette robe. Et à chaque fois on fait comme si c'était la découverte du siècle.
— Surtout portée avec de si ravissantes baskets.
Sa voix sonne à mes oreilles tandis que je reste silencieuse devant lui. Sans bouger même. Je donne l'impression d'avoir peur de lui serrer la main. Car la sienne est tendue vers moi et elle attend sans doute le contact. Ses yeux, bifurquant sur mes pieds, il se permet un petit sourire si léger que les deux femmes excitées, elles, par cette rencontre ne le remarquent pas. Mais moi je l'ai très bien remarqué ce satané rictus. Il pourrait se renouveler un peu lui aussi. A notre première rencontre il m'avait dit la même chose. Oui parce que bon... marcher sur les cailloux, bifurquer sur les ronces et ne pas s'aplatir sur la première plante, c'est déjà le parcours du combattant en chaussure plate. J'avais mis les baskets juste pour pouvoir arriver sans encombre au restaurant. Si ma mère m'en avait

laissé le temps avant de me faire faire le tour de tous les invités, j'aurais pu vite fait récupérer mes talons hauts que je tiens toujours dans la main d'ailleurs. Je les regarde comme si je les voyais pour la première fois. Je dois avoir l'air d'une débile au bord de l'apoplexie découvrant deux objets mystérieux dans sa main. Et qui ne connaitrait pas leur utilité. Je me souviens que c'est ce que Vincent m'avait dit la dernière fois. J'enrage en réalisant qu'il a eu parfaitement raison de me faire cette réflexion car c'est exactement l'impression que je donne. Sa main est toujours tendue. Qu'est ce que je fais ? Je la lui serre ou pas ? Trop tard, sa paume est retournée dans la poche de son jean. C'est à ce moment que ma mère et Marianne décident de nous quitter pour se diriger dans la foule. Je reste là, les bras ballants. Je dois trouver quelque chose à dire. Ce Vincent me regarde toujours en souriant. Ou plutôt en dessinant un rictus insupportable sur ses lèvres qui s'entrouvrent de suite après pour me lancer :
— Vous êtes sourde ? Muette ? Sans opinion ?
Et ces répliques, il compte les répéter à chaque fois qu'on se verra ?
— Se renouveler n'est pas une mauvaise chose vous savez. Je sais que l'ambiance « Je fais tout comme l'année dernière » semble être le thème principal concocté par ma mère. Alors je me demande si, comme l'an passé, vous allez me demander maintenant si je ne veux pas m'asseoir pour pouvoir enfiler mes autres chaussures ?
— En effet, j'allais vous le proposer. Mais là où vous vous trompez c'est que nous ne nous sommes jamais rencontrés.
Il teste sans doute un regard ravageur sur mes formes avant de reprendre calmement :
— Si cela avait été le cas, je m'en souviendrai.
Et non, tête d'âne, garde tes compliments baveux pour une autre. Bon... qu'il ne se souvienne pas de ma robe, ça je m'en fiche. Mais de *moi* ?

Il me tend le bras pour me faire signe d'avancer. Il tire la chaise pour me laisser passer. J'avance tout en essayant un petit sourire dans sa direction. Je vais essayer de me montrer aimable. Ma vie part en vrille mais il n'est pas responsable de cet état de fait. Et puis se montrer polie n'est pas au dessus de mes forces. Juste le minimum requis pour que la journée ne se transforme pas en pénitence. Mais sans plus. J'imagine déjà ma mère prévoir d'organiser mon prochain mariage dans ce même restaurant avec les mêmes personnes si jamais elle remarque ce léger sourire que j'ai lancé à l'homme qui pousse la chaise en arrière en la tenant d'une main. Je m'avance, je m'assois. C'est alors qu'un liquide glacé se met à couler le long de ma cuisse droite.
— Je suis désolé. Quel maladroit !
Vincent repose vivement son verre de rosé sur la table. Je vois bien qu'il est mal à l'aise d'avoir renversé du vin sur ma sublime robe. Pendant trois secondes précisément, je me demande pourquoi le karma s'acharne sur moi à la vitesse grand V. Puis je fixe Vincent la bouche ouverte tandis qu'il attrape sur la table une bouteille d'eau gazéifiée et une serviette propre.
— Excusez-moi, reprend-il gentiment. Une éponge ferait mieux l'affaire. Mais pour enlever la tache il vaut mieux le faire de suite.
Il imbibe la serviette d'eau gazéifiée et le voilà qu'il se met à frotter ma cuisse droite. Je suis tellement perplexe que je le laisse faire. L'eau vient de faire une énorme auréole sur ma robe tandis qu'il continue à frotter. Finalement, j'arrive à me ressaisir et je pose ma main sur son bras pour qu'il arrête de s'occuper de ma robe complètement fichue maintenant. Il s'excuse de nouveau d'une voix calme. Il semble réellement déçu. Mais il ne m'aura pas. La probabilité pour que la même scène se produise deux fois de suite est assez peu convaincante.
— Je vous conseille de laver la robe à l'eau froide à 30 degrés. Pas au-delà afin de ne pas cuire la tache.

Bon... maintenant il faut qu'il arrête de suite !

— Je sais, je lui réponds un peu sèchement. Vous me l'avez déjà dit. Ça n'a pas vraiment fonctionné. La tache a mis un an, au bas mot, pour disparaître. Ça suffit ! Est-ce que vous vous fichez de moi ?

— Je suis désolé, vraiment. Je comprends que vous soyez en colère, c'est une très belle robe.

— Non ce n'est pas possible. Je ne vais pas rester assise avec vous à vous écouter rabâcher les mêmes phrases. Vous n'êtes pas drôle vous savez. Je préfère m'asseoir ailleurs.

Je me dirige vers ma sœur qui se tient un peu à l'écart de la foule en train de remuer le punch.

— Qu'est ce qui t'arrive Sophie ? Tu as l'air énervé.

— C'est parce que je le suis ! Il vient de renverser du vin sur ma robe, le cher fils de Marianne. Encore une fois ! Il se la joue désolé mais franchement ça me parait louche que la même scène se produise au même moment, au même endroit et qu'il me sorte en plus les mêmes phrases que la dernière fois. Il faut vraiment que maman arrête de me présenter à tous les imbéciles du coin même s'ils sont les fils de ses amies.

— Tu sais bien que maman n'a qu'une envie, c'est que tu rencontres quelqu'un.

— En parlant de maman, tu ne trouves pas qu'elle est bizarre ?

— Elle l'a toujours été ! s'exclame Magalie en souriant. Papa a toujours dit que c'est ce qui fait son charme.

— Non mais ça je sais. Je voulais dire qu'elle a tendance à oublier certaines choses.

— Qu'est ce que tu veux dire ?

— Ça ne te choque pas toi qu'elle remette la banderole des 60 ans de papa ?

— Pourquoi tu veux que ça me choque ?

Je suis toujours en train de frotter le côté droit de ma jupe. Je vois que l'auréole est devenue beaucoup plus large que la mini tache de vin. De guerre lasse, je souffle et je jette la serviette mouillée sur la table.

— C'est quoi ça ? dit-elle en tendant la main sur ma tache.

— C'est la destruction finale d'une robe que j'ai payée 300 euros !

Ma sœur s'active à la préparation du punch. Elle me regarde gentiment tout en continuant à sourire. Il est vrai que rien ne la déstabilise. C'est sans doute son métier qui veut ça. Un psy doit savoir gérer ses nerfs.

— Mais au fait, où est Hugo ? J'ai envie de lui faire de grosses papouilles ! Et je lui ai acheté un petit ensemble sympa. Une petite tenue de marin, il va être à croquer dedans.

— Qui ?

— Comment ça *qui* ? A qui crois tu que j'ai envie de faire des papouilles ?

Ma sœur arrête de tourner le punch. Elle redresse la tête, pose les mains sur ses hanches et me demande sans détour de qui je parle. Si elle veut me faire rire, elle s'y prend très mal. Non pas que je sois dénuée d'humour. Mais aujourd'hui, je suis sur une corde raide et je sais qu'un rien peut me faire sombrer. Je suis heureuse de voir Hugo, le prendre dans mes bras, sentir sa bonne odeur de bébé. Naturellement ça risque de me rendre dépressive pour le restant de la journée si jamais Jordan ne se décide pas à appeler pour au moins souhaiter un bon anniversaire à mon père. Et je n'ai pas envie de rire.

— Arrête ça Magalie, je ne suis pas très en forme et j'avoue que je peux paraître nerveuse et très irritable. Mais c'est parce que je le suis. Comme tu peux le voir j'essaie de mettre en pratique ce que tu m'as toujours dit : *La colère est une émotion normale et saine. Il faut l'écouter et ne pas l'ignorer.* Je dois détourner mon attention vers quelque chose d'heureux pour calmer mon état de stress et qui a-t-il de plus heureux que de serrer Hugo dans mes bras ?

— Tu m'intrigues. Qui est Hugo ?

— Qui est Hugo ? Mais tu te fous de moi ?
— Mais non enfin ! Si tu veux on peut parler de ton état de colère.
– Oh non pas maintenant, c'est l'anniversaire de papa. Je vais me concentrer là-dessus.
— On peut en parler deux minutes non ? Je suis ta sœur. J'ai envie de savoir ce qui t'arrive.
Après tout pourquoi pas ? Ce ne sont pas deux minutes de pleurnicheries qui vont gâcher l'anniversaire de mon père. Et puis, ça me fera du bien de m'épancher, juste *deux minutes*, sur ma contrariété. Ma grande sœur a toujours eu les mots qu'il fallait pour me faire sourire de toutes mes mésaventures.
— Je me suis disputée avec Jordan, c'est pour ça qu'il n'est pas là aujourd'hui. J'ai l'impression que tout le monde s'en fiche d'ailleurs. Personne ne m'a demandé de ses nouvelles.
Je prends le temps de respirer un bon coup avant de lancer :
— Même pas toi.
— Je ne savais pas que tu avais un petit ami en ce moment. Mais tu m'embrouilles. S'il s'appelle Jordan, alors qui est Hugo ?
C'est facile de ne pas ignorer sa colère. Puisqu'elle est saine et normale, je ne vois pas pourquoi ma sœur n'en ferait pas les frais. Car son attitude commence à m'agacer sérieusement.
— Ton fils !
Le mot est sorti un peu rageusement. Je m'étais fait la leçon avant d'arriver à Bouyon, rester calme en toute occasion. Mais si ma sœur se met aussi à jouer à l'amnésique de service en espérant que je vais rire de sa blague, elle se trompe lourdement. Je vais devoir lui dire que si c'est de cette façon qu'elle gère ses clients, en tentant une approche comique qui ne fait rire personne, elle risque de fermer son cabinet assez rapidement.
— Mais, je n'ai pas d'enfant.
Sa voix est bizarre. Et son regard l'est tout autant. Difficile de déchiffrer son comportement. On dirait qu'elle essaie de ne pas

me contrarier comme si j'étais une folle en puissance. J'avoue que seul un léger « Quoi ? » sort de ma bouche. Je suis au-delà de la colère. Je suis carrément dans les remous bruyants de ma vengeance. Il faut vraiment que les gens arrêtent de me prendre, moi, pour une demeurée. Mais subitement, l'angoisse arrive. Je fixe ma sœur dans les yeux tandis que ma respiration se coupe.
— Comment ça tu n'as pas d'enfant. Il est arrivé quelque chose à Hugo ?
Ma voix est montée dans les aigues. J'imagine le pire. Ma sœur ne plaisantait pas. J'ai été idiote de ne pas comprendre plus tôt qu'il y avait eu un problème. Mais personne ne me dit jamais rien ! Aurait-il succombé à la mort subite du nourrisson ? Je déteste penser à des choses aussi dramatiques. Mais si elle n'a pas d'enfant, cela ne peut être que ça. Mes larmes viennent mouiller mes yeux tandis que Magalie me prend par le bras et essaie de me faire asseoir. Elle va m'annoncer la terrible nouvelle et je ne suis pas capable de la réconforter. Je dois me montrer plus forte. Si elle a besoin de moi dans ce moment épouvantable, je dois trouver la force de l'épauler. Je préfère rester debout. C'est en la regardant droit dans les yeux, en bombant le torse pour calmer ma respiration haletante que je lui demande ce qu'il s'est passé.
— Sophie ma chérie, tu n'es pas dans ton assiette. S'il te plaît parle-moi.
— Qu'est-il arrivé à ton fils ?
— Sophie, écoute ma voix et reprends toi. Je n'ai pas d'enfant. Je n'ai jamais eu d'enfant. C'est vrai qu'avec Steven nous essayons d'en avoir un. Mais ce n'est pas facile. Cela fait deux ans que l'on essaie et on n'y arrive toujours pas. Tu le sais n'est ce pas ?
— Mais... Hugo.
— Je n'ai pas de fils qui se prénomme Hugo. Il est vrai que si jamais je devais avoir un fils, ce serait le prénom que nous aimerions lui voir porter. Je me demande d'ailleurs comment tu

peux savoir ça. Nous en avons discuté avec Steven il y a deux semaines et je n'ai parlé à personne de nos choix de prénoms.
— Il est né en mai. Je suis sa marraine. Mais qu'est ce que tu dis ?
— Non Sophie, tu es en plein délire. Rassure toi ce n'est pas grave. Tu dois être sous tension actuellement. D'après ce que tu m'as dit tu t'es disputée avec ton petit ami. Sans doute cherches-tu une échappatoire plus heureuse pour pallier à tes angoisses.
— Ne me parle pas comme si j'étais une demeurée ! Ton fils est né en mai, j'étais là, tout le monde était là et Hugo est là aussi. Il doit avoir trois mois maintenant. Tu m'as annoncé la nouvelle en novembre de l'année dernière. D'ailleurs si mes calculs sont justes, l'année dernière pour les soixante ans de papa, tu étais déjà enceinte. Je n'ai pas rêvé !
— Mon supposé fils serait donc né en mai de cette année.
— Oui, le 31 mai.
— Donc le 31 mai 2019, j'ai accouché d'un bébé fantôme parce que je t'assure Sophie, si j'avais accouché je m'en souviendrai.
— 31 mai 2020. Je ne comprends rien.
Si je n'avais pas une si grande confiance envers ma sœur, je me poserai des questions sur son état mental, à elle. Mais je dois avouer que depuis mon arrivée, j'ai trouvé tout étrange. Est-ce que tout le monde aurait organisé un grand complot juste pour l'occasion des 61 ans de mon père, histoire d'avoir une bonne blague à raconter ? Mais si complot il y avait, ils auraient du tous s'ingénier à prendre mon père pour cible.
— 2020 ? me dit alors ma sœur l'air étrange.
— Oui, je dis la voix et les épaules basses. Hugo est né le 31 mai de cette année. Bon écoute, ça suffit. La blague a assez duré. Sérieusement elle n'est pas de très bon goût. C'est à papa que vous auriez du la faire, cette blague complètement stupide, excuse moi de te le dire. Vous avez peut-être tous eu peur qu'il ne meurt d'une crise cardiaque alors vous vous êtes ligués

contre moi. Mais il y avait d'autres moyens de divertir papa que de me laisser croire que je suis folle et puis...

— Chérie, nous sommes en 2019. Le 2 septembre 2019. Pourquoi dis-tu 2020 ?

Sa voix est trop douce. Je me lève très en colère. Finalement les conseils de ma sœur psychiatre ne vont pas me servir du tout. Je suis en colère. Je gère ok ? Et comment je gère ça ? En lui criant dessus.

— Je suis fatiguée de cette blague douteuse, tu entends Magalie ? Alors si c'est pour une caméra cachée je le dis haut et fort : vous me cassez tous les couilles ! C'est l'anniversaire de papa et c'est lui que vous auriez du prendre au piège car moi ça ne m'amuse pas.

C'est alors que je tourne la tête en direction de la foule assemblée. Je vois la banderole sur laquelle le fameux 60 ans est inscrit en grosses lettres ; si énormes qu'on peut le voir de loin. Mes yeux se dirigent ensuite vers ma cousine que je vois rire avec son mari. Je regarde son ventre, il est plat. Elle est enceinte de six mois, elle aurait du avoir un ventre gonflé et non pas afficher un aussi beau corps de rêve avec une taille ultra fine. Je sens ma respiration tenter une sortie au travers de ma gorge. Je dois me forcer pour la laisser sortir. Quand je regarde la foule en vrac, j'ai une impression de déjà vu. La scène m'est familière. Vincent vêtu de la même façon, me disant les mêmes choses, se comportant de la même manière que l'an passé. Une bouffée de chaleur m'envahit. Le long de ma colonne vertébrale, un petit incendie l'irradie. Mes pensées défilent, je respire de plus en plus fort tandis que je me remémore tout ce qui s'est passé depuis mon arrivée ici. J'ai l'impression d'avoir passé le cap d'une vie parallèle ou d'avoir fait un saut dans le passé. Mon rythme cardiaque s'accélère quand j'entends mon père monter sur l'estrade et commencer sa tirade de remerciements. Je sais ce qu'il va dire. Et il le dit. Je l'écoute, apeurée par ce que je vois et j'entends. A la fin il va lancer sa blague favorite et ma mère va se jeter sur lui avec la carafe d'eau pour lui faire croire qu'elle est capable de mettre son geste en action. Et tout le monde va rire. Ma mère s'avance sur l'estrade, une carafe à la main. Mes mains et mes pieds sont pris de fourmillements quand les choses se passent exactement comme elles s'étaient passées. J'ai cette même pensée qui tape dans ma tête avec violence : « Je suis fatiguée ». J'ai l'impression d'étouffer, je suis en train de mourir d'une crise cardiaque tant mon cœur bat la chamade. Je ne peux plus bouger, paralysée par mes émotions violentes. Je suis en train de devenir folle. Mes oreilles bourdonnent, j'ai peur de m'évanouir. Mais peut-être serait-ce la solution. Je vais me réveiller et tout va rentrer dans l'ordre. Mais la peur panique prend le relais sur ma raison. J'étouffe. Puis je m'effondre.

***

Quand je reviens à moi, je me retrouve allongée par terre. L'agitation autour est à son comble. Un brouhaha qui tape dans mes oreilles et qui ne s'éteint pas. Tout à coup j'entends une voix masculine demander fermement de s'éloigner pour me laisser respirer. Puis une main vient attraper la mienne et tâter mon pouls. J'essaie de tourner la tête en direction de la voix. Vincent est agenouillé près de moi. Il semble inquiet et sûr de lui en même temps. Je mets quelques secondes avant de comprendre ce que je fais là. Et dans une telle situation. Le sol est froid. Mais ce n'est pas cette fraîcheur qui me donne la chair de poule. Car je viens de me souvenir des causes de mon évanouissement. Je n'arrive toujours pas à maîtriser ma respiration qui s'accélère de plus en plus. Je crois que j'ai peur de devenir folle. Ou d'être en train de mourir. J'entends alors tout près de mon oreille la voix de Vincent me dicter la conduite à suivre :

— Tranquillisez-vous Sophie. Vous ne vous êtes évanouie que quelques secondes. Écoutez-moi.
Sa voix ferme est chaude. Et elle me fait du bien. Je serre sa main plus fortement. Il se laisse faire et ne me lâche pas.
— Concentrez-vous sur votre ventre pour faire redescendre la respiration. Respirez par le bas du ventre. Je suis à côté de vous, ne craignez rien, je suis médecin.
Ses yeux croisent les miens. C'est vrai qu'il a de beaux yeux bleus. Il me regarde et me sourit. Je ne vois plus que ses yeux qui dégagent beaucoup de douceur et de sérénité. Je réalise alors que j'ai confiance en lui et que je vais l'écouter. Sagement. Deux minutes après je sens le relâchement de ma crise de panique. Je respire beaucoup mieux. Lentement, sans aucune précipitation. Avec l'aide de Vincent je réussis à m'asseoir sur le sol. Ma main n'est plus posée sur mon cœur. Je me sens physiquement beaucoup mieux. Moralement, ce n'est pas encore ça.
— Vincent s'il vous plait, pouvez vous m'apporter mon sac ?
Les gens autour de moi ont du être bigrement déçus de cette phrase. Car ils s'en vont les uns après les autres pour retourner à table. Ils s'attendaient certainement à une phrase aussi tragique que la situation le permettait. Du genre : « *Où suis-je ? Qui suis-je ? Comment j'en suis arrivée là ?* » Le fait de réclamer mon sac était beaucoup trop terre à terre pour être porté à mon crédit de jeune femme souffreteuse. Seuls mes parents se sont précipités sur moi pour m'enserrer en me demandant si tout allait bien maintenant. C'est Vincent qui les a repoussés. Je n'en avais pas la force. J'attrape mon sac à main et je sors illico presto mon téléphone portable. Tout va se jouer maintenant. La technologie ne peut pas mentir. Ou se tromper. Ou être de mauvaise foi. A moins d'un énorme bug créé par un savant fou, je vais enfin connaître la vérité. J'ouvre le clapet de mon mobile, je l'allume et la date s'affiche : 2 septembre 2019. Alors ce n'était pas un mauvais rêve. Je suis vraiment dans le

passé. C'est incompréhensible et angoissant. Mais que m'arrive t-il ? Où suis-je ? Qui suis-je réellement ? Les voilà les phrases tant attendues. Je suis satisfaite de ne pas les avoir lancées à voix haute. Cela aurait fait revenir à coup sûr les invités qui n'attendaient que cela pour se gargariser d'une tragédie familiale.
— Vous vous sentez mieux ?
J'hoche la tête pour que Vincent ne capte pas tout mon désarroi. Comme il me l'a dit, il est médecin. Si je dois tout lui expliquer, il serait capable d'alerter le SAMU pour qu'il m'embarque en lieu sûr dans une clinique aseptisée. Ma sœur pourrait l'en empêcher. Mais elle est psy. Et mon attitude a du l'inquiéter elle aussi. Il faut que j'arrive à comprendre ce qu'il se passe. Maintenant que je me sens mieux, la confiance que j'avais ressentie devant les yeux de Vincent s'atténue puis disparait totalement. Je dois savoir ce qui m'arrive. Mais ce n'est pas de son aide dont j'ai besoin. J'ai besoin de Magalie, ma sœur aînée, celle qui a toujours pris à cœur mon bien être. Je peux être tranquille et lui parler. Elle n'aura jamais le courage de me mettre une camisole. Je réussis à me relever avec l'aide de Vincent. Pour qu'il soit sûr à cent pour cent que je vais mieux et qu'il peut me laisser tranquille maintenant, je me permets une petite vanne. Le cœur n'y est pas. Mais je dois la jouer impeccablement bien cette scène qui risque de sceller mon avenir dans un asile de fous s'il se doute de quelque chose.
— Vous avez déjà sali ma robe. Evitez de la détruire davantage en tirant trop sur l'ourlet.
Je dis cela avec un sourire en coin qui réussit à le faire marrer.
— Désolé. J'ai un peu trop tiré sur la robe en effet mais j'avais peur que vous vous écrouliez à nouveau. Et cette fois ci vous n'auriez peut-être pas eu la même chance de tomber à deux centimètres des gros cailloux.
Oui je l'avais échappé belle.
Ou pas.

Me fendre le crâne en deux aurait été le remède peut-être pour remettre mon cerveau en place. Ma sœur s'approche de moi et prend le relais auprès de Vincent. Après m'être excusée auprès de mon père de lui avoir fait une frayeur le jour de son anniversaire, je poursuis ma route avec Magalie à mon bras.
— Tout va bien, lance t-elle alors à nos parents. Il faut juste la faire manger un peu.
J'entends ma mère déclamer à l'assistance que voilà ce qui arrivait quand on faisait un régime. Je n'ai toujours pas la force de lui hurler dessus. Heureusement. Car ma santé mentale en aurait encore pris un coup aux yeux de Vincent et de ma sœur. Cette dernière a pris ma défense, sans autre explication que le vacillement du à mon manque de nourriture. Je lui dis merci pendant qu'elle m'entraîne dans un coin reculé de la cuisine du restaurant. Ensuite, elle me demande de rester tranquille juste une minute, le temps qu'elle fasse un aller retour aux toilettes.
— Je peux te laisser seule ? insiste t-elle. Juste une minute ?
Son insistance à me parler comme si j'étais une gamine de cinq ans me fait un peu peur. Elle a l'air de croire que je ne suis pas en possession de toutes mes facultés mentales. Je ne peux pas lui en vouloir car c'est ce que je pense aussi. Mais je lui souris et lui réponds qu'elle peut aller pisser sans s'inquiéter. Ma sœur fait un petit rictus tout en secouant la tête puis s'en va en courant. Elle n'a jamais apprécié ma façon de parler quand je commence à sortir des mots qu'elle ne juge pas assez féminin. J'aurais du m'exprimer en lançant un joli « Oui, va faire pipi » ou « Je t'en prie, va donc uriner tranquille ». Je sais que le mot pisser l'a un peu contrariée. Je l'imagine avoir fait des bonds olympiques quand j'ai sorti tout à l'heure qu'ils me *cassaient tous les couilles*. Jordan non plus n'aime pas ça. Il m'en a fait des reproches quand je laissais un peu trop le naturel revenir au galop malgré ses innombrables demandes de parler un peu plus correctement ! Je rougissais à chaque fois, prise en défaut de

vulgarité alors que pour ma part cela est juste une façon de parler tout à fait commune.

C'est alors que je me braque. Je sens mon corps se raidir tandis que je réalise que je dis sans doute n'importe quoi.

Est-ce que ce sont *vraiment* des souvenirs ?

Est-ce que Jordan existe *vraiment* ?

Est-ce que je me suis inventé toute une vie ?

Réaliser cela me laisse perplexe. Il est impossible d'être amoureuse d'un homme qui n'existe pas. Je revois Jordan devant moi, grand et fort. Je sens son souffle dorloter ma peau, son parfum pactiser avec mes sens en état d'alerte maximum. Je l'aime. Contre vents et marées, je l'aime. Je ne peux pas avoir inventé cela. Je me souviens et c'est parfaitement clair dans mon esprit. Combien de fois ai-je posé les yeux sur sa beauté virile, son élégance ? Je ressens encore la chaleur de son corps dans le mien et le fait de me sentir, dans ces moments d'intimité, comme faisant partie intégrante de sa personne. J'aime tout en lui. Sa façon de bouger, de parler, de rire. Cette fougue n'a pas disparu. Bien au contraire, elle est toujours là, ancrée dans mon esprit, sans jamais défaillir. Le matin, comme j'aime le regarder dormir et admirer son corps nu sous les draps. Les yeux fermés, son souffle léger et tranquille, il me semble fragile et vulnérable et je n'ai de cesse d'éprouver une irrésistible envie de le caresser et de l'aimer encore. Mais... je ne le sentirai plus près de moi. Je n'entendrai plus jamais sa voix. Je n'observerai plus son visage en me disant à quel point j'avais de la chance d'être avec un homme aussi parfait. Il ne m'embrassera plus follement. Son souffle ne se promènera plus sur mon corps. Il ne me fera plus jamais vibrer. Alors je me lèverai tous les matins seule avec la sensation d'un rêve brûlant comme des moments magiques. Le souvenir d'une image, un flou, un vide. Le néant. J'essaie de ne pas pleurer mais ce n'est pas facile de faire son deuil aussi rapidement. J'ai l'impression qu'il est mort. Je me sens lasse, anéantie et abandonnée. Je

n'entends plus que le silence autour de moi. Le silence et rien d'autre. J'aurais préféré poursuivre mon rêve pour continuer de me perdre dans ses bras. C'est cette passion qui m'a donné un but dans ma vie. Le bonheur d'aimer avec fougue. Je me relève car je dois réagir pour ne pas sombrer. J'essaie de me changer un peu les idées en faisant un geste banal : enlever mes baskets pour enfiler ma paire de chaussure à talons. Je m'y prends avec lenteur, sans aucune envie. Le temps a l'air de passer très lentement. Ma sœur n'est toujours pas revenue. Alors je commence à ressentir de la colère envers la vie. La vie est coupable de mon état. Je n'ai personne contre qui déverser mon trop plein d'angoisse, de doute et de peur. Je suis en colère contre ma vie. Elle est inutile, triste et sans but. Elle nous a séparés Jordan et moi et je me sens incomplète. Il me manque l'autre moitié de moi-même pour reprendre le cours normal de *ma* vie. Mon existence va se résumer à cela maintenant : vide.
Elle n'aura plus ton visage, ton regard, ton corps.
Elle n'aura plus de saveurs. Ça y est, je pleure de nouveau. Mon corps est secoué de spasmes. L'impuissance devant les faits évidents de ma rêverie infernale et destructrice est insupportable. Je sais que la colère ne mène nulle part car… Jordan n'existe pas. J'espère que je vais réussir à oublier ce rêve qui s'est transformé en cauchemar ridicule. Vraiment burlesque à bien y réfléchir. Je dois être un peu dérangée tout de même. Peut être que je suis folle. Pourtant, j'ai beau me dire que j'ai tout inventé, j'ai du mal à l'admettre de manière définitive. Je préfère imaginer que tout le monde ici a perdu la notion du temps plutôt que d'admettre une fois pour toute que j'ai des hallucinations. Mais il n'y a pas qu'ici. Au boulot aussi j'ai senti comme un léger doute. Valérie avec ses cheveux redevenus blonds platine, Josiane qui m'a parlé elle aussi des 60 ans de mon père. Et le poste qu'elle veut m'offrir. Ma sœur est revenue. Elle semble ailleurs et son air est assez déroutant. Mais elle se

reprend bien vite quand elle croise mon regard. Je dois lui faire beaucoup de peine car elle me sourit gentiment.

— Bien, nous allons parler toi et moi. Cela restera strictement entre nous, je peux te l'assurer.

— Je suis en séance ?

— Tu peux me parler en toute franchise, répond-elle en souriant largement. Il n'y aura aucun jugement de ma part, je te demande de me faire confiance.

— J'ai toujours eu confiance en toi.

— Alors parle-moi.

Je fixe toujours son regard et je sais que tout lui dire reste la seule façon de me sortir du guêpier dans lequel *on* m'a jetée brutalement.

— Je me suis réveillée ce matin persuadée que nous étions le 2 septembre 2020. J'ai vécu une année entière, je me souviens de cette année avec beaucoup de précision et pourtant l'évidence est là : cette année passée n'a jamais été vécue. Car nous sommes le 2 septembre 2019.

— Comment ça se passe au boulot ?

La transition me semble un peu brutale. J'ai cette impression très nette que ma sœur essaie de me faire comprendre quelque chose qui ne va sans doute pas me plaire.

— Je vais avoir une promotion. Je l'attends depuis longtemps et ma directrice vient de signaler le fait qu'ils ont pensé à moi pour le poste d'ajointe de la rédaction.

— Cela te stresse ?

— Bien sûr. J'ai peur de tout rater.

— Pourquoi ? Ta directrice te fait confiance, elle n'agit pas par sympathie mais parce qu'elle croit en tes capacités. Tu es la seule à en douter.

— Je n'en sais rien. C'est un sacré bond en avant pour moi.

— Le cerveau est assez complexe. Tout le stress que tu as emmagasiné s'est retourné contre toi. Tu as rêvé et ce rêve t'a semblé réel.

Et voilà que ma sœur se met en mode psy qui sait tout sur le cerveau humain et qui entame une leçon à la petite étudiante que je suis à ses yeux. Elle me dit que j'ai rêvé. Que le cerveau a la capacité de construire des scénarios complexes et détaillés. Je ne dois pas focaliser sur la longueur de mon rêve car l'impression qu'il aurait duré une année entière est un leurre. En réalité il a duré deux minutes tout au plus.
— Mais… Magalie, cela a duré une année entière !
J'insiste sur ce fait car cela me semble injuste de penser que tout ce que j'ai vécu ne faisait pas partie de ma réalité. Alors ma sœur retire ses lunettes et se frotte l'arrête du nez. Elle me regarde toujours en souriant. Soit elle trouve que mon cas est assez marrant soit elle use d'un sourire gentillet pour ne pas m'effaroucher. Peut-être que durant son absence a-t-elle téléphoné aux urgences et qu'une ambulance est en route pour m'emmener dans un asile de fous ? Elle essaie de me mettre en confiance pour ne pas que je me sauve. Non, je ne peux pas penser cela de ma sœur qui a toujours été honnête avec moi. Elle poursuit d'ailleurs très gentiment ses explications sur mon cas qui est, me dit-elle, un cas d'école. Je ne suis pas la première à avoir subi cette impression de confusion entre le rêve et la réalité.
— Une des fonctions du rêve, continue t-elle sagement en articulant du mieux qu'elle peut pour que ses phrases sensées parviennent bien jusqu'à mon cerveau, est d'évacuer les tensions internes. Tu es réveillée maintenant et c'est maintenant que tu dois te repérer dans le présent. Tu as l'impression de vivre deux vies parallèles, c'est normal ne t'inquiète pas. Ce qu'il faut maintenant c'est de ne pas t'identifier à ta vie imaginaire mais te replonger dans la vie réelle. Tu te sens frustrée et démunie avec ce qu'il se passe dans ta vie actuellement alors tu as encore plus envie de fuir la réalité.

Je ne suis pas convaincue bien que je sois d'accord avec elle sur ce point.
— Et mon sentiment de déjà vu ?
— Tu le dis toi-même : le *sentiment* d'avoir déjà vu. Bien sûr ce serait plus alléchant de penser que tu possèdes le don paranormal de sortir du Temps. Mais des études scientifiques ont démontré que ton sentiment n'est rien d'autre qu'un sentiment refoulé qui remonte sans doute pour cacher un traumatisme. Ou dans ton cas je pense que ce serait plutôt le désir d'obtenir une amélioration de ta situation. Tu n'es pas satisfaite de ta vie, n'est ce pas ?
J'hoche la tête, penaude.
— Toute cette insatisfaction de ne pas avoir la vie que tu aimerais avoir, le stress au boulot et tout cela parce que tu te crois incapable d'être à la hauteur, ont engendré ce sentiment de déjà vu qui n'est qu'un bref dysfonctionnement du cerveau qui brouille un peu ta réalité. Cela provient d'un décalage provoqué par la fatigue et le stress. Ça va passer. Tu es fragile en ce moment. Ton désarroi est visible, tu aurais du venir m'en parler.
— Je ne suis pas folle ?
— Tu es seulement très fatiguée.
A ce moment là je devrais me sentir rassurée, lancer un soupir de satisfaction, rendre le sourire à ma sœur en lui sautant au cou et lui dire à quel point ses explications me comblent. C'est vrai que je suis fatiguée. De toute façon, cette explication me parait raisonnable. Je préfère mille fois cette version à la première d'entre toute : me croire complètement atteinte par la folie destructrice. J'essaie d'emmagasiner cette explication *rassurante* de mon état de santé mentale. Tout aurait du s'arrêter là. J'allais me faire à l'idée que c'était ça la vérité. Reprendre le cours normal de ma vie en 2019. Je m'attends à ce que Magalie me tape sur l'épaule et se mette à rire aux éclats devant ma prestation théâtrale qui a alerté toute la famille pour

rien. Mais au lieu de cela, je la vois sortir une sorte de thermomètre qu'elle regarde les yeux agrandis de stupéfaction. Elle ouvre la bouche, étonnée par ce qu'elle semble voir sur ce mini tube. Sa bouche ouverte lance un OH inaudible.

— Magalie ? Qu'est ce que tu as ?

Elle me regarde avec intensité. Je vois les larmes affluer sur ses yeux tandis que son sourire se fait plus large. Elle a l'air émerveillé, extrêmement heureuse. C'est à mon tour de m'inquiéter maintenant.

— Sophie, je suis enceinte ! Je n'arrive pas à y croire, je suis enceinte !

Elle me tend le tube qui est en fait un test de grossesse et je vois la petite marque affirmative. En fait c'est ça qu'elle est allée faire durant les deux minutes où elle m'a laissé seule. Mon état qui commençait à accepter le fait que j'avais évidemment rêvé ma vie change une nouvelle fois de direction. Je panique. Je suis peut-être un médium qui s'ignore. C'est peut-être de là que proviennent mes troubles.

— Magalie…

Je n'arrive plus à parler. Ma sensation de mal être perdure toujours. Aucune explication rationnelle n'arrive à canaliser mon profond désarroi.

— Ne t'emballe pas, dit-elle en pleurant de joie à grosses gouttes. Ton inconscient a du remarquer quelque chose le mois dernier quand nous nous sommes vues et il te l'a révélé dans ton rêve. Le cerveau humain est un vrai prodige de déduction.

Elle se jette sur moi et aplatit ses lèvres sur mes deux joues. Elle n'a qu'une envie maintenant, c'est de rejoindre son mari pour lui annoncer cette merveilleuse nouvelle. Avant de me laisser, elle prend tout de même le soin de me dire que je vais bien, que je n'ai pas à me faire du souci, que je suis quelqu'un de très sensible, que je ne l'accepte pas et que c'est pour cela que mon inconscient m'a parlé dans un rêve. Je dis oui oui en affichant une belle conviction.

— Il est bientôt 13 heures, nous devons passer à table. Allez, viens.

Je la vois partir en courant. Mon cerveau se met en mode réflexion intense. Je savais que ma sœur était enceinte. Parce que j'étais là lors de son accouchement ? Ma sœur peut dire ce qu'elle veut je ne suis pas vraiment convaincue. Il s'est passé quelque chose d'incompréhensible. Et il n'y a que deux solutions possibles.
Soit effectivement j'ai fait un rêve et mon inconscient m'a fait son tralala pour que je devine que Magalie est enceinte.
Soit j'ai fait un bond dans le passé.
Deux solutions.
Et la seconde me plaît infiniment mieux.

***

Tout en me dirigeant vers la table à manger, je me fixe un but très précis. Je dois mettre mon plan à exécution. Et le seul moyen est d'en parler avec Vincent. Je suis assise à côté de lui. Cela je le dois à ma mère et pour une fois je suis heureuse qu'elle ait manigancé le plan de table pour que je sois assise à côté de l'homme qui va me révéler sans doute des tas de chose sur la question que je me pose. Je vais la jouer insouciante, sans donner l'air de trop faire attention à ses réponses. Entamer une conversation anodine que font tous les voisins de table. Vincent se retourne vers moi et me demande si je vais mieux. Je prends ma voix polie pour lui répondre que je suis affamée et que je vais certainement engloutir le repas d'une seule traite. Il sourit en répondant qu'il ne me croit qu'à moitié car les femmes ont toujours la fameuse manie de compter les calories.
— Vous verrez bien, je réponds avec nonchalance. Je vais manger à une telle vitesse que la sauce risque de gicler sur votre

tee-shirt. Du blanc il passera au rouge tacheté. Mais ce ne sera que justice vu l'acharnement que vous avez mis à détruire ma robe.
Il éclate d'un rire charmant.
— Je vois que vous êtes totalement remise de vos émotions. Vous m'avez un peu inquiété tout à l'heure lorsque vous regardiez vos chaussures comme si vous les voyiez pour la première fois...
Je n'ai aucune hésitation quand je poursuis la phrase que j'ai déjà entendue.
— *... comme si je découvrais deux objets non identifiés dans ma main* !
Nos deux voix se complètent et Vincent me regarde toujours en souriant. Il a l'air impressionné.
— Ce fut un beau duo verbal. Vous avez dit la même phrase au même moment. Je suis scotché.
Je dois me reprendre. Tant d'incompréhension va finir par me gâter le cerveau. Je crois même que la phase de destruction a déjà commencé.
— Peut-être que c'est parce que vous êtes prévisible.
Il secoue la tête, l'air bien moins ravi que tout à l'heure. Je vais devoir me reprendre pour ne pas le vexer sinon il risque de me bouder pour le restant du repas.
— Merci de votre aide. Vous avez réussi à me calmer, je croyais que j'allais mourir étouffée. Vous avez été super.
Il ne faut pas que j'en fasse trop non plus. S'il s'imagine une seconde que je flirte avec lui, je suis capable de lui boxer le nez. Il se contente de sourire en répondant :
— À une autre époque, j'aurais apporté des sels. Cela vous aurait mise sur pieds en moins de deux.
Je n'en crois pas mes oreilles. Voilà qu'il vient juste de me mettre les pieds à l'étrier pour que je me lance sur mon sujet préféré ! J'avais espéré jusque là trouver une faille pour aborder le sujet du voyage dans le temps. Je vais me lancer sur le sujet

avant qu'il ne soit trop tard. Je vais devoir reprendre mes esprits devant la facilité avec laquelle mon problème va être amené dans la discussion, l'air de rien.
— En effet et cela n'aurait pas détruit l'image de la belle époque quand les mères jouaient les entremetteuses.
— Je sais, je connais ce problème. Croyez-moi Sophie, je suis comme vous. Je n'aime pas les rendez vous arrangés. Ma mère s'évertue à me trouver la femme parfaite. Je suis étonné qu'à son âge elle n'ait toujours pas la sagesse de comprendre que la perfection chez une femme n'existe pas.
— La perfection tout court n'existe pas, mon cher, je réponds d'un air dédaigneux. Elle ne se contente pas *de ne pas exister que chez la femme*, Grands Dieux non !
Je prends l'intonation d'une noble rageuse qui articule les mots avec hauteur. Cela a l'air de lui plaire. Ce qui n'était pas du tout le but recherché.
— Je suis d'accord. Je n'aurais pas du me contenter des femmes. L'être humain en général n'est pas parfait. Cela vous convient-il mieux ?
Bien, il va falloir jouer serré et revenir sur le sujet qui m'intéresse. Car si tout se passe effectivement comme l'année dernière, ma voisine de gauche va commencer une discussion avec moi. J'avais été ravie de cette intervention qui coupait court à tout entretien avec Vincent. C'était la seule manière que j'avais trouvé pour bien faire comprendre à ma mère qui lorgnait dans ma direction que j'en avais rien à faire de ce brun, fils de Marianne, qui n'était pas du tout mon type d'homme. Mais aujourd'hui, dans ce présent ci, il ne fallait laisser aucun blanc dans notre conversation sinon ma cousine allait en profiter pour s'incruster en me demandant des nouvelles de ma vie puis en me parlant de la sienne. Alors j'y vais.
Franco.
Je sors l'artillerie lourde.

— Parfois je me dis que j'aimerais bien pouvoir remonter dans le temps. Cela nous permettrait de corriger nos erreurs. Et alors là, nous atteindrions certainement la perfection.
Je tourne alors mon regard vers lui comme si l'idée m'était venue subitement, le plus naturellement du monde.
— Vous croyez qu'un jour la physique pourra nous le permettre ? Vous qui avez étudié les sciences, vous devez en savoir gros sur le sujet.
Je prends l'air hyper intéressé par sa réponse.
— Mathématiquement oui, le voyage dans le temps est possible.
Il s'arrête net alors que j'en attendais évidemment beaucoup plus. Peut-être qu'il n'a pas assez confiance en mon intelligence pour pouvoir poursuivre plus avant sur le sujet. J'avais bien raison finalement sur ce piètre Vincent. Aborder un sujet sérieux et instructif avec moi n'a pas du lui secouer l'esprit. Il pense sans doute que je n'attendais qu'une réponse évasive qui laisse toujours la question en suspension dans les limbes de ce qu'il croit être ma bêtise féminine. Et non, monsieur-je-sais-tout, tu vas parler !
— C'est-à-dire ? je reprends avec un air que je qualifie d'hautement intelligent. C'est intéressant.
Au premier abord il n'a pas l'air convaincu de l'intérêt de cette discussion. Mais il se reprend bien vite en arborant un rictus sur son visage.
— Il existe une formule mathématique basée sur la théorie de la relativité générale d'Einstein qui démontre que le voyage dans le temps est possible. Du moins en théorie.
— Il n'y a peut-être pas loin de la théorie à la pratique ?
Il me lance un regard incrédule. Jusque là, il ne s'est sans doute pas rendu compte que le sujet m'intéresse vraiment. D'ailleurs c'est ce qu'il m'avoue.
— Je n'avais pas compris que le sujet vous intéressait vraiment.
— Je trouve la science fascinante. A mon petit niveau bien sûr. Donc, une formule mathématique ... ?

Et c'est ainsi que nous avons entamé notre discussion. Bien sûr ma cousine s'est empressée peu après de s'incruster dans notre conversation. Peu à peu elle en a même pris les commandes en me demandant des nouvelles de ma vie et en me racontant la sienne. Comme j'avais déjà tout entendu, je me suis contenté de la laisser parler sans l'écouter une seconde. De simples hochements de tête dans sa direction ont fait l'affaire. Durant toute sa tirade, je me remémorais ce que Vincent m'avait dit et j'essayais de capter si je n'avais pas été aspirée dans un trou noir pour ressortir de l'autre côté du miroir. Mon imagination s'emballe alors que je me visualise sur un point donné de l'espace temps et qu'à travers un vortex je réussis à me connecter à un autre espace temps. Peut-être que je l'ai emprunté ce tunnel entre ces deux points. Brusquement, je me tourne vers Vincent. Ma cousine parle toujours et là elle doit me lancer un regard assassin en réalisant que je ne l'écoutais absolument pas.

— C'est quoi déjà le paradoxe du papy ?

Vincent est en train de se nettoyer les lèvres avec une superbe serviette jaune et son sourire ne fait que s'accentuer quand il me répond :

— Le paradoxe du grand père qui prouve aussi que le voyage dans le passé est assez aléatoire et peu convaincant pour certains scientifiques. Imaginez un voyageur temporel qui retourne dans le passé et qui tue son grand père. S'il a fait cela, il n'a pas pu naître et par conséquent n'a pas pu voyager dans le temps pour tuer son grand père.

— Oui voilà et donc certains théoriciens résolvent le problème en imaginant qu'à chaque voyage temporel un nouvel univers parallèle est crée.

— C'est cela. Et qu'il y a une multitude d'entre eux. Je vois que le sujet vous passionne.

Je me retourne vers ma cousine pour m'excuser. Elle a l'air un peu fâché mais comme elle n'est pas rancunière, elle reprend la discussion là où on l'avait laissé. J'en ai encore pour quinze minutes montre en main avant qu'elle ne s'essouffle et qu'elle entame le dessert en me laissant un peu de répit. Tout ceci me perturbe, cela va sans dire. Les choses se passent exactement comme je l'avais pressenti. Enfin… pas vraiment *exactement* car logiquement je n'avais à aucun moment entamé une discussion avec Vincent. Je récapitule pour que je comprenne bien, sans laisser la moindre pensée sans réponse précise. Je dois *raisonner*. La raison doit logiquement faire fuir la folie qui veut m'atteindre.

* Soit ma sœur a raison et j'ai fait un rêve dans lequel mon inconscient m'a révélé des choses que j'avais déjà enregistrées sans les comprendre sur le moment. (*mais cela n'explique pas le fait de me retrouver un an en arrière*)

* Soit je suis tellement stressée par le boulot et terriblement insatisfaite de ma vie sentimentale que j'ai confondu un rêve et une réalité. (*mais cela n'explique pas le fait que la réalité m'apparait toujours comme bizarre car je sais pertinemment que nous devrions être en 2020*)

* Soit je suis complètement folle (*ce qui expliquerait tout*)

3

Je suis rentrée chez moi. Je ne peux pas dire que les jours qui ont suivi ont été extraordinaires. Je n'ai ressenti aucun flash back ni rien de ce genre. Ma vie pouvait reprendre son itinéraire de croisière. Avec platitude. Je me suis focalisée sur la prochaine réunion au boulot. C'est cela dont j'avais besoin : un travail intéressant. Mon esprit ainsi occupé à des activités plus enrichissantes ne trouvera plus le chemin de l'ennui et de ce fait, il ne s'ingéniera plus à me jouer de mauvaises farces. Je vais réussir à oublier ce passage inquiétant de ma vie. Ce n'était qu'un épisode douteux du à ma grande fatigue. Cette explication est la seule possible. Je m'en veux d'avoir gambergé sur un possible voyage dans le temps, me focalisant sur ce phénomène comme si j'étais devenue l'actrice principale d'un mauvais film de science fiction. J'ai vraiment failli perdre les pédales pour aller imaginer une chose aussi absurde. Le cerveau humain, comme me l'a dit ma sœur experte en la matière, nous joue parfois de sales tours. Et notre inconscient est un salaud de la pire espèce pour faire ressortir des impressions sans aucune préparation psychologique. Maintenant je suis parée. Je sais à quoi m'en tenir. Ne plus jamais se plaindre de ma vie pour ne plus sombrer dans la folie. Va falloir que je me fasse une raison toute neuve. Et vite fait. Je regarde les photos prises à Bouyon. Les photos de couchers de soleil sont magnifiques et les articles sur les randonnées sont éloquents et très bien écrits. J'en suis fière. Valérie, la secrétaire, m'a reboostée en me disant qu'elle comprenait pourquoi j'avais été choisie pour le poste. Elle m'a aussi dit que j'avais eu raison de lui conseiller une teinte violet pour sa chevelure.

— Cela fait longtemps que ça me trotte dans la tête, m'a-t-elle avoué juste avant le week-end. Je crois que je vais le faire.

A bien y réfléchir, cela n'a rien d'un don de voyance. Je suis fautive en fait. C'est moi qui lui ai donné cette idée ridicule de se teindre les cheveux en violet.

Enfin bref, tout cela n'est rien. Il est 7 heures du matin et je ne sais toujours pas ce que je vais mettre pour la réunion. J'ai sorti un nombre incalculable de tenues mais je n'arrive toujours pas à me décider. J'aurais du m'y prendre à l'avance. Il ne manquerait plus que j'arrive en retard au boulot. Je crois que je vais mettre un tailleur. C'est la meilleure solution. Je n'irai pas jusqu'à copier le style vestimentaire de ma directrice mais je dois avouer que si je veux être prise au sérieux, il faut que ma tenue soit au minimum classe. Il y en a eu des réunions avec les actionnaires depuis le temps que je bosse pour le magazine. Je les ai toujours vus sortir de la salle en costumes stricts pour les hommes et tailleurs tout aussi chics pour les femmes. Je retourne donc voir dans l'armoire. Il doit bien y avoir une tenue…. C'est alors que mes doigts frôlent un plastique rigide. Interloquée, j'ouvre la fermeture. Ce que je vois pourrait me remettre dans de sales draps. Je dois maintenir mon souffle pour ne pas qu'il se mette en branle. Je me gronde même en me disant que je suis ridicule d'éprouver de la frayeur devant un bout de tissu. Ridicule. Mais pas folle. Il ne faut pas que ce mot réapparaisse dans mon lexique. J'attrape le tailleur ainsi découvert. Je ne sais pas d'où il vient et encore moins ce qu'il fait dans ma penderie. Et puis, subitement, une image se crée devant mes yeux : je me revois l'acheter sur Internet. Un véritable tailleur Dior au prix battant toute concurrence. Un site qui proposait des articles de luxe pour des produits « tombés du camion ». Dans ma joie de dénicher un article d'une telle qualité et d'une telle griffe à 150 euros, j'avais cliqué dessus. On ne savait jamais. Je pourrais en avoir besoin un jour. Et ce jour est arrivé. La suite de mon souvenir fut plus brutale. Car c'était ce

tailleur que j'avais mis pour mon rendez-vous devant les actionnaires. Le jour où j'avais rencontré Jordan. Le 8 septembre.
Nous sommes le 8 septembre.
Je reste un instant tétanisée devant l'image que me renvoie le miroir de ma chambre. Je suis pâle et de légères gouttes de sueur commencent leur descente sur mes tempes. Je ne vais pas encore faire une crise de panique. Je croyais en avoir fini avec tout ça. D'où vient cette malédiction qui pèse sur mes épaules et qui m'écrase maintenant ? Mon corps me pèse, la paralysie n'est pas loin. Je sais que je dois réagir avant de sombrer une nouvelle fois dans la démence. Je réussis finalement à m'asseoir sur le lit tout en me lançant des injures pour me faire réagir. J'en veux à mon cerveau, à mes neurones, à mon inconscient qui se permettent de jouer avec mes nerfs. Tout ceci n'est rien que le résultat de ma fatigue. Je me répète cette phrase comme un mantra. Naturellement que je suis fatiguée, angoissée et nerveuse. Mon avenir professionnel se joue ce matin. Je dois juste canaliser mes symptômes dus à cette très grande peur d'échouer si près du but. Alors je me mets à réciter des compliments sur ma personne : je suis quelqu'un d'intelligent, de professionnel et de capable. Je vais leur montrer aux actionnaires à quel point je suis la personne adéquate pour devenir adjointe de la rédactrice en chef. C'est là-dessus que je dois me concentrer. Cela me prend quelques minutes avant de retrouver un semblant de paix intérieur. Quand mes yeux se posent sur le réveil, je fais un bond digne d'un très grand athlète. Je n'ai plus trop le temps de me plaindre ou de me congratuler. Il est 8 heures ! Je ne DOIS pas être en retard au boulot. Je me jette sur le tailleur, je l'enfile à la vitesse grand V puis je pars à la recherche des chaussures. Je dois donner l'impression de tournicoter en plein délire essayant de me déplacer à une vitesse proche de la lumière. Le temps ainsi semble s'écouler beaucoup moins vite. Faut que je me calme, je

deviens hystérique. J'attrape d'une main mon dossier, de l'autre les clés de mon appartement et je sprinte jusqu'à l'arrêt de bus. Car il ne sera pas dit que je me laisserai distraire par quoi que ce soit. Mes pensées doivent rester neutres de toute bizarrerie et je continue donc à courir laissant le vide m'envahir. Presque aussitôt je me retrouve propulsée vers l'avant, mon dossier s'envolant devant mes yeux ébahis par le choc. Mes genoux s'abattent sur une plaque d'égout pendant que mes paumes rayent le sol. De suite après, un bras se pose sur ma taille pour m'empêcher de sombrer plus avant. Je lève la tête encore étourdie par ma chute.

— Si j'avais pu m'élancer plus vite, je vous aurais évité de vous écorcher les genoux.

Je regarde l'homme avec des yeux effrayés tandis que je suffoque sous la surprise

— Vous ne vous êtes pas fait trop mal ?

Je vais m'évanouir. Je ne peux pas supporter ce que je vois : des yeux gris, des cheveux blonds et un corps fantastique dans un costume scintillant. Je ne veux pas croire à ce que j'entends : *sa voix*.

— Essayez de vous relever. Voilà, doucement. Si ça vous dit, on peut se diriger vers le café, voir si vous arrivez à marcher sans béquilles.

Il doit y avoir quelque part sur une île lointaine un ex qui essaie de se venger de moi en m'envoyant des malédictions vaudous. Peut-être Christophe à qui j'avais préparé une succulente entrée de chèvre chaud et qui m'avait demandé s'il y avait de la viande dedans. J'avais ricané mais pas pour me moquer de lui. Ou juste un peu mais ce fut vraiment léger et anodin quand je lui ai répondu que c'était du fromage ! J'avais oublié que j'avais suivi une recette sur You tube à la lettre. Mon cerveau devait être, ce jour là aussi, un peu détraqué car j'y avais ajouté quelques lardons. Pas beaucoup. Trois ou quatre qui se baladaient sur le mesclun et qui entouraient la panure de chèvre. J'entends

encore Christophe me regarder avec des yeux furieux tandis qu'il me dit d'une manière très agressive :
— Et les lardons, ça provient d'une nouvelle plante ?
Il m'avait quittée après ça, persuadé que je l'avais fait exprès. Ou alors, je suis extralucide, j'arrive à prévoir l'avenir. Dans ces conditions, il ne me reste plus qu'à bifurquer sur le chemin de ma vie professionnelle en ouvrant un cabinet de voyance. Je pourrais me faire un tas de fric.

Je suis complètement perdue.

Peut-être que je devrais donner mon cerveau à la science. Il doit y avoir un de ces bordels dedans ! Je suis sûre qu'un observateur attentif pourrait y suivre pas à pas la désintégration totale de mes neurones. Mon cas pourrait servir de point de départ à une étude scientifique et je deviendrai célèbre dans une thèse sur « *La démence expliquée par le cas de Sophie* ». J'arrive à quitter le regard gris de Jordan qui me regarde toujours en souriant d'ailleurs car je viens d'entendre le bruit du bus qui passe devant moi sans s'arrêter à l'arrêt. Je le vois filer tranquillement tandis qu'une massue s'abat en même temps sur mes tempes. Je ne sais plus quoi faire, je ne sais plus quoi dire. Jordan doit remarquer mon désarroi. Il faut dire qu'il doit être hyper visible tant je me sens amoindrie. Je le vois se détourner de moi pour ramasser mon dossier. Il jette rapidement un coup d'œil sur mes photos pendant qu'il les remet à leur place initiale. Mes cordes vocales sont complètement asséchées, je n'arrive même pas à lui dire merci. Je m'entends juste dire faiblement :
— Oh non, pas le bus ! J'ai encore raté le bus.
— Ecoutez, je vois bien que vous êtes paniquée.
Je fixe de nouveau son regard. J'ai envie de me jeter dans ses bras. Mais je me retiens évidemment. Je lui murmure donc en baissant la tête que je vais être en retard au bureau maintenant.

Que ma vie est fichue si je rate la réunion. En fait je me parle à moi-même comme pour bien me faire comprendre que c'était cela mon destin finalement. Vivre le même jour sans fin. La même désillusion.
—Votre bureau se trouve où exactement ?
— Sur la place Masséna, je réponds machinalement.
— Nous pouvons y être dans dix minutes. Ma voiture est garée juste là. Permettez que je vous accompagne.
J'arrive à marcher normalement. Je ne me suis pas fait trop mal. Seules les paumes de mes mains ont un peu souffert. Elles ont rayé le sol tout de même ! J'essaie de ne plus penser pendant que je me dirige vers sa voiture. Jordan discute gentiment, me demande si je vais mieux et si mon état ne nécessiterait pas plutôt d'aller deux minutes dans la pharmacie histoire de voir si je n'ai rien de cassé. Hors de question que je perde une minute de plus dans la direction non souhaitée. Avec la malchance qui me pourchasse, je suis sûre que l'attente en caisse risque d'être longue et encore une fois, le seul leitmotiv qui frappe sur mon crâne est le fameux : je ne dois pas être en retard au boulot.
— Je te remercie mais ça ira.
Zut, je viens de réaliser ma gaffe tandis que son sourire commence à irradier mon cœur.
— Je veux dire... pardon je vous tutoie et...
— Non c'est sympa. On peut se tutoyer bien sûr. Après tout je viens de te sauver la vie. Tu as égayé ma journée. Je me sens comme un super héros.
Il se met à rire et je le suis. C'est vrai que j'ai toujours aimé son rire. Il est exactement le Jordan de mes rêves. La même beauté, la même force, le même humour. Je suis une étrangère à ses yeux, une nouvelle rencontre. Il ne peut pas comprendre que je sais tout de lui. Nous nous installons dans sa voiture. Sportive. Luxueuse. Il doit normalement en changer la semaine prochaine.

— Mais je ne me suis pas présenté. Je m'appelle Jordan, je viens d'arriver sur Nice aujourd'hui même. Je travaille dans la finance et je fais souvent des allers retours entre ici et Londres. Aujourd'hui je dois me rendre dans nos nouveaux locaux sur Cimiez.
— Mais... je ne te mets pas en retard au moins ?
— Non, je suis le directeur de la boîte, j'arrive un peu quand je veux. A toi maintenant.
— Je m'appelle Sophie. Je travaille pour le magazine de la Côte d'Azur, « Aîle émoi ».
— Je connais. On en a quelques uns dans la salle d'attente. Tu tiens quelle rubrique ?
Nous avons déjà eu cette discussion. Je dois admettre pourtant qu'elle ne se passe pas comme prévu. Car si je m'en tiens à mon rêve, elle avait commencé à la terrasse d'un café et non pas dans sa voiture. J'avais eu honte à ce moment là de lui avouer que je tenais un éditorial si petit que sans doute il ne l'avait jamais remarqué. Il était directeur, j'avais voulu l'impressionner. Aujourd'hui je n'avais pas besoin de me réfugier dans le mensonge.
— J'ai une réunion importante ce matin qui va sceller mon avenir dans le magazine. Si tout se passe bien, je vais m'occuper maintenant d'une rubrique concernant la vie dans l'arrière pays. Des randonnées, des activités dans les villages. Une façon de faire connaître notre belle région à tous ceux qui ignorent encore toutes les opportunités de détente qu'elle offre.
— Ça a l'air bien. C'est vrai qu'on a beau vivre sur la côte d'azur, on ne connait pas forcément toute sa beauté. On est entourés par la mer et la montagne. C'est le top de vivre ici. Mais j'avoue qu'à part cela, je ne connais malheureusement pas grand-chose de l'arrière pays.
Pendant qu'il parle je me remémore *notre* vie. Oui, il m'avait dit la même chose. Mais non il n'était pas un adepte des randonnées et a toujours refusé de m'accompagner dans mes

balades. J'en ai marre de penser à mes souvenirs ou quel que soit le terme concernant mes visions du futur.
Ou du passé.
Je m'embrouille. Tout ce que je sais c'est que ses mains sont sur le volant et que je les regarde avec beaucoup d'intérêt. Je me revois ronronner de plaisir comme un chat repu après chacune de ses caresses. La sensation de bien être ne me lâche pas. Elle enveloppe tout mon être tandis que nous discutons tranquillement. Je l'ai revu, l'homme que j'aime. C'est incompréhensible, étrange et pourtant je me sens bien. Car les sensations reviennent en force. Sa peau, étonnement douce et soyeuse. L'effet qu'il me fait n'est pas nouveau pour moi. Je reconnais les symptômes d'une attirance physique très forte. Je suis prise dans une bulle d'énergie et de puissance qui fait vibrer mon corps. Ma tête va même finir par exploser. Je respire profondément pour essayer de mettre de l'ordre dans mes pensées confuses. Je surprends souvent Jordan en train de me regarder du coin de l'œil. Je sais que je lui plais. Il m'avait avoué qu'il avait complètement craqué lors de notre première rencontre. Ce n'est pas une fiction. Tout ceci est bien réel. J'arrive à destination, je le remercie, il me rappelle que nous nous voyons ce soir pour dîner. Il me demande mon numéro de téléphone et me donne le sien. Je cours au bureau. La réunion n'a pas commencé. J'essaie de faire bonne contenance en pensant à tout le côté positif de cette belle journée sans me laisser sombrer de nouveau dans la neurasthénie. Cela a très bien fonctionné.

J'ai obtenu le poste.
Je revois Jordan ce soir pour un dîner.
Ma vie est magique.

4

Il est 19h15. Je suis sous le parking souterrain de la place Masséna. Dans une demi-heure j'ai rendez-vous avec Jordan. Notre point de rendez-vous se situe à l'entrée de la zone piétonne. J'ai largement le temps. Rien ne peut m'ôter le sourire carrément figé sur mes lèvres. Je porte pour l'occasion ma seule tenue de soirée un peu passe partout et totalement dégriffée. Un noir opaque qui me colle à la peau. L'air est encore doux. L'été est toujours là, lui aussi, entraînant des soirées chaudes. Il faudra que je commande d'autres tenues sur le fameux site des tenues renversées du camion. De vraies marques. Pour Jordan. J'avais mis du temps pour comprendre que ce qu'il aimait chez moi c'était de me voir vêtue avec élégance. Quand j'ai fouillé dans mon placard, je n'y ai trouvé que des vêtements bon marché. Evidemment. L'année dernière je n'avais pas encore rencontré Jordan. Je m'habille bien. J'ai du style. Mais Jordan veut beaucoup plus. Tout en me dirigeant vers la zone piétonne, je me mets en mode réflexion intense. A partir de maintenant, il est hors de question que j'embrouille mon cerveau de questions qui resteront de toute façon sans réponse. Je ne dois plus penser à la bizarrerie que je suis en train de vivre dans un temps décalé. Je me fixe pour objectif de croire que nous sommes effectivement en 2019. Le pourquoi du comment, le *mais qu'on m'explique ce qui se passe* n'est plus du tout le sujet du jour. A part m'angoisser, me replonger dans des explications ne servira pas ma cause. Le fait est que j'ai l'impression que la vie s'est penchée sur moi. J'ai du, à un moment donné, lui faire pitié. Toujours malheureuse, incomprise, *quelque chose* a peut-être décidé de me laisser une seconde chance. Si les choses se passent de nouveau exactement comme je commence à m'en persuader, je sais maintenant comment réagir. Je peux même anticiper. Je sais ce que je dois faire, ce que je dois dire, comment me comporter. La preuve en est que j'ai obtenu le poste. Oui mais... si on va par là, ce n'est pas du tout le remake de ma vie passée. Je refuse de penser au fait que changer de direction a ouvert la porte à un univers parallèle dans lequel je change ma destinée. Dans un autre, je suis, à l'heure qu'il est, complètement à la ramasse. J'en ai marre, vraiment, de réfléchir à tout ça. Je vais juste me laisser porter par le courant.

— Hé, salut !

Je dois lever la tête pour croiser les yeux bleus qui me fixent. Toute dans mes pensées, je n'ai pas fait attention à la personne qui arrivait en face de moi. Vincent ! Durant une seconde je me demande ce qu'il fait là et soudain je me rappelle de quelque chose. Oui, je me souviens qu'effectivement, en allant à mon rendez-vous avec Jordan, tout en marchant sur la place Masséna, j'avais remarqué Vincent au bout de la rue. J'avais subitement traversé pour ne pas avoir à le croiser. Mais aujourd'hui, préoccupée par mes pensées stupides, je n'avais pas réagi comme il le fallait. Car je ne l'avais pas vu venir droit sur moi. Je marchais vite et tête baissée. Et la rencontre qui n'aurait pas du avoir lieu se réalisa. A cause de mon inattention, je viens de créer une autre ouverture sur un monde parallèle ou quoi ? Combien d'univers je vais créer comme ça ? Car je ne peux vraiment pas me souvenir de chaque instant passé ni réagir de la même manière à chaque seconde. Cela devient très inquiétant. Je tourne mon regard vers le ciel, épiant le moindre mouvement bizarre de l'atmosphère comme un trou qui allait m'aspirer. Ou des éclairs annonçant un remue ménage d'ondes surnaturelles.

— Je sais que tu n'es ni sourde, ni muette ni sans opinion. Alors tu me la joues comment aujourd'hui ? Impolie ? Indifférente ?

Agacée ? Craintive ? Genre si je fais comme si je ne l'ai pas vu, il va finir par partir ?
— Très drôle. Vraiment, je suis pliée en deux.
Je lui tends la main pour le saluer très rapidement. Je n'ai qu'à lui dire que je suis hyper pressée et tout s'arrêtera là. Ma main reste tendue dans sa direction. Ah ! Je vois le genre. Monsieur ne va pas me la serrer pour me rendre la monnaie de ma pièce. C'est petit et mesquin. Et c'est tellement puéril. Mais non le voilà qu'il me la serre en la bougeant dans tous les sens.
— J'ai failli ne pas te reconnaître dis donc ! Tu es super maquillée. Et c'est quoi cette tenue ? Au départ j'ai cru qu'avançait vers moi une statue de cire. C'est assez flippant.
— Non mais je rêve ! D'abord je ne me souviens pas qu'on s'était tutoyé et en plus tes commentaires hein ? Tu veux vraiment que je te dise ou tu peux te les mettre ?
— Oui j'aimerais bien. Même si tu pouvais me faire un dessin, ce serait mieux. Que je visualise le lieu exact.
— Bon, je suis pressée j'ai rendez-vous.
— En fait, me parler juste quelques secondes t'en as rien à *cirer*
— Ma parole, tu es déchaîné ce soir ! Les blagues se succèdent sans un seul moment de répit.
— Oui ce soir c'est un soir exceptionnel, une magnifique blondinette a finalement accepté de diner avec moi
— Excellent, tu lui as sorti ce genre de blagues ? Je n'arrive pas à croire qu'elle ait été captivée.
— C'est toi qui as commencé. Je te dis bonjour et tu lèves les yeux au ciel.
— Tu m'as dit *Hey salut !* Tu te crois en plein western ?
— C'est parce que j'ai dit salut et pas bonsoir ? Je n'arrive pas à y croire.
— Il y a une sacrée différence entre Salut ! et Bonsoir ! On réserve le Salut à ses proches et le Bonsoir marque une distance polie conformément aux convenances sociales commandant de laisser à autrui la jouissance de son espace vital.

— Mais qu'est ce que tu dis ?
— C'est la définition du dictionnaire !
Il éclate de rire. J'essaie de réprimer mon envie de le suivre sans vraiment y parvenir. Finalement je me détends et je ne sais pas pourquoi je me mets à rire moi aussi. Peut-être est-ce du à toute la tension nerveuse accumulée depuis une semaine. Peut-être que mon corps avait besoin de spasmes pour se libérer de l'angoisse. Car j'ai beau jouer à la femme forte que rien n'effraie, je dois m'avouer tout de même que depuis une semaine ma vie n'a pas été facile à gérer. Il faut que j'arrête de rire maintenant. Sinon mon maquillage va couler. Je n'ai pas passé une heure dans la salle de bain à me parfaire le teint pour que tout s'efface en une seconde. Je sors de mon sac une éponge et mon mini miroir. Et me voilà en train de rectifier la mise.
— Non mais sans blague, tu as un grain toi.
Je ne me fâche pas. Il a dit ça d'un air gentil et charmant. Ce n'était pas méchant. Et puis, j'ai ri grâce à lui. Grâce à lui je me sens beaucoup mieux.
— Sérieusement je dois y aller. Je ne veux pas arriver en retard au rendez vous.
— Tu as raison, ça ne se fait pas. Un homme ne doit surtout pas attendre une femme. Elle doit arriver pile à l'heure.
Il lorgne ma tenue. Je n'aime pas voir ses sourcils se froncer.
— Qu'est-ce qu'il y a ? Ça ne va pas ? Pourquoi tu regardes ma robe comme ça ! Vincent, réponds moi.
— Houla arrête de stresser ! Même si je n'aime pas ta tenue...
— QUOI ?
— ... Je n'ai pas dit que je n'aime pas. Je te donne une hypothèse avec un si, tu suis ? Donc même SI ta tenue ne me plaît pas, quel est le problème ? L'important c'est qu'elle te plaise et que tu te sentes à l'aise. Quant au maquillage...
— Laissons tomber le maquillage, la tenue et toutes les choses que tu n'aimes pas chez moi. Je te remercie, tu as réussi à me faire rire et crois moi c'était pas gagné d'avance et maintenant

tu abats ta massue de nouveau pour que je me sente complètement nulle. Je te signale que j'ai un rendez-vous et tu me dis que je suis moche.
— Tu ne vas pas te mettre à pleurer. Sinon tu vas devoir ressortir ta grosse éponge et ton petit miroir.
Je prends mon sac et le tenant par la lanière je le jette sur son torse. Vincent continue à rire en lançant un petit aïe de souffrance ridicule.
— Mais non Sophie, je plaisante. Tu es parfaite. Tu es finalement telle que tu es au fond de toi c'est-à-dire glaciale. Et ça te va très bien.
Je lui jette de nouveau mon sac sur son torse. Il essaie de se protéger la tête de ses mains. Je le dépasse et accélère le pas. Je l'entends encore étouffer un dernier éclat de rire.

5

Jordan me regarde tandis que je me dirige vers lui. Ses yeux sont focalisés sur ma tenue. Très gentiment, il me dit bonsoir puis me fait passer devant en ouvrant la porte du restaurant. La soirée se passe divinement bien. Il me parle de son travail, je lui dis que j'espérais moi aussi un jour monter de grade...

Qu'est ce que je raconte ! Ça ne va pas se passer comme ça puisque je vais lui dire que je l'ai obtenue, ma promotion ! Ou alors non, je ne vais rien lui dire du tout. Je vais rester évasive. Je veux que les choses se passent exactement comme elles doivent se passer. Cette preuve est primordiale pour moi. Et puis, j'ai gardé de notre première soirée un souvenir mémorable. Si elle doit se faire de nouveau, je ne dois rien gâcher et laisser les choses suivre leur cours, sans aucune interférence de ma part.

Deux heures après, nous sortons du restaurant et nous marchons sur la promenade des anglais. L'air est doux. Je me sens belle dans cette robe moulante. Il me dit que je suis belle. Il me frôle la main et me demande si je veux venir boire un dernier verre chez lui. Il habite sur la promenade. Je l'accompagne, le cœur un peu serré par l'émotion. C'est une douce sensation que de sentir l'intérêt de cet homme que je veux pour moi toute seule. Nous continuons à parler de choses et d'autres. Rien de bien transcendant. Et nous rions souvent de nos blagues respectives. Je me sens comme une ado qui découvre son premier amour et qui s'élance joyeuse et consentante dans ses bras. Son appartement est très luxueux. Décoré avec un soin attentif pour l'art moderne. D'habitude je n'aime pas trop les teintes sombres, je suis plutôt du genre à mélanger le rouge et le blanc dans mon salon. Un peu d'orangé, du marron. J'aime les couleurs. Son appartement est impeccable, sans une once de poussière. Du blanc sur les murs. Du gris et noir pour les meubles. Et d'immenses tableaux design ornent le salon. Je m'assois sur le divan. Je ne m'enfonce pas comme sur le mien. Celui-ci est plus rigide. Je regarde alors Jordan qui vient s'asseoir à côté de moi. Il exerce sur moi une attraction puissante. Je me sens très attirée par lui, sa beauté angélique, son corps mat et musclé ravissent mes sens. Je m'exalte. Mon cerveau se laisse submerger par la fonte des glaces quand il se met à caresser mon corps au travers le tissu de ma robe qu'il n'a toujours pas enlevée. Il est tellement sûr de lui ! Je suis admirative devant les prouesses que ses mains obtiennent de ma peau. Je me sens bien. J'ai la sensation que chaque parcelle de mon corps se libère et se met à respirer. La petite étincelle de notre première rencontre devient plus épaisse. Elle est devenue flamme ce soir. Et elle embrase mon cœur et ma raison. J'apprécie chaque centième de seconde de cet instant unique où tout bascule. Une pulsion intense m'envahit quand il dégrafe ma robe et la fait glisser lentement sur le sol. Il la ramasse et la dépose doucement sur le dessus du divan. Il est merveilleux. Tendre et galant. Je suis éblouie. Je comprends que je suis prête à tout pour lui. Quitter mes amis, supporter les déconvenues de mon travail. Je suis prête à tout pour rendre cet instant éternel et continuer à obtenir ses faveurs sensuelles. Ses baisers sont lents. Il me donne l'impression d'être une gourmandise quatre étoiles qu'il savoure lentement. Le contact est chaud et humide. Il me fait languir sous sa caresse. Puis, il me déshabille comme si j'étais une fleur fragile. Un défeuillage, pétale après pétale. Tout en me déshabillant il croise mon regard et me dit que je lui plais terriblement. Les battements de mon cœur s'arrêtent. Le regard qu'il me lance est intense et brûlant. Ce qu'il vient de m'avouer est en accord total avec le désir que je lis dans ses yeux. C'est une fois nue qu'il m'embrasse avec fougue. Nos caresses se font plus intenses. Je ressens en moi un incendie de plaisir, tellement intense que mon corps va finir par se consumer. Littéralement je sens la brûlure du délice. Je suis devenue une braise ardente. Tout se trouble devant mes yeux quand il me porte alors sur le lit. Ses doigts se font plus entreprenants et je m'ouvre à lui sans pudeur. Mon bassin se dresse au son de nos gémissements. L'excitation, la chaleur, l'émotion, tout se mélange et s'intensifie au gré des minutes. Je me laisse entraîner par un tourbillon d'amour. Je me cambre un peu plus. Ses mains frôlent de nouveau mes épaules, mon visage, mes lèvres puis redescendent dans le creux de mes cuisses. Je suis touchée par l'état de grâce. La fascination que je ressens pour cet homme est empreinte d'un véritable coup de foudre engendrant de violentes émotions. Un pétillement de tension électrique poursuit les ravages de mon amour pour lui. C'est alors que je jouis dans un râle d'achèvement parfait. Le matin au réveil, béate d'admiration devant le corps de Jordan endormi, je me sens belle et éternelle. Une nouvelle femme est née.

C'est ainsi que tout a commencé. C'est également ainsi que la soirée s'est passée. Pas une fausse note. Pas un seul trémolo dans la suite des événements de la soirée. Tout s'est déroulé comme prévu. Je reste longtemps les yeux ouverts fixant le plafond sans le voir tandis que Jordan s'est déjà endormi. Dans un instant je vais me blottir contre lui. Je laisse le temps à mon souffle de se calmer un peu. Je fais le vide dans ma tête. Il n'y a que le visage de Jordan que je réussis à maintenir en état d'éveil dans ma mémoire. Il m'a saoulée de plaisir. La foudre est tombée sur moi. Une seconde fois. Ma réalité ne s'est pas modifiée. Je suis programmée pour l'aimer. Mon état d'euphorie s'accentue quand je le regarde, sublime, fort et puissant et en même temps si vulnérable dans son sommeil. L'intensité est si puissante qu'elle devient obsession. Difficilement contrôlable. Les symptômes sont toujours là : palpitations, gorge nouée, un nœud gigantesque qui me tord le ventre. Une alchimie d'émotions qui courent dans ma tête. Je vais me battre pour qu'elle perdure. J'ai appris de mes erreurs. A partir de maintenant, je vais laisser Jordan décider de tout. Je suis dépendante de lui et je dois m'oublier un peu pour laisser à notre histoire une chance de ne pas finir comme la « dernière fois ». Mais pourquoi m'oublier ? Je secoue la tête avec indignation. Je ne vais pas recommencer avec toutes mes pensées négatives ! Je dois avancer un peu. Je ne m'efface pas ! Je fais juste ce qui doit être fait pour que je n'ai plus à souffrir. Je fais ça pour mon bien. Etre heureuse avec lui ou malheureuse sans lui. Le choix est facile. Quand je sombre de sommeil dans ses bras, je sais ce qu'il m'attend. Mais cette fois ci je vais tout faire pour ne pas le décevoir. Je me fais une promesse : jamais il ne me quittera.

6

La semaine s'est passée sans encombre. Je suis sur un petit nuage. On est dimanche matin. Jordan a du partir à Londres ce week-end. J'aurais aimé qu'il me propose de l'accompagner. Mais je n'allais pas me mettre à le houspiller ou lui faire la tête à son retour, comme la « dernière fois ». Pour lui, cela ne fait que six jours que nous sommes ensemble. Alors, lui demander de faire des concessions ou de changer radicalement ses habitudes ne serait pas correct. Je sors un vieux jogging de mon placard. Je me mets en tenue sport pour aller courir dans les ruelles de mon quartier et atterrir au jardin des Arènes, faire cinq tours de piste et revenir toujours en trottinant jusqu'à chez moi. Récupérer la voiture et me rendre à Gilette, un village limitrophe de Bouyon pour une superbe randonnée dans l'après-midi. Je compte bien dévorer un sandwich devant un magnifique coucher de soleil. Je dois aussi préparer mes prochains articles. Autant profiter de l'absence de mon petit ami pour faire les choses sans l'entendre se plaindre de ma propre absence si jamais il avait prévu autre chose. Le timing est excellent finalement. Je me fais une queue de cheval, laissant mes cheveux raides.
Le fer à boucler que j'ai acheté très rapidement (parce que naturellement il n'existait pas encore posé sur une étagère) est resté dans la salle de bain. Jordan n'est pas là, je peux donc rester naturelle. Je ferai des bouclettes à son retour, je sais qu'il aime bien me voir comme ça dans la journée. Le soir par contre, lors de nos ébats, il a une prédilection pour le soyeux de ma chevelure raide. C'est un peu acrobatique de jongler avec les deux coiffures. Du volume dans la journée quand on se voit

pour manger sur le pouce à midi, et le soir après le boulot, je repars pour un lavage de cheveux rapide et un lissage complet au cas où il m'appellerait pour qu'on dîne. Et plus parce qu'il y a affinités.
Je mets un peu d'eau sur mon visage et le tour est joué. Je me regarde fixement dans la glace. Je suis jolie sans maquillage. Bon, pas vraiment une bombe sexuelle mais franchement quelle importance ? Je vais courir avec ma casquette qui barrera la vision de mes yeux. Et je n'ai personne à séduire. Ensuite je me promènerai dans les hauteurs de Gilette. Qui de mes connaissances je vais bien pouvoir croiser ? La réponse est évidente : personne. Je dois m'avouer que cela fait du bien de ne pas se réveiller aux aurores pour montrer à Jordan mon teint parfait sous une épaisse couche de fond de teint après avoir passé une demi heure de torture dans le silence de la salle de bain. Je déteste me maquiller avec autant d'ardeur en faisant attention aux finitions de mon eye liner. Et ces rimmels dont j'ai vanté les mérites dans mes anciens articles et qui doivent me faire des yeux de biche en recourbant voluptueusement mes cils ne correspondent pas à du tout à leur promesse ! Je dois mettre trois rimmels différents pour arriver au résultat qu'un seul d'entre eux devrait être capable de faire ! Heureusement que je me charge d'une autre rubrique maintenant.
Plus tard, sac à dos rempli de victuailles et de boissons fruitées je suis sur le sentier de Gilette. Je dépose ma voiture au village et je commence à parcourir le sentier qui m'emmènera tout en haut des collines. Comme j'aime la nature ! C'est une douce sensation de se retrouver loin de la foule bruyante de la ville, de respirer le bon air pur et d'admirer le panorama.
— Tu te rends compte, m'a dit Valérie avant-hier, que si jamais tes articles font fureur, tes petites escapades en solitaire dans l'arrière pays niçois vont se transformer en véritable émeute si les gens décident d'aller s'y promener en bandes !
— Tu essaies de me faire peur !

Et elle y a bien réussi. Durant un instant j'ai imaginé une horde de niçois se donner rendez vous dans les montagnes, criant, sautant, détruisant la flore en jetant des détritus dans la nature. Je deviendrai alors la pestiférée des villages. Aucun maire n'acceptera plus de m'y laisser entrer, me reprochant d'avoir donné trop de publicité à leurs lieux autrefois admirables et silencieux. J'ai maudit Valérie de m'avoir mis cette idée dans la tête, persuadée que c'était cela la pénitence de ma deuxième vie. Retrouver le bonheur dans les bras de Jordan et détruire tous les lieux enchanteurs par le biais de mes articles. Valérie a voulu plaisanter naturellement. Elle se croit mon amie depuis qu'elle arbore une chevelure violette grâce à moi.
Je pose mon sac à dos sur un rocher. J'ai faim. Marcher depuis tout l'après midi a creusé mon appétit. Heureusement que mon métabolisme me permet de brûler très vite les calories. Car à force de grignoter toute la journée, je deviendrai obèse. Je sors mes brioches au chocolat et un petit jus d'orange. Devant moi s'étendent le ciel et les montagnes. Le vert des arbres est apaisant. Le silence me comble de bienfaits. Je suis bien. Je suis heureuse. Je profite de ce moment de plénitude avec candeur.
— Bonsoir !
Le son de cette voix qui me réveille brutalement ne m'est pas totalement inconnu. J'ai bien senti comme une note de sarcasme dans ce petit mot jeté fort à mes oreilles. Je me retourne. La vision d'un large sourire et de deux yeux bleus me donnent envie de rugir. Mais ma bouche a beau s'ouvrir aucun son ne sort.
— Tu vois, reprends Vincent en conservant toujours son petit air moqueur, j'ai écouté très attentivement tes conseils que je mets en pratique avec une docilité étonnante.
— Mais c'est pas vrai ! Qu'est ce que tu fais là ?
— J'habite là.
— Ah ouais… dans une cabane perdue dans les bois ?
— Ma maison n'est pas loin.

D'une main il me montre une grande maison en pierre en bas de la vallée.
— Tu habites vraiment là ?
Il hoche la tête puis me dit qu'il part toujours en balade les weekends. A part si un patient l'appelle. Il sort son téléphone portable en faisant mine de chercher un signal.
— Aucun appel. Tu manges quoi ?
J'essaie de me remettre de mon étonnement. Cet homme à qui je n'avais parlé que quelques instants et à qui j'avais bien fait comprendre qu'il n'y aurait certainement pas d'autres discussions possibles est là devant moi. Enfin… dans mon ancienne vie j'avais cessé de le croiser. Il faut que je me fasse à l'idée que les choses le concernant ne se sont pas passées de la même manière. Logiquement, je n'aurais pas du être là sur la colline. Si j'y suis c'est parce que je dois écrire un article pour la rubrique qui va sortir dans quinze jours. Evidemment, je n'avais pas eu le poste auparavant… et ce dimanche là j'étais restée cloitrée chez moi à penser au retour de Jordan qui venait de me quitter la veille pour partir à Londres. Lentement je réponds à sa question en lui montrant mon paquet de brioches.
— Je peux t'en piquer une ? me demande t-il. Et en échange je te passerai la moitié de mon repas du soir que je tiens bien au frais dans mon sac à dos qui fait aussi glaciaire. Un pan bagnat, ça te dit ?
Je lance un soupir.
— A moins que cela ne te dérange que je te tienne compagnie.
J'en sais vraiment rien. Bon, allez, j'ai déjà bifurqué sur le parcours de mon ancienne vie. Et je ne suis plus à un univers près. En vérité, je dois en être à ma cinquantième création.
— Tu vas te montrer sage et normal j'espère. Je suis venue pour être au calme et pour méditer un peu.
— Même quand je mâche je peux être silencieux. Alors, dit-il en se faisant une petite place pas trop près de moi, ton rendez-vous c'est bien passé ?

— Oui et le tien ?
— Plus que parfait. J'ai réussi à coucher avec elle.
— Oh Seigneur, elle a du faire pénitence pour alléger son karma.
— Je te trouve de nouveau changée. Pas dans ta façon de parler, toujours aussi marrante mais dans ta tenue. Où sont donc passés les toilettes moulantes au décolleté vertigineux et la poudre de riz sur ton visage ?
— J'étais sûre que c'était une erreur d'avoir dit oui pour que tu restes.
— Tu es beaucoup plus jolie au naturel, c'est ce que je voulais dire.
— Tu es beaucoup plus charmant quand tu te tais. J'imagine que tu as été muet avec ta copine. Sinon comment aurais-tu pu la faire rêver ? Tu veux encore une brioche ?
— Attends, je te file un jus d'ananas en échange. Je ne sais pas si je l'ai fait rêver, mais je l'ai eue.
— Brioche contre pan bagnat as-tu dit. Tu as une façon de parler des femmes comme des objets que tu utilises pour ton plaisir personnel.
— La moitié de mon sandwich, ne rêve pas. Que veux-tu que je te dise ? Les femmes font pareil alors il faut arrêter de me la jouer outragée. Tu l'as eu, toi, ton rendez-vous ?
— En quoi cela te regarde au juste ? Moi je suis amoureuse. Je ne vais pas parler de lui comme s'il n'était rien d'autre qu'un passe temps. Toi tu n'es pas amoureux de cette fille ?
— Le sentiment amoureux n'est qu'un facteur dont dépend la survie de l'espèce. Quand tu réalises ça, tu es plus à même de vivre sereinement tes « histoires d'amour. »
Je le vois mâchouiller la brioche avec un petit air de suffisance de monsieur-je-sais-tout. Je ne peux pas dire que cela me dérange. Je crois plutôt que je suis intriguée. Curieuse aussi de savoir ce que j'ai raté en ne l'évitant pas. Peut-être une crise de nerfs.

— L'amour c'est merveilleux d'accord ? Alors arrête d'argumenter pour me faire croire le contraire. Je suis amoureuse. Je l'aime. Mon cœur s'emballe quand je pense à lui.
— Faut pas s'emballer. Tu risques de tomber de haut. Vis les choses pleinement plutôt.
— Comment vivre pleinement les choses si on ne s'emballe pas ?
— L'amour c'est un simple désir de reproduction. C'est ce qu'on appelle une nécessité fonctionnelle destinée à garantir la survie de l'espèce. Toi tu préfères voir ça comme une force mystique qui t'atteint de plein fouet, tu enjolives tout alors que c'est juste un phénomène rationnel. C'est pourquoi j'ai couché avec cette femme et c'est pourquoi elle a couché avec moi. Un besoin, une nécessité appelle ça comme tu voudras mais ne l'appelle pas amour.
— Tu me fais penser à tous ces hommes aigris qui ne veulent surtout pas parler de leur sentiment et encore moins de se laisser gagner par lui. C'est pathétique.
— Et la faute à qui ? Les femmes peuvent blesser. Vous n'avez pas le monopole de la souffrance. Alors oui mieux vaut en rire et en profiter au lieu de retomber dans les excès qui ne mènent qu'à te détruire. Un cœur en bouilli, c'est pas la joie.
— Parce que tu as déjà souffert toi ? je réponds d'un ton incrédule. Mais pour cela il faudrait que tu sois tombé amoureux. Donc tu ne comprendras jamais rien. Les hommes sont tous pareil, ils voient une fille qu'ils jugent potable et ils la veulent dans leur lit. Basta.
— Et les femmes non peut-être ? Vous êtes aussi à la recherche d'un homme à mettre dans votre lit. Et quand les choses ne se passent pas à votre convenance, vous rejetez toute la faute sur les hommes comme s'ils étaient les seuls responsables de l'échec de votre union.
— Parce que c'est souvent le cas.
— Arrête de lire les gros titres des magazines féminins. Ça me fait toujours marrer quand je vois les conseils qu'on donne aux

femmes pour nous séduire. Je te signale que si les femmes arrêtaient un peu de fantasmer sur les bad boys, leur vie sentimentale serait beaucoup plus saine. Vous n'en avez rien à foutre d'un homme sympa et gentil. Non, c'est ce que vous dites rechercher *mais* ce n'est pas cet homme avec qui vous repartez lors d'une soirée. C'est l'autre qui vous a fait tourner la tête. Et ensuite vous dites que cet autre vous a fait du charme et que c'est un beau salaud. Mais pourtant, c'est pour sa qualité de bad boy charmeur que vous l'avez choisi. Et toi pourquoi tu l'as choisi ton copain ?
Je crois qu'il m'agace. J'aurais du me lever et partir. Mais avant je dois lui répondre.
— Il est... parfait.
— Il a dit qu'il t'aimait ?
— Il a dit... que je lui plaisais beaucoup.
— Bon ben ça va. Au moins il ne te ment pas.
Je le regarde manger la brioche, plus vraiment incertaine du comportement que je dois adopter. Sa dernière phrase m'a plu. J'aime bien le fait qu'il ait parlé de mon copain avec correction en me laissant entendre que puisque il ne me mentait pas, alors ses sentiments étaient honnêtes. Il a parlé avec naturel comme dans une discussion entre potes. Il n'essaie pas de me séduire. Je ne l'intéresse pas. Tant mieux, il ne m'intéresse pas non plus. Son propre comportement vis-à-vis de moi est celui d'un bon petit camarade. Oh et après tout, ça fait du bien de parler un peu. Même s'il m'énerve toujours autant, il y a ce petit truc indéfinissable qui me retient.
— J'ai envie de salé maintenant, dit-il en fouillant dans son sac à dos. Le soleil ne va pas tarder à se coucher. Regarde les couleurs !
Il sort une espèce de nappe un peu flétrie sur les bords mais relativement propre, me tend une serviette et effectivement la moitié de son pan bagnat. Il s'installe confortablement, le corps allongé tenu sur son coude droit. Il a heureusement arrêté de

parler. On mange tranquillement devant le coucher du soleil. Subitement je me lève pour prendre une photo. Vincent attrape ma cheville et se met à me faire des chatouilles pour me déstabiliser. Je lui envoie un coup de chaussure sur le ventre. Pas trop fort, je ne suis pas sanguinaire. Il se met à rire. Puis je le vois préparer un début de « je rampe pour t'attraper de nouveau la cheville » mais il s'arrête net quand je lui dis que c'est important pour moi de prendre ces photos. Je lui explique tout en cliquant sur l'appareil devant la couleur rosée du ciel : que je viens d'obtenir le poste d'adjointe de la directrice et que des photos floues pourraient éventuellement me faire rater le coche. Je m'attends à un ricanement. Mais non. Il me laisse tranquillement prendre les clichés. Puis une fois que je termine, il me tend de nouveau le morceau de sandwich et on se met à parler de mon boulot. Gentiment. Par politesse je lui demande ensuite des informations sur le sien.
— Je suis médecin.
Il se remet à ricaner quand je le regarde avec les sourcils froncés et une moue totalement désabusée.
— Tu me fais parler depuis une heure de mon travail et toi tu ne me dis rien du tien ?
Il continue à rire comme un gamin. Il me fatigue. Mais il réussit pourtant à me faire sourire. Cependant, je me mets à jouer à l'énervée de service en lui lançant la serviette remplie d'huile d'olive sur la tête. Il se relève, me prend par la taille et me propulse dans les airs en me tenant par le ventre.
— Lâche-moi ! Ou je me mets à hurler.
Il me dépose au sol.
— Tu me fais peur. Regarde la vitesse à laquelle je t'obéis. Même si personne ne t'entendrait de là où nous sommes.
Je positionne mes mains sur les hanches tandis qu'il poursuit en souriant :
— Et là tu réfléchis sur le nouvel objet volant qui pourrait m'atteindre. Dis moi, tu es violente pour une cire humaine.

Je n'en peux plus de cet homme. Mais comme à chaque fois il se met à rire, je n'arrive pas à lui en vouloir. J'attrape mes affaires et je lui dis que je vais rentrer maintenant.

— Et quand je pense que j'ai échangé la solitude, le silence et mon envie de méditation pour **_ça_** ! je lui dis en fermant de rage mon sac à dos.

Tandis que je marche sur le sentier pour rejoindre la voiture, j'entends toujours son rire.

7

Le mois de septembre est passé à la vitesse de l'éclair. J'ai remercié chaque jour le fait de pouvoir revivre cette passion commune qui nous a habités Jordan et moi. Chaque jour je me remémorais notre vie au début de notre relation et tout avait été parfait. Nos cœurs ont palpité à l'unisson et nous partagions en riant l'affolement de nos sens. Oui tout avait été parfait. Tout l'a été de nouveau. Je suis redevenue légère et heureuse. La même similitude aurait pu de nouveau me faire sombrer dans l'incompréhension. J'ai préféré me focaliser sur notre union, ressentir le même émoi et me laisser totalement envahir par ce besoin pressant que nous avions l'un de l'autre. Je me sens forte et épanouie. Un peu chez moi, un peu chez lui, nous avons passé nos nuits amoureusement enlacés. A peine avions nous fini de faire l'amour, que l'on recommençait. Ce désir que nous avons l'un de l'autre ne s'est jamais épuisé. Nos bouches toujours collées, nos corps jamais rassasiés. Mes petits problèmes existentiels n'existent plus. Totalement effacés par les heures d'allégresse qu'il me fait vivre. Le temps s'est effacé devant notre bonheur. Plus rien ne me semble vraiment important. Rien ne l'est d'ailleurs, à part *lui*. Notre amour me suffit et mes pensées positives sont régénérées.

Nous sommes nus dans le lit, essoufflés après notre récente extase. La nuit commence à peine et nous l'avons déjà bien entamée. Il est collé contre moi, sa main droite redéfinissant le contour de mes lèvres. Ses yeux me fixent avec tendresse. Il me donne l'impression d'être unique et j'aime ça. Son regard semble ne plus pouvoir se détacher de moi. Tout se trouble. Ses

mains frôlent mes épaules et se baladent ensuite sur mes hanches. Je me sens repartir dans un nouveau tourbillon de plaisir. Il me donne le vertige.
— Tu as aimé ? me dit-il en cajolant mon cou de baisers rapides.
J'hoche la tête de satisfaction, mes yeux s'illuminent et j'enfouis ma tête au creux de son cou. Tandis que je suis encore dans le puits de l'extase, me laissant porter par le torrent de l'amour, naïve et amoureuse comme une ado il me susurre à l'oreille.
— J'aime faire l'amour avec toi.
Je suis au comble du bonheur. Je crois même que plus jamais je ne réussirai à redescendre de mon piédestal fait de splendeur et de contentement.
— Mais parfois tu gémis trop fort et cela me perturbe.
Facile pourtant de redescendre. S'échouer sur une plaque de béton l'est tout autant. J'ai des bleus à l'âme. Ma phase d'euphorie vient juste de s'estomper. Brutalement. En entraînant dans son sillage toute la confiance et l'estime de soi. Il n'a pas dit cela méchamment pourtant. Je sais qu'il n'a pas voulu me blesser volontairement.
— C'est que… tu me fais de l'effet, j'essaie de répliquer sans bafouiller et la tête toujours enfouie dans son cou.
C'est une honte de se sentir honteuse.
— Et j'en suis heureux.
Il se relève sur un coude et de l'autre main vient prendre ma tête pour que je croise ses yeux. Il me sourit tendrement.
— Je pense que les mots et les petits bruits qu'une femme fait au lit, s'ils sont pour me prouver que je suis performant, c'est sympa. Vraiment. Mais dans mon cas, cela me déconcentre. Je préfère le faire en silence car j'ai horreur des cris. Tu n'as pas besoin de jouer en exagérant tes sensations. Rien de plus démoralisant pour un homme d'imaginer une seconde durant l'acte que tout est fictif.

Je ne comprends vraiment rien. Il ne peut pas parler au nom de tous les hommes. Mes anciens amants ne se sont jamais plaints de cela. Ils adoraient me voir me déhancher et entendre mes gémissements car cela les a toujours émoustillés. Ils ont toujours eu beaucoup de plaisir à me voir leur grimper dessus et prendre les devants tout en leur dévoilant mon excitation. Et puis il ne faut pas exagérer non plus. Je ne gueule pas comme une diva s'époumonant sur la Traviata. Je ne gigote pas comme si j'avais le feu au cul. Parce que bon… c'est ce qu'il veut dire !
— Je le vois dans tes yeux que tu aimes quand je te touche. Je le sens sur le tressaillement de ta peau. Et je n'ai rien contre des **soupirs** *pleins d'enthousiasme. Tu comprends ce que je veux dire ?*
J'hoche de nouveau la tête.
— Je trouve bien plus excitant de partager des sensations par le regard. Les mots ne font que mettre de la distance. Crois moi, c'est divin quand dans le silence des mots, seuls nos corps parlent.
J'ai compris la leçon. C'est lui qui n'a rien compris du tout. A aucun moment je n'ai exagéré mes sensations. Mais puisque c'est ce qu'il veut, je vais garder mon self control. Je trouve ça ridicule mais je ne suis pas en position de force. Je tiens à cet homme. Je tombe des nues, vraiment. Je me sens nulle et sans attrait.

Tout cela fait parti du passé. Car cette fois ci j'ai agi comme il le désirait avant même qu'il ne m'en parle. J'ai détruit ma tendance à être *un peu* bruyante. Je fais attention. Si je l'aimais moins, je pourrais me moquer de son attitude hyper sérieuse quand il se met à bondir en moi. Toujours silencieux, si ce n'est quelques soupirs cela va sans dire, il me les a heureusement autorisés, j'aurais pu écouter le silence ou entendre une mouche voler. Quand il est sur moi et que j'ai ma tête au creux de son cou, je réussis à gémir... non... ***à soupirer*** contre son épaule. Il ne faudrait pas que je lui arrache le tympan si jamais je gémissais trop fort. J'ai toujours envie de lancer un rauque final. Alors je mordille un peu son épaule pour étouffer mon cri. J'attends qu'il me demande si je ne suis pas une adepte du vampirisme. Mais il ne m'a fait aucun commentaire sur ces légères morsures. Après tout, c'est la façon que mon corps a de s'exprimer. Jordan n'a pas l'air de s'en plaindre. Je crois même qu'il adore ça. J'évite donc de trop lui montrer mon plaisir par mes cordes vocales. Je me contrôle. Je lui montre dans mon regard à quel point il m'a fait du bien. Ensuite il s'endort. Depuis notre première nuit, je fais donc le contraire de ce que je souhaite. Car je ne veux pas lui faire peur. A force de rester sur le qui vive je perds un peu en naturel. Mais cela n'est rien. Car après un mois de nuits fantastiques et d'émotions excitantes dans un silence religieux, il me regarde avec des yeux différents. Il m'a même dit qu'il était sur le point de tomber amoureux. Mes ex aussi me l'ont tous dit. Alors ça aussi c'est énervant ! Ca sert à quoi de dire ça au juste ? Soit il me dit qu'il m'aime soit il ne me le dit pas. Parce que dire *je crois que je pourrais...* à part me stresser, m'angoisser, me faire frétiller de peur si jamais il n'y arrive pas... ça ne mène nulle part. Ou est-ce plutôt une façon de dicter ma conduite ? Agis comme ça et puis comme ça, fais ce que je te dis comme un brave petit soldat et peut-être (peut-être) que tu auras une récompense. Ce comportement m'a toujours énervée chez mes ex. Mais pas chez lui. La phrase sortie de la bouche de mon Jordan adoré a été parfaite. Car je sais maintenant qu'il peut y arriver. Puisque je sais exactement être la femme qu'il veut. D'ailleurs à ce propos...

Le 10 octobre, vers les 23 heures, il me dit :

— Je vais rentrer, ma douce. Demain je passe la journée avec des potes. Ils descendent de Londres et on va faire une petite virée détente.
Il m'embrasse rapidement et s'élance dans la salle de bain.
— Tu veux me les présenter ? je lance innocemment. On pourrait manger ensemble ?
— Je viens de te dire que c'est une virée entre potes.
— Mais demain on avait prévu de se voir. On devait passer le weekend ensemble. Tu m'avais promis. C'est important, tu t'en souviens ?
— Oui c'est ton anniversaire. Mais là je ne peux pas. Par contre...
Je vois sa tête sortir de la salle de bain. Il porte une serviette éponge autour de la taille. Cela m'attendrit alors que nous venons juste de tâter nos corps entièrement nus. Il est un peu pudique.
— On passe dimanche soir ensemble. On se fera livrer le repas. Si tu pouvais sortir un porte-jarretelle et des bas de soie... ce sera un anniversaire que tu n'oublieras pas.
Je commence à me braquer alors que sa silhouette vient de disparaître à nouveau dans la salle de bain.
— Bizarrement tu n'arrives jamais à te libérer pour me présenter à tes amis. Et puis on devait fêter mon anniversaire à Bouyon. Tu sais que j'ai une maison là bas. On serait seuls tous les deux.
— Non, me lance t-il d'une voix sourde, ta famille est là bas.
— Non justement, mes parents me laissent la maison. Je les ai prévenus que je fête mon anniversaire avec des amis. Je ne leur ai pas encore parlé de toi. Mais ce serait l'occasion.
— Ecoute, cela fait un mois et demi qu'on est ensemble. Je suis bien avec toi. Mais tu dois t'adapter aux imprévus. Si tu veux que ça marche entre nous alors tu ne dois pas m'étouffer. J'ai besoin d'espace. Nous en avons besoin tous les deux.

— Je ne suis pas en train de t'étouffer, tu es de mauvaise foi. C'est juste que c'est mon anniversaire et que tu m'avais promis qu'on le passerait ensemble. Tes amis ne peuvent pas reporter leur venue ?
Il ressort de la salle de bain. Il a fait une douche éclair. J'adore son torse humide. Je suis toujours sous l'effet de la chaleur quand Jordan apparait dans mon champ de vision.
— Tu as toujours une bonne excuse pour ne pas rencontrer ma famille et mes amis, je continue gentiment pendant qu'il se rhabille. Tu préfères aller voir tes potes à chaque fois que l'occasion se présente. Pourtant, si on est ensemble je devrais être numéro un sur ta liste des priorités. Comme tu l'es pour moi.
— Alors si c'est le cas, tu devrais me laisser faire les choses qui me font plaisir et ne pas m'obliger à rencontrer ta famille. C'est trop tôt.
Il s'approche du lit, la chemise encore déboutonnée. Je sens un creux au fond de l'estomac comme s'il venait de me donner un coup de poing.
— Écoute, je tiens à notre relation. J'aimerais qu'elle soit sérieuse. Pour moi d'ailleurs, elle l'est. Mais tu ne peux pas me demander de rencontrer ta famille alors qu'on se voit depuis un peu plus d'un mois. Laisse-moi le temps.
— Tu aurais pu le dire de suite au lieu d'attendre la veille. J'aurais compris. Mais là tu me mets devant le fait accompli. Et je ne dois rien dire. Donc tes promesses, c'est rien que du vent ! Tu sais quoi ? Va voir tes potes. Notre relation est récente et tu ne veux pas m'intégrer dans tes affaires privées ? Très bien, fais ce que tu veux. Mais dimanche, tu le passeras avec tes potes aussi. Je resterai à Bouyon. Avec les gens qui tiennent vraiment à moi.
Il est parti dans la minute qui a suivi. J'ai passé le weekend aussi triste que si la fin du monde avait été annoncée. A aucun moment je ne l'ai forcé à voir ma famille. Nous en avions

discuté et il avait été d'accord. Brutalement, il a pris peur sans doute et au lieu d'être franc avec moi, il m'a menti et s'est enfui. Dimanche soir j'étais de retour chez moi. Je m'en voulais de l'avoir un peu brusqué. Durant des heures je m'en suis voulu de ne pas avoir compris son point de vue. Il allait me quitter sans une explication rationnelle. Alors qu'il aurait été si simple de me conformer à ses besoins et à ses envies sans rouspéter. Quand à 21 heures la sonnerie de la porte se fait bruyante, j'enfile un pardessus léger sous mes sous vêtements coquins. J'ai tant espéré qu'il revienne. Il est là devant la porte avec deux paquets. Dans l'un, des sushis sortent un peu et je vois deux bouteilles également, champagne et vin. L'autre paquet est entouré d'un ruban rouge. Je suis heureuse bien sûr. Je le laisse entrer.

<u>Maintenant vers 23 heures :</u>

— Je vais rentrer, ma douce. Demain je passe la journée avec des potes. Ils descendent de Londres et on va faire une petite virée détente.
Il m'embrasse rapidement et s'élance dans la salle de bain.
Très bien, je vais rester naturelle, il va en être époustouflé. Evidemment, la foudre n'a pas cramé son cerveau à lui, il agit donc tout à fait innocemment.
— Tes amis restent le weekend ? je lui lance de mon lit d'une voix douce et polie.
Même pas un trémolo de colère ni une once de mécontentement.
— Oui, ils arrivent de Londres et ils n'ont pas pu faire autrement.
— Ok est ma seule réponse.
Je n'en reviens pas de mon naturel. Peut-être que je vais réussir à changer mon destin après tout. Si je perfectionne mon jeu

avec tellement d'aisance, une carrière d'actrice internationale s'ouvre à moi. Cela ne me déplairait pas de créer un autre monde parallèle dans lequel je serai devenue une super star du grand écran. Je vois Jordan sortir de la salle de bain, une serviette éponge autour de sa taille. Il a l'air penaud et en bafouillerait presque quand il me lance un peu gêné :
— Je sais que je t'ai promis de passer le weekend end avec toi mais là j'ai un imprévu. Naturellement dimanche soir je le passe avec toi.
– C'est une excellente idée. Qu'est ce que tu penses si je porte pour l'occasion des porte-jarretelles et des bas de soie ? Ça te plairait ? Faisons de mon anniversaire une nuit inoubliable.
— Tu es…. Tu es merveilleuse.
Serait-il en train de s'étouffer d'admiration ? Je m'approprie mon rôle avec une belle conviction. La diva nue dans son lit de satin blanc et qui s'étire en souriant d'un air tout à fait nonchalant. Le drap glisse et laisse apercevoir un bout de mon sein.
— Je pensais que tu… enfin que tu allais…
— Quoi donc chéri ?
Je prends l'air intéressé. Tout ce qu'il dit m'intéresse. C'est le trait même de caractère de ma nouvelle personnalité promue à un Oscar. Il faut que j'arrête de partir dans des délires imaginaires car Jordan me regarde avec une réelle admiration. Et oui, il n'avait pas encore réalisé à quel point je suis parfaite. Il s'assoit sur le lit et remonte le drap sur ma poitrine.
— Et bien… que tu allais me faire des reproches parce que je t'avais promis de monter à Bouyon avec toi.
— Mon amour, je suis tellement bien avec toi. Mais je ne crois pas que ce soit judicieux de te présenter à ma famille alors que cela fait à peine un peu plus d'un mois que nous sommes ensemble. C'est trop tôt, nous avons le temps. Tu ne m'en veux pas ?
— Bien sûr que non, je comprends.

— Quand ce sera le moment, tu me présenteras à tes amis et je te présenterai aux miens. Mais pour l'instant, on est si bien tous les deux ensemble. Pourquoi nous brusquer ?
— Oui c'est sûr.
— Tu es merveilleux et je t'adore mais je crois que ce serait une erreur de se précipiter, tu en penses quoi ?
— Comme toi.
— Crois moi, je ne veux pas t'étouffer, va voir tes amis. C'est important aussi de voir tes amis. De toute façon, tu seras avec moi le soir de mon anniversaire. Et c'est adorable.
Et voilà, le tour est joué. Ce n'était pas la peine que je m'énerve la dernière fois et que je fasse ressortir tout mon mal être pour quelque chose dont il n'est pas responsable. Bon, je vais avoir 29 ans mais Jordan n'est pas responsable de mon vieillissement. Je n'ai pas à lui montrer ma peur de finir vieille fille, la peur de ne jamais rencontrer quelqu'un qui m'aime, lui mettre la pression pour qu'il se démène un peu plus et *soupire* aux yeux du monde notre amour. Qui voudrait d'une femme stressée et dans le besoin ? Franchement ? Est-ce que moi j'aimerais subir cette pression d'un homme ? J'ai été stupide de prendre tout au premier degré la dernière fois. Je n'allais pas recommencer mes récriminations. Car il n'est pas dit que je me réveille une nouvelle fois pour recommencer la même année. Je dois tout comprendre en une fois et vite. Il me dit alors qu'il a prévu de voir ses amis samedi soir et que par conséquent il allait passer tout dimanche avec moi. Du matin jusqu'au lendemain matin. Vingt quatre heures pleines et entières pour un jour exceptionnel.
Tiens, il a changé ses plans. Ce n'est pas comme ça que ça doit se passer. Quelque chose est en train de se modifier. Encore. Car toute modification a des conséquences dans le présent. Dans combien de présents au juste ? Je m'embrouille. Si un truc change en une minute on se retrouve avec deux mondes qui existent. Alors après un an, je vais en créer combien de mutli

univers ? Je finirai par avoir les gros titres dans les revues scientifiques : la femme qui a crée *consciemment* une multitude de mondes parallèles.

Il faut que je me calme. Je ne vais pas faire un délirium tremens. J'ai pas assez de souci comme ça ? Et puis, je me suis déjà fait la leçon : arrêter de penser à ces choses. Je dois vivre le moment présent. Et c'est tout !

8

Puisque je suis seule aujourd'hui pendant que Jordan voit ses amis, je décide d'aller rejoindre moi aussi les miens. Le weekend généralement ils remontent tous à Bouyon après leur travail situé généralement sur Nice ou Cannes. J'ai grandi dans ce petit village. Je m'amuse du fait qu'étant plus jeune je n'avais qu'une envie : le quitter pour m'installer en centre ville. Maintenant mon envie a pris le chemin en sens inverse. Je préfèrerai vivre dans le village et faire de temps en temps quelques excursions dans les villes. D'ailleurs j'ai bien l'intention de m'acheter la petite maison en haut du village. Le prix est intéressant et j'ai quelques économies. Il faudra juste que j'aille faire du charme à mon banquier pour qu'il accepte de me faire un crédit immobilier. Sur vingt ans. Je dois me dépêcher un peu. 29 ans c'est la limite que je me suis fixée pour tomber sur l'homme de mes rêves. Dans quelques heures j'aurai 29 ans. Et pas plus de 32 ans pour avoir mon premier enfant. J'ai encore le temps même si le tictac de mes hormones s'agite de temps en temps. Mes amis sont tous en couple à part Lydia qui change de petits copains à chaque fois qu'elle fait la fête. Ce qui lui arrive souvent. Elle est blonde, hyper bien foutue, n'est pas idiote, même si elle joue parfois à l'écervelée de service pour passer le temps et nous faire rire. Je suis bien en leur compagnie. Nous nous remémorons notre vie d'enfant quand on s'amusait à courir parmi les arbres sans se soucier des problèmes des adultes. Maintenant que l'on fait tous partie de cette fange de la population, on se plaint du stress et de la fatigue devant un verre de rosé tandis que les enfants à leur tour courent parmi les arbres. Je souris devant la fatalité de la vie moderne qui est loin de correspondre à ce que nous attendions tous étant ado.

— Je suis épuisée, me lance Kathy en nettoyant d'un revers de main rapide le pantalon de son fils encore taché de boue. Vas-y, va jouer !
Elle se tourne vers moi avec un sourire las :
— Maman veut rester tranquille.
Elle me regarde en clignant de l'œil puis se met à rire gentiment. Son mari est assis à l'autre bout de la table. Plutôt beau garçon et franchement sympa. Il joue avec les mômes même quand ce ne sont pas les siens. Un mec adorable. Je me surprends à envier Kathy. Malgré la fatigue normale devant une vie de famille bien rangée, un mari et deux enfants, elle est épanouie. C'est pourquoi je suis surprise quand elle me tend un autre verre de rosé et un bout de quiche en lâchant un gros soupir :
— Oh la la ! Quand je pense que je ne rêvais que de ça ! Avoir des enfants. Ils me bouffent littéralement. Je suis contente de ma vie, poursuit-elle devant ma mine stupéfaite, mais parfois comme aujourd'hui par exemple j'ai un gros coup de mou. Je rêve de me retrouver avec Patrick sans les mômes, devant une mer sablée et des cocotiers.
— Rien ne t'empêche d'accéder à ce rêve. Il te suffit de laisser tes enfants à tes parents. Concoctez-vous une petite semaine en amoureux.
Il est hors de question que Kathy se mette à flancher. Elle et son époux sont l'exemple type de la famille que j'aimerais fonder. L'entendre se plaindre, c'est comme si elle s'ingéniait à détruire mon propre rêve. J'ai l'impression qu'elle jette des clous sur le chemin que je veux emprunter pour me faire croire que ce chemin elle le connait par coeur et que si je veux la suivre je vais forcément me blesser. C'est quoi ce conseil stupide ? Être las de temps en temps, j'imagine bien que c'est normal. Au lieu de s'évertuer à se plaindre, elle devrait penser à des solutions évidentes : prendre un congé. Ce que je lui dis d'un air sérieux. Je dois ressembler à un mage centenaire dont les avis sont emplis de sagesse. Ce dont je ne doute pas d'ailleurs.

— Tu as raison me dit-elle comme si l'idée ne lui avait jamais traversé l'esprit (ce qui me déroute totalement). Après tout, être parent c'est un travail. On a droit à des vacances. Patriiick !
Et la voilà qui s'élance vers son mari en minaudant un peu pour lui exposer son idée géniale. Et bien, je suis heureuse d'être venue à Bouyon au lieu de rester chez moi comme la dernière fois à me lamenter. Si j'ai réussi à sauver leur couple du naufrage par une simple phrase chargée d'un super bon sens, je n'aurai pas vécu ma vie en vain. Et surtout mon désir de fonder une famille en ressort encore plus fort. Mais je dois me calmer. Jordan n'est pas prêt du tout à avoir des enfants. On doit en parler plus tard logiquement. Juste avant les fêtes de la Saint Sylvestre. Je vais devoir la jouer fine à ce moment là. Sinon je cours à la cata. Car ça a été l'occasion d'une nouvelle dispute.

— Je trouve bizarre que tu me parles d'avoir des enfants après quatre mois ! Tu veux me piéger ? Alors autant être clair tout de suite, je n'en veux pas.

Non seulement je me rends compte à présent qu'il devait compter les jours et les semaines car à chaque fois il m'a sorti le temps exact passé ensemble (ce fut des « Après cinq, ou sept, puis 9 mois et quatre jours que nous sommes ensemble... » Et c'était vachement bien compté) mais en plus je me demande pourquoi il s'en rappelait avec une si nette précision. Kathy revient près de moi avec un grand sourire.
— C'est ok, nous allons prendre un congé parental. Un weekend pour commencer. Avec la rentrée scolaire et le fait que les garçons ont décidé de grandir plus vite que prévu, on doit encore aller leur acheter des fringues. Plus trop de sous pour un voyage dans les îles. Mais un weekend suffira. Pour l'instant. Dis moi Sophie, franchement, tu ne rêvais pas toi d'une autre vie ?
Elle me prend de court. Je lui dis que justement à l'heure exacte où nous parlons, je suis déjà en train de vivre mon rêve. Sans

entrer dans le détail du pourquoi et du comment, sans nommer l'illumination divine qui m'a permis de construire ce rêve pas à pas en toute connaissance de cause.
— Tu as quelqu'un ?
— Oui. Il s'appelle Jordan.
— Et c'est quand que tu nous le présentes ? Il aurait pu venir. Patriiiick, tu sais que Sophie a un boy friend ?
Tout le monde se tourne alors dans ma direction en applaudissant à deux mains. Evidemment qu'ils sont tous au courant de mes déceptions sentimentales successives et que cette bonne nouvelle les enchante. Ce sont de bons amis.
— Mais il est où ? demande le mari de Fabienne.
— Il n'a pas pu venir. La prochaine fois je vous le présente.
— Ça fait longtemps ?
Ça fait un an et presque deux mois.
— Un mois et demi.
Je n'aime pas être le centre d'attraction. Pourtant c'est ce qu'il m'arrive. Ils sont tous tellement enchanté pour moi, ça fait plaisir à entendre. Et pourtant je vais devoir changer de sujet pour que la discussion sur Jordan s'éteigne à tout jamais. Ils ne l'ont pas vraiment apprécié quand je l'ai présenté. Jordan non plus n'a pas eu l'air de passer un bon moment. Il ne m'avait pourtant rien dit mais les semaines suivantes, il a toujours trouvé un prétexte pour ne pas monter à Bouyon. Les rares fois où il avait été d'accord pour m'accompagner il avait fait une tête d'enterrement comme s'il s'imposait un grand sacrifice. Je fais tout de même une petite moue en songeant à mes pensées de l'époque. Je veux bien croire que l'amour est aveugle mais tout de même comment ai-je pu penser qu'il faisait ça pour me faire plaisir alors qu'à l'évidence cela l'avait fait relativement cher. Ce dernier mot me fait revivre un autre épisode. Quand Jordan avec sa sagesse coutumière et son franc parler stylé m'avait reproché de parler comme une mégère.

— *J'espère que c'est la fatigue qui t'a fait déraper. Tu sais que je n'aime pas du tout cette façon de parler.*

Je suis encore dans mes souvenirs, le front plissé et les yeux dans le vague quand j'entends la même voix familière dire bonjour au groupe.
— Salut toubib !
Encore lui. Ma malchance est tenace. Comme j'ai droit à une seconde chance dans ma vie sans doute cet homme là représente une pénitence pour qu'elle ne soit pas totalement parfaite. La dualité est universelle et l'un ne peut exister sans l'autre. Le jour et la nuit, le vrai et le faux, le yin et le yang. L'ombre et la lumière.
— Je ne t'ai jamais autant croisée, dit-il en me jetant un coup d'œil rapide tandis qu'il salue tout le monde.
— Ça ne fait que trois fois.
— Ah non ! Avec aujourd'hui c'est la quatrième.
Effectivement. Je n'ai plus de doute à ce sujet, les hommes aiment compter. Tout a été porté sur la table, le festin peut commencer. Vincent, le plus naturellement du monde, s'assoit à côté de moi. Je lui lance un regard en biais. Je devrais plutôt lui dire d'aller se positionner très près de Lydia. Elle est belle, intelligente, blonde et célibataire. Seulement, je n'ai pas envie de me transformer en ma mère et jouer les entremetteuses. Et puis, il ne me dérange pas. Je sais qu'avec lui au moins, je ne vais pas m'ennuyer. Bon, il risque de m'agacer comme d'habitude. Mais il est sans doute plus disposé à parler d'autres choses que des enfants. Je n'en veux pas à mes amis de focaliser sur la dernière facétie de l'ainé qui a réussi à se prendre la douche tout seul ou à discuter des prochaines vacances en couple sans leur descendance.
— Alors comme ça, tu viens faire un petit tour du côté de chez nous ? me lance Vincent en attrapant une part de pizza.

— C'est aussi du côté de chez moi. Je te signale que je suis née ici. Et toi... Ah oui c'est vrai tu habites là.
— J'habite à Gilette depuis le début de l'été. J'ai quitté la ville pour la montagne.
— Tu descends tous les jours pour travailler à l'hôpital de Nice ?
— Plus maintenant. J'ai quitté mon poste pour devenir médecin de campagne. Je fais le tour des villages quand on a besoin de moi. Dis-moi, Lydia n'a personne en ce moment ?
— Tu devrais le lui demander. Je ne suis pas son porte parole.
— Alors, le type du rendez-vous, ce n'est plus d'actualité ? Ça doit être pour ça que je te sens à crans.
— Absolument pas, tout va parfaitement bien. Et je ne suis pas tendue du tout. Enfin... pas encore.
Je le lorgne avec une grosse grimace qui le fait sourire.
— Moi c'est terminé. La blonde lumineuse n'a pas duré bien longtemps. Ça ne sert à rien de s'éterniser quand au départ nos caractères diffèrent.
— Mais quoi ? s'écrie Marc à l'autre bout de la table. C'est fini avec... bon sang comment elle s'appelle.... Elodie ! réussit-il à dire après que sa femme lui ait soufflé le prénom. Il s'est passé quoi ?
— Elle aime sortir en boîte. Faire des soirées pub avec ses amis. Bon ça encore j'aime bien. Mais seulement si ça reste exceptionnel. Tous les soirs ce n'est pas mon mode de vie.
— Ermite deviendrais-tu ? je lui demande en croquant sur une pâte feuilletée.
— Pas du tout mademoiselle Sophie, ne vous en déplaise ! singe t-il en imitant l'intonation de ma voix. J'aime faire la fête comme tout le monde mais j'aime le calme aussi. Elle pensait qu'ici c'était ma maison secondaire. Je crois qu'elle en avait marre des longs trajets.
— Désolée.
— Non pourquoi ? J'ai rendez-vous demain avec une autre.
— Interchangeable ! lance en riant Bastien.

— Si ça vous intéresse tant que ça, sachez qu'il faudrait que je trouve quelqu'un comme moi, qui arrête de critiquer ma façon de vivre et qui ne voudrait pas à tout prix me changer.
— Dommage que Sophie soit prise, lance Lydia, vous auriez pu essayer.
Vincent me regarde tandis que j'ai l'air horrifié : ma bouche s'ouvre. Je suis sûre que s'ils avaient tous tendu l'oreille parmi le brouhaha des voix et des assiettes que l'on déplace, ils auraient pu entendre un non d'horreur sortir de mes lèvres. Je pense que Vincent l'a entendu puisqu'il se met à ricaner.
— Tu vas bien finir par tomber sur la bonne, dit Kathy.
Vincent n'a pas l'air convaincu.
La soirée se passe dans la bonne humeur. Je remarque le changement intervenu chez Vincent au fur et à mesure que le temps passe. Il est drôle et d'agréable compagnie. Je m'en veux terriblement à chaque fois que je me mets à rire devant ses anecdotes au boulot qu'il raconte avec brio. Ce genre de soirée m'a tellement manqué ! Quand je pense que je suis restée une année entière sans profiter de leur présence. Ils sont tous agréables, chacun avec ses mimiques particulières, le caractère parfois brusque et un franc-parler que Jordan ne trouve pas savoureux. Mais ce sont mes amis. Ma famille. Je dois trouver le moyen pour que Jordan les aime aussi. J'ai bu un peu trop de rosé sans doute car je crois cela possible. Je pense sincèrement qu'on peut changer les choses avec un peu de doigté. Jordan est une merveille de la nature. Mes amis sont merveilleux tout autant. Pourtant ils se repoussent mutuellement tels des aimants sur le même pôle. Il suffirait juste de pousser les forces magnétiques de l'autre côté pour qu'ils s'attirent. Je trouve l'idée intéressante et tout à fait faisable.
— Tu laves et moi j'essuie, ça te va ?
Vincent m'a suivie dans la cuisine. Il a ordonné à tout le monde de rester assis. Ils avaient *tous* préparé un repas d'exception, ils étaient *tous* maintenant à s'occuper de leur marmaille pour les

préparer à se mettre au lit, il allait donc lui-même s'occuper de *tout* ranger. Même si cela aurait été drôle de le voir s'agiter pour nettoyer la quantité invraisemblable de vaisselle, je n'allais pas rester les bras croisés. De toute façon même si j'en avais eu envie, je n'aurais pas eu l'opportunité de rester tranquille dans mon coin. Car j'ai vu arriver droit sur moi les filles de ma copine qui m'appelaient tata. Elles voulaient sans doute que je leur raconte une histoire. Je ne suis pas prête à débiter sur une belle princesse en détresse qui attend son prince charmant. Je le ferai, naturellement, quand j'aurai des enfants à moi. Mais jusqu'à ce moment précis, je refuse de lire une seule ligne de conte de fées. Je ne sais pas pourquoi ça m'agace. J'avais essayé une fois de leur raconter l'histoire d'une femme forte et indépendante qui réussissait à manœuvrer habilement entre ses enfants et son travail tout en restant sexy et disponible pour son mari, elles n'avaient eu de cesse de me demander d'abréger en me tendant le livre de la Belle au Bois dormant. Une demi-heure de cauchemar. Je m'en souviens encore. C'est étrange mon rejet pour les belles histoires romantiques alors que ma vie tourne autour de ça. Sans doute parce que chaque fois que je tombe sur l'instant où je dois leur lire une histoire, je suis soit célibataire soit venue seule. Ça doit me déprimer. Inconsciemment. C'est donc avec précipitation que je me lève en répliquant que tout de même non mais des fois, moi aussi je vais mettre la main à la pâte. Avec un plaisir évident. J'ai tellement bien sprinté que je suis arrivée dans la cuisine avant Vincent.
— Alors ? me demande Vincent. C'est étrange. A chaque fois que je te parle tu mets une heure pour répondre.
— Et si tu lavais et moi j'essuyais ?
Il se frotte le menton en guise de profonde réflexion tout en levant son autre main pour regarder sa montre puis il répond :
— Je ne sais vraiment pas comment tu fais pour attendre une heure avant de répondre. Moi je n'y arrive pas. Bien, on va dire

que tu commences à laver et j'essuie et ensuite je finis de laver et tu essuies, c'est ce qu'on appelle le partage des tâches.
— Je te fais remarquer que c'est toi qui t'es proposé pour venir *tout* laver. Ce qui m'intrigue du reste. Je ne t'imaginais pas être aussi serviable.
Il ricane de nouveau. Ça doit être un tic chez lui.
— Je sais à quoi tu penses. Tu t'attendais certainement à ce que je m'éclipse dans un coin obscur avec Lydia.
— Je pense que vous pourrez vous entendre. Elle part comme toi du principe que ses amours sont interchangeables.
— Je te remercie pour l'info mais j'avais déjà compris. Je viens à peine de faire leur connaissance. Je ne vais pas commencer à draguer l'une d'entre vous. Ça serait du plus mauvais gout pour la cohésion du groupe.
— Je pense plutôt qu'elle ne te plait pas. Les hommes généralement ne réfléchissent pas autant quand une femme leur plait.
— Je ne l'intéresse pas. Je suis trop gentil et elle s'en fout de ça. Elle veut du lourd.
— N'importe quoi.
— Je connais ce genre de femmes, j'ai déjà pratiqué. Je n'en ai pas gardé un très bon souvenir.
Comme il me dit cela avec un petit air distant et tristounet, je me dirige directement dans la faille pour tirer mon obus. Seul moyen pour faire des dégâts. Cela lui apprendra à me ricaner dessus tout le temps.
— Oh ! Je n'ose croire que ce petit air triste signifie que tu as souffert. Non, je parie que tu n'as jamais eu d'histoire sérieuse.
Il range les plats un à un dans le vaisselier et continue le séchage des autres assiettes.
— Je suis sorti avec une fille super cool et sympa à première vue. J'ai mis du temps à lui faire accepter l'idée que je pouvais lui plaire si elle y mettait un peu de bonne volonté. Ça m'a pris six mois pour la décider à me regarder autrement qu'une simple

connaissance. Alors bien sûr j'étais sur un petit nuage quand elle a dit oui.

J'ai presque failli casser un verre. Heureusement que je l'ai attrapé rapidement. Il faut dire que je suis surprise de l'entendre parler aussi longtemps d'un sujet personnel. Je ne tiens pas à l'interrompre. C'est bizarre comme sa voix réussit à m'apaiser.

— Après presque un an de vie commune, elle s'est mise à flirter avec l'un de mes collègues. Elle est partie avec lui. Lui il s'en foutait complètement et elle s'accrochait. Il l'a quittée bien sûr pour fricoter avec une nouvelle stagiaire. Elle est revenue vers moi, en pleurant, s'excusant, presque en me suppliant pour que je la reprenne. Je n'ai pas voulu. Comme je n'ai pas su lui pardonner, elle a commencé à dire que j'étais insensible, que je n'avais aucune maturité. C'est elle qui m'a trompé et c'est moi le salaud.

— Mais tu t'es demandé pourquoi elle t'avait quitté ?

— Dans ton esprit pervers, tu t'imagines que c'est parce que je ne suis pas un bon coup.

— Et voilà, il faut absolument que tu mettes le sexe sur le tapis. Allez, à ton tour de laver. J'essuie.

— Quoi ? C'est vrai non ? Quand une femme trompe c'est qu'elle n'est pas heureuse au lit. Vous n'en parlez pas ouvertement parce que vous avez peur de passer pour des vicieuses ou des salopes alors que c'est tout à fait normal d'aimer ça.

— Tu aurais pu essayer de comprendre pourquoi elle t'avait quitté. Tu aurais pu faire des compromis pour lui faire plaisir.

— Je veux une partenaire qui soit vraie et sincère. Moi je me comporte comme ça et j'ai toujours tout loupé. Alors les déceptions ça va hein ?

— Tu as essayé de changer ton comportement avec les autres femmes ?

— Non.

— C'est pour ça que tu es seul. Tu aurais pu faire un effort.

— Comment ça ?
— Avec Jordan, je fais en sorte de lui faire plaisir. Je lui donne ce qu'il veut, je me comporte comme il aime et je suis sur un petit nuage.
— Tu veux dire que tu lui mens ?
— Des compromis ça s'appelle !
— Ah non, compromis n'a jamais été de faire semblant. S'il n'y a pas d'honnêteté à la base, votre histoire n'est pas saine.
— S'il voit tous mes défauts au début, il risque de fuir.
— Mais enfin Sophie, un couple doit se bâtir sur de bonnes bases. As-tu jamais été sincère avec lui ?
— J'essaie juste de correspondre à son idéal tout simplement parce que je veux être avec lui et qu'il faut faire des compromis dans un couple. Il n'aime pas que je dise des gros mots ? Et bien je n'en dis pas. Ça va c'est pas catastrophique de parler correctement. Il préfère quand je suis maquillée ? Et bien je me maquille. C'est ça des compromis !
— Avec ton comportement, t'es mal barrée.
— Parce que je l'aime et que je veux lui paire ?
— Pour toi la séduction est l'art de faire semblant et de mentir ? Je privilégie le fait d'être moi-même.
— Et la complicité et le partage alors ?
— Tu t'enfermes dans un rôle qui n'est pas le tien. A la longue il va le découvrir. Je n'ai jamais aimé l'expression *le jeu de la séduction*. Ça marche pour des liaisons passagères mais dans un couple tu ne peux pas jouer si tu veux que ça dure. La séduction pour toi c'est un jeu et après tu t'étonnes qu'il joue lui aussi et que tu perds. Moi je ne suis pas un beau parleur qui fait des promesses à la pelle en essayant de me transformer pour plaire. Ou on m'aime pour ce que je suis ou on ne m'aime pas.
— Et donc tu es célibataire.
— J'en ai rencontré des menteuses et des joueuses. Et une qui m'a dit après deux mois qu'elle était désolée mais qu'elle ne pouvait pas continuer. Et pourquoi je lui ai demandé. C'est

compliqué ma t-elle répondu. En quoi ? En quoi c'est compliqué ? Elle ne m'a jamais répondu. Et j'en avais fait des concessions pour elle ! Elle était avec moi parce que j'étais médecin. Elle s'imaginait une vie d'aristocrates dans des lunchs réputés avec le gratin alors elle a fait des compromis pour que je craque. Elle s'est comportée comme la femme que je voulais qu'elle soit. Résultat ? Quand elle a su que je ne voulais pas devenir un chirurgien réputé mais un médecin de campagne, crois moi que son naturel est revenu au galop. Je suis tombé amoureux d'une femme qui n'existait pas. Elle s'était inventé un personnage pour me plaire. Alors laisse tomber. Si tu aimes cet homme reste toi-même avant qu'il ne découvre tes supercheries. Si toi tu tombes sur un homme qui te ment, tu vas t'enfuir non ? Faire semblant n'est pas sain. Tôt ou tard tu vas te trahir et ce sera une grande déception pour lui. Il n'aura plus confiance.
C'est à ce moment que nous avons commencé à alerter tout le groupe. Je me suis mise à parler de plus en plus fort parce que ses sous entendus mesquins me faisaient rugir. Et Vincent, m'entendant parler plus haut se mit à parler plus haut lui aussi. Je ne crois pas qu'on se soit rendu compte qu'ils étaient tous arrivés à proximité de la cuisine, essayant de comprendre pourquoi on s'était mis brusquement à se chamailler.
— Je veux juste arriver à le comprendre pour le rendre heureux ! Tu me fiches le cafard. Je ne suis pas responsable si toutes tes ex t'ont quitté. Si tu avais un tant soi peu changé ton caractère, les choses auraient pu être différentes. Mais tu es buté. Tu as des défauts ? Essaie de t'améliorer. Mais non ! Tu te trouves tellement parfait ! Moi je ne suis pas parfaite, j'ai des défauts et je les corrige. C'est normal de vouloir changer. Je n'ai pas envie de finir comme toi ; solitaire dans ma cabane en bois à médire de l'autre sexe alors que c'est moi le problème en ayant voulu conserver mon sale caractère !
— Etre en couple bordel c'est avancer à deux et non pas avancer pour l'autre !!

— Il faut tout de même faire des efforts pour faire tenir le couple.
— Oui chacun doit en faire. Pas toujours la même personne. Crois moi Sophie, je t'aime bien, c'est pour ça que je te dis ça, dit-il très énervé et en hurlant presque. Mieux vaut être apprécié pour ce que tu es plutôt que d'être aimé pour ce que tu parais être. Ta véritable personnalité vaut le détour. S'il ne l'accepte pas, il n'est pas fait pour toi.
J'en ai assez entendu.
— Tu t'es proposé de tout nettoyer. Alors, vas-y. Nettoie tout.
Je lui jette la serviette humide en plein visage d'un geste rageur et je pousse mes amis pour pouvoir sortir de cette pièce infernale. Cette fois, je n'ai pas entendu son rire.

9

Il est sept heures du matin. Je saute du lit déjà agacée par le fait que je n'aurai peut-être pas le temps de me pomponner avant l'arrivée de Jordan. Si je n'avais pas été aussi énervée hier soir, j'aurais pu m'endormir tranquillement en pensant à l'homme de mes rêves qui allait passer la journée avec moi. Mais non, c'est Vincent qui a pris la première place dans mes pensées et qui m'a empêchée de dormir. Je me suis battue avec les draps en cherchant la position adéquate pour fermer les yeux et ne plus penser à ce qu'il m'avait dit. Mais ce salaud a bien réussi son coup. Je n'ai pas arrêté une seconde de penser à ses réflexions débiles et méchantes. Une grande partie de la nuit je l'ai passée à contrer toutes ses attaques. Naturellement les super réparties que j'aurais pu lui lancer pour le faire taire sont arrivées bien trop tard. J'avais été à deux doigts de lui passer un coup de fil pour lui sortir tout ce que j'aurais pu lui dire. Je ne sais pas pourquoi mon cerveau fonctionne au ralenti. C'est toujours une heure après que je m'écrie : «C'est ça que j'aurais du répondre ! » Absurde. Tout est absurde chez lui aussi. Si prétentieux, si sûr de lui. Ça ne m'étonne pas que toutes les femmes le fuient, il ne fait aucun effort, persuadé que sa personnalité est suffisamment parfaite pour ne surtout pas la changer. C'est bien un homme tiens ! Aucun compromis. Jamais. Et après il s'étonne que ça ne marche pas. Me faire passer pour une menteuse ! Il n'a *rien* compris. Je ne fais pas ça pour profiter de la crédulité de Jordan. Je fais ça pour que nous soyons heureux tous les deux. Je fais ça pour que notre couple fonctionne. Et parce que je ne veux pas le perdre. Je m'élance dans la salle de bain toujours aussi énervée. J'ai même fait un rêve bizarre dont je ne me souviens pas vraiment. Je sais seulement que je me suis réveillée en pleine nuit avec cette phrase qui trottait dans ma tête : « Sors de la capsule sinon tu vas mourir asphyxiée ! » Je devais rêver que j'étais dans une fusée visitant l'espace sinon cette phrase n'a aucun sens. Je prends une douche rapide. Il est sept heures dix. Jordan a dit qu'il serait là ce matin. Pourvu qu'il me laisse le temps. Je sprinte pour me sécher, me maquiller (là je sprinte moins, je fais attention à la perfection de mon teint, ça m'a pris une demi heure). Ensuite je repars dans la course poursuite de mes sous vêtements. J'enfile le premier bas qui se déchire évidemment. Mes ongles sont trop longs. Mais super bien manucurés d'un rouge flamboyant. Je souffle pour me calmer et je cours comme une damnée pour sortir ma seconde paire de bas. Une fois que je suis parée de mon porte jarretelle, les cheveux raidis à leur maximum, le maquillage soigné, je m'écroule sur le fauteuil. Il est huit heures et demie. Peut-être que j'ai le temps de prendre un café. Mais j'ai peur que cela ne m'excite encore plus. Je lance alors tous les gros mots que je connais. J'en invente même certains. Ce qui réussit heureusement à me faire rire. Huit heures quarante. Bon, Jordan ne va pas tarder.

A onze heures, il n'est toujours pas arrivé. J'ai le ventre qui gargouille. Il m'avait bien dit qu'il serait là ce matin de bonne heure non ? Sans doute que sa notion du temps est différente du commun des mortels. Ou alors il a oublié. Quand je suis angoissée ET énervée, mon corps me le fait bien comprendre avec ses symptômes antipathiques : palpitations, creux au fond du ventre, cerveau en ébullition. J'ai presque l'impression de voir sortir de la fumée bien noire et épaisse. Je dois arriver à me contrôler. Il ne manquerait plus que je me mette à hurler sur Jordan dès qu'il ouvrira la porte. Je n'ai pas fait tous ces efforts jusqu'à présent pour sombrer avant la ligne d'arrivée. Je respire bien profondément. Cependant, quand je commence cet exercice mental de relaxation, j'entends la voix de Vincent me demander de me calmer et de respirer par le ventre comme lors de l'anniversaire de mon père. Sacrebleu, cet homme est en train de me pourrir ma vie ! J'arrache un coussin de mon lit et j'essaie de visualiser dessus le visage de l'autre tordu. C'est avec un rictus impitoyable que je me mets à taper dessus. Il est onze heures quinze. Je suis beaucoup plus sereine. Même si Jordan n'est toujours pas là. Je me sens ridicule en petite tenue sexy dans mon appartement solitaire. A treize heures j'entends sonner. Je me demande si je vais arriver à me lever. Je me suis tellement affalée sur le fauteuil, enrobée de mon drap pour ne pas avoir froid. Je dois ressembler à une momie frigorifiée. C'est Jordan ! me lance alors mon cerveau qui se réveille un peu. Je cours dans la salle de bain pour me regarder dans le miroir. Ça va, tout est impec. La sonnerie retentit une deuxième fois. Vite, je ne vais pas le faire attendre. Même si lui de son côté... Non, je dois rester zen.

— Coucou ! me fait-il en me tendant deux paquets.

Dans l'un sortent des sushis, une bouteille de champagne et du vin. Dans l'autre un paquet entouré d'un ruban rouge. Je n'ai pas le temps de défaire mon cadeau que Jordan est déjà en train de caresser mon corset. Ses yeux brillent plus que d'habitude. Le porte-jarretelle décidément à un effet quasi immédiat sur lui. C'est une arme fatale. J'ai bien fait d'en choisir un avec la dentelle. Je crains que celui tout en cuir l'aurait un peu déstabilisé. Là il a l'air totalement à son aise. Les préliminaires ne durent pas bien longtemps. Il me fait garder ma tenue ainsi que mes escarpins à talons aiguilles. Il soulève adroitement un bout de ma culotte elle aussi dentelée et il commence. J'aurais préféré un peu de sensualité et de romantisme. Mais à l'évidence, il a envie de tout tout de suite.

Cinq minutes après, il se positionne sur le dos. Je l'entends respirer fortement. J'ai failli lui demander un peu de silence. Je dois être encore un peu énervée. Ce n'est donc pas le moment de lui lancer une petite vacherie sur les soupirs.

— Ta journée s'est bien passée avec tes amis ? je demande curieuse.
— Oui, pas mal.
Et c'est tout. Il se lève, se dirige dans la salle de bain en me disant qu'il en a pour une minute et ensuite ce sera mon tour et encore ensuite on déjeune. Je ne suis pas fan du poisson cru. Seuls ceux avec du saumon me plaisent. L'avocat aussi. Pourtant j'aurais préféré autre chose. Je ne sais pas moi… un plat qu'on aurait cuisiné ensemble. Même une salade aurait fait l'affaire. L'essentiel aurait été de se retrouver tous les deux en action. J'aurais aimé le faire saliver sur un plat audacieux qu'il aurait adoré concocter avec moi. Je ne sais plus qui a dit que le chemin qui mène au cœur d'un homme passe par l'estomac. Je crois que c'est viser manifestement trop haut. Je n'aurais pas non plus dédaigné un moment d'intimité sous la douche. Mais bon… je dois obéir non ? C'est pas ça mon challenge ? Cependant je suis hyper déçue. J'aime le sexe avec lui parce que je l'aime. Lui il aime le sexe voilà tout. Ah non, je ne dois pas déprimer. Et puis cette façon qu'il a de résumer sa journée d'un « Ouais pas mal ! » comme si tout est dit. Je sais que le langage n'est pas son fort. Mais tout de même je n'aurais pas été contre un peu de précision. S'il m'avait demandé en premier comment s'était passé ma journée, je lui aurais tout décortiqué en lui faisant un rapport détaillé digne de Sherlock Holmes. Je n'aime pas me sentir nerveuse et déçue. Je dois plutôt me focaliser sur le fait qu'un homme en général n'aime pas les grands discours. En tous les cas mes ex étaient pareils. Ne pas s'inquiéter donc. Se dire que c'est tout à fait normal. J'essaie de me persuader que dans un couple on ne doit pas forcément tout raconter dans le menu détail comme si on commençait un roman. Il va falloir que je m'y fasse.

En matière de sexe les femmes ont besoin d'une raison. Les hommes d'un endroit.

Je me lève rageuse. A force de réfléchir je tourne en rond et je vais finir par créer des problèmes. Comment faire taire mes pensées ? Qu'est ce que je cherche au juste ? A gâcher ma journée ? Bon sang, Ce Vincent…. Si je le recroise un jour il a intérêt à se sauver. Car je me vois bien écraser sa petite tête de fouine sous les ravages de mes escarpins à talons super hauts. Tout est de sa faute. Mon état d'anxiété qui perdure c'est à cause de lui. Il a bousillé mon anniversaire. Je ne dirai pas que je le hais car ce serait lui faire trop d'honneur. Il me fait pitié tiens ! Quand finalement nous entamons les sushis, je me dis que j'ai de la chance tout de même d'être avec Jordan. Une petite voix me titille alors que rester enfermés à la maison est le lot d'un vieux couple qui n'a plus rien à se dire. Je tressaille d'indignation. Vincent, sors de ma tête ! Toi et tes petites réflexions assassines. J'y crois pas, il est en train de bousiller ma vie !

10

— Ça fait combien de temps que nous sommes ensemble ? je lui demande d'un air tranquille pendant que nous déjeunons chez lui pour une fois.
— Deux mois et trois jours.
Exact. C'est rigolo.

Cela fait deux mois et trois jours que nous sommes ensemble. Je me sens toujours aussi amoureuse et un peu jalouse aussi. Ce soir il va sortir pour une soirée d'une fondation de je ne sais plus trop quoi. Cela n'a pas vraiment d'importance. Seul le fait qu'il ne m'y invite pas me rend fébrile d'une jalousie ridicule.
— J'aimerais bien y aller avec toi.
— Mais tu vas t'ennuyer. On va rencontrer des dignitaires pharmaceutiques et des médecins. Ce n'est pas une soirée glamour.
— Ça m'est égal. J'aimerais passer la soirée avec toi.
— Ecoute Sophie, c'est pour mon job. Je n'aurai pas le temps de m'occuper de toi. Mais je serai de retour vers vingt deux heures et à ce moment là tu seras ma priorité.
Son sourire coquin a brutalisé mes neurones. Je n'arrive pas à lui montrer un visage serein. Il voit bien que je suis triste.
— Bon… si tu veux venir viens. Mais je t'assure que ce sera une perte de temps pour toi. Tu vas t'ennuyer et je serai en train de parler argent et actions, toutes ces choses qui ne te concernent pas. Tu vas te sentir seule. Tu ne connais personne. Je ne resterai pas longtemps, je t'assure que je n'ai qu'une envie ; rentrer vite pour qu'on soit ensemble.
J'ai hoché la tête encore tristounette. J'aurais pu dire oui. Mais je vois bien qu'il n'en a pas envie. Je crois que je suis lasse

d'être traînée comme un boulet. Alors je lui dis que je vais l'attendre bien sûr et que je lui souhaite tout de même de passer une bonne soirée. Il est parti vêtu avec élégance. Sa beauté me fait tourner la tête et je me dis alors que je ne dois pas être la seule femme à le remarquer. Peut-être qu'il va rencontrer une femme irrésistible et je serai reléguée au cinquantième plan. Ma soirée va être triste sans lui. Je sais que j'en oublie presque de respirer quand il n'est pas à mes côtés. C'est dans ces moments là que je me sens ridicule et sans attrait. Jordan ne veut pas que je l'accompagne. Ça doit être encore trop tôt pour lui. J'allume alors la télé. Il faut bien faire passer le temps.

— Je dois sortir pour une soirée de... blabla, dit Jordan.
Bon sang, mais je ne l'écoute toujours pas ! Je reste zen tout en débarrassant les plats de la table du salon.
— Je t'aurais bien invitée mais tu vas t'ennuyer. Je vais rencontrer des dignitaires pharmaceutiques et des médecins. Ce ne sera pas une soirée glamour.
Je fais donc comme si cela ne me concernait pas. Je ne veux pas lui mettre la pression et j'ai bien compris que deux mois et trois jours c'est encore un peu tôt pour me présenter même à ses collègues de travail et à des étrangers.
— Sophie, tu sais, cela me ferait plaisir que tu m'accompagnes.
J'essuie tranquillement la vaisselle. Je sais qu'il va poursuivre en m'expliquant pourquoi je vais m'ennuyer et me laisser croire que la décision de ne pas l'accompagner vient de moi. Les secondes passent, rien ne vient. Je sens ses deux mains se poser sur mon ventre pendant qu'il me tire vers lui en me faisant un bisou sur le cou.
— J'aimerais vraiment que tu viennes.
Sa voix est une douceur à mes oreilles. Les miennes ont du exploser sous la chaleur de son timbre car je ne comprends pas ce qu'il dit.

— Vraiment ? je lui lance innocemment. Tu ne crois pas que c'est un peu tôt pour nous de se montrer en public ?
Ma seconde phrase est un peu plus ironique. Mais il n'a pas l'air de s'en rendre compte car il me répond gentiment :
— Ça fait deux...
—... mois et trois jours, je finis sa phrase d'un ton las
— Et je pense que c'est le moment.
Alors là je n'en crois pas mes oreilles. C'est sûr je dois avoir un abcès super grave qui me fait entendre des voix. Il me prend par la taille et me chuchote tendrement :
— Je crois que je suis en train de tomber amoureux.
Ah non pas ça.

Je ne sais pas encore que j'aurais sans doute mieux fait de rester où je suis.

***

Le lieu hyper branché par excellence pour recevoir tout le gratin de la finance et les plus hauts dignitaires de la médecine est donc une immense salle dans les hauteurs de Cannes. J'avais imaginé plutôt le bord de mer mais bon... je ne vais pas faire la blasée alors que c'est notre première sortie ensemble à la vue de tous. Je ne suis plus considérée comme hautement radioactive puisque c'est lui-même, sans aucune pression extérieure qui me l'a demandé. Je suis radieuse et chic dans une superbe robe dentelée totalement noire. Dieu sait pourtant que j'avais craqué sur une robe du soir d'un rose pale au décolleté carré sans bretelles. Mais Jordan a horreur des couleurs. Chic pour lui rime avec noir. Je ne vais pas m'en plaindre. Le noir c'est amincissant. Robes de gala pour les dames, super look costume pour les hommes. Effectivement les teintes sombres

prédominent. Je suis impressionnée par cette soirée chic. Il faut dire que je n'ai pas l'habitude. Même si depuis ma promotion je participe à quelques réunions stylées, mes sponsors restent dans le domaine de la nature et du sport. Sans arriver en jogging, mes réunions se passent dans une tenue décontractée. Je reste figée, essayant de ne faire aucun geste déplacé, aucune maladresse, aucun faux pas. Le sol est glissant en plus et mes talons sont perchés et très fins. Pour faire plaisir à Jordan, je porte sous la robe ma tenue porte-jarretelle. Mais ma robe n'est pas assez ample pour que je me sente rassurée. J'ai l'impression que si on me regarde un peu, on saura ce qui se cache dessous. Je lève les yeux autour de moi : ok personne ne me regarde. Sympa. J'ai pourtant fait des efforts et mon maquillage est parfait. J'ai failli avoir un moment d'angoisse quand j'ai vu arriver droit sur moi une véritable armée de serveurs. J'ai réussi à garder mon sang froid quand j'ai récupéré une coupe de champagne. Tout ceci me déplaît. Je ne suis jamais très à l'aise en société. Sans être d'un naturel timide ou réservé, je ne suis pas adepte des sorties de ce genre. Tout le monde est tiré à quatre épingles. Ça pue le fric en plus. Jordan s'approche de moi et me tend sa coupe de champagne vide puis il repart dans l'autre direction. Je me retrouve avec deux coupes dans les mains. Ils vont tous me prendre pour une alcolo. Je me dirige donc rapidement vers le bar pour déposer ces deux bouts de cristal.
— Bonsoir !
Je crois que tout ce qui m'est arrivé depuis le 1er septembre est un signe distinctif de possession. Les légions démoniaques sont à l'œuvre autour de moi et leur chef se nomme Vincent.
— Bonsoir, je réponds sans faire d'esclandre.
Seuls mes yeux levés vers le ciel lui font comprendre que cette cinquième rencontre commence à peser lourd sur mon âme.
— Tu es très élégante.
— Merci. Toi aussi tu es élégant.

Jusque là ça va. Salutation, politesse. Maintenant je peux m'en aller.
— Je vois que tu vas mieux. Tu as répondu hyper vite. C'est incompréhensible. Je suis tout déstabilisé.
— Je te laisse. Passe une bonne soirée.
Je me faufile parmi la foule à la recherche de Jordan. Je l'aperçois dans la salle du fond, le dos tourné en pleine discussion avec une ravissante brune. Je devrais peut être penser à me teindre les cheveux en noir puisqu'il aime cette couleur. Le châtain de mes cheveux ne doit pas lui paraître assez chic. Je secoue la tête devant mes pensées négatives quand je l'entends répondre à la jeune femme :
— Je suis venue avec une amie.
C'est une douche froide pour moi. Carrément glacée même. Je me cache vite fait derrière la plante pour écouter leur conversation. Car je la vois rire maintenant, cette fichue bonne femme.
— Cela fait un bail que je ne t'avais pas vu, lui dit la femme en roucoulant comme un volatile le temps des amours.
— Je voyage beaucoup entre ici et Londres. Et puis, je me suis installé ici maintenant. Et toi tu es toujours en Angleterre ?
— Oui, tu me manques.
— Tu me manques aussi.
Je pars à reculons car je ne peux plus rien entendre depuis que d'autres personnes sont venues les rejoindre. Je prends la direction du jardin et je m'enfonce un peu jusque devant la fontaine. Je dois sécher mes larmes sinon je vais ressembler à un clown grotesque si jamais mon rimmel se met à couler.
— Ça ne va pas Sophie ?
— Non ça ne va pas Vincent. Tu me suis ou quoi ?
— Je t'ai vue partir l'air hébété, je me suis inquiété.
— Tu n'as pas à t'inquiéter. Tu n'es ni mon père ni mon frère ni même un ami alors s'il te plait j'aimerais rester seule le temps de me calmer.

— Bien sûr. Si tu veux un mouchoir pour effacer le noir sur ta joue.
— Zut, ça a coulé ?
— Juste un peu, rien d'alarmant. Attends, dit-il tandis que j'en étais à lui arracher le mouchoir des mains, laisse-moi faire.
Je suis comme un zombie inerte devant sa proie. Le temps que la compréhension se dirige dans mon cerveau et l'alimente de l'information que l'homme qui m'essuie la joue doit être dévoré tout cru, il a déjà bougé. J'en avais des récriminations contre lui mais je n'avais plus la force de me mettre en colère. Je me sens de nouveau rejetée, complètement bannie de la vie de Jordan. Je ne comprends plus rien. L'année dernière il était allé seul à la soirée. Puis il était rentré et nous avons poursuivi notre vie.
— Mon deuxième prénom est Camille.
— Quoi ?
— Mon grand-père s'appelait Camille. J'ai eu son prénom heureusement placé en deuxième position.
— D'accord. Et tu me dis ça pourquoi ?
— Pour que tu te moques de moi et que tu arrêtes de pleurer.
— Je ne me moquerai pas de ton grand père. Il ne m'a rien fait.
— Saint Camille s'est consacré toute sa vie aux malades et aux pestiférés. Donc tu vois, je suis là pour toi.
— Très drôle, tu ne changeras jamais.
— Où est ton petit ami ? Je t'ai vue arriver avec lui, moue heureuse, satisfaite d'avoir à ton bras un joli spécimen du mâle victorieux. Tu veux que j'aille le chercher pour qu'il te réconforte ?
— Non ça ira. Oh Vincent, je ne sais plus où j'en suis.
Je m'assois lourdement sur le banc en pierre et je me mets à pleurer sans tenir compte des ravages que le maquillage fait sur ma peau.
— Vincent, tu es venu accompagné ?
Il hoche la tête simplement.
— Tu sors avec elle ?

Rebelote.
— Si tu entends ta petite amie dire à un homme en parlant de toi que tu es juste un ami, comment tu le prendrais ?
Vincent se fait une petite place à côté de moi. Il regarde au lointain et se met à me répondre gentiment :
— Je lui demanderai pourquoi elle n'ose pas dire que je suis son petit ami. J'aimerais avoir des explications. Ce que je ne ferai pas, c'est de m'isoler près d'une fontaine, dans le froid d'un banc glacial en m'angoissant pour quelque chose qui n'est peut-être rien d'important. Tu aimes ton copain ?
— Bien sûr.
— Dis lui ce que tu as sur le cœur. La dernière fois je t'ai un peu brusquée avec ma façon de voir les choses dans un couple. S'il y a quelque chose que je sais pourtant, c'est qu'il vaut mieux parler avant de pleurer. Si ensuite ce qu'il te dit ne te convient pas, alors tu sauras pourquoi tu souffres. Et il n'est pas dit que ses explications ne te conviendront pas. Par contre si tu te montes la tête avant même de lui avoir laissé le temps de s'expliquer, ça va finir par des cris et des disputes. C'est ce que tu veux ?
— Bien sûr que non.
— Alors parle-lui.
Je prends mon mobile et j'appelle un taxi. Une fois la chose faite, je me tourne vers Vincent et je lui fais une bise sur sa joue droite.
— Tu es gentil finalement, Camille.
Il se met à rire. Je lui souris et je m'en vais.

11

Je suis chez moi en tenue porte-jarretelle. Je n'ai pas réussi à me déshabiller totalement. J'essaie de réfléchir à la situation. Vincent n'a pas tout à fait tort. Etant donné que logiquement Jordan et moi sommes restés ensemble après sa soirée pour laquelle je n'avais pas été conviée, je ne crois pas que ma seule présence est fait vibrer quelque chose de malsain. *Logiquement*, il avait déjà rencontré cette femme au gala et *logiquement* il lui avait dit la même chose. Pour rester dans la logique des choses, il va rentrer à la maison. Si encore il n'était pas rentré de la nuit, je pourrais stresser un peu. Mais il était rentré à vingt deux heures comme il me l'avait promis. Je ne peux pas me lancer dans des scénarios catastrophes, l'imaginant draguant cette brunette qu'il connaissait. Je dois avoir confiance en lui. Et comme l'a si intelligemment suggéré Vincent pour lequel d'ailleurs j'ai un peu plus d'estime, je vais devoir lui parler franchement. Je me regarde dans le miroir et je me repoudre vite fait. Pour rien au monde je ne veux lui laisser voir que j'ai pleuré, que cela m'a touchée, que je suis sur la pente infernale d'une dépression chronique. Il est vingt et une heure trente, j'entends la sonnette. Tiens donc, je pensais que j'avais encore une demi-heure d'attente.
— Sophie mais qu'est ce qui se passe ? Je t'ai cherchée partout et on m'a dit ensuite qu'on t'avait vue partir en taxi. Mais qu'est ce qui t'arrive, je me suis inquiété comme un fou. Tu ne crois pas que j'ai droit à une explication ?
Il ne va pas commencer à inverser les rôles.
— Je vais être très claire Jordan. Je ne t'ai pas forcé à m'emmener avec toi ce soir. C'est toi qui me l'as demandé. Je

suis venue pour te faire plaisir car ce n'est pas mon genre de m'incruster dans des réunions qui ne me concernent pas et tu le sais très bien. Par conséquent, dire à une jolie femme que tu connais, que tu as du connaitre et avec laquelle tu as eu une histoire j'en donnerai ma main au feu, que tu es venu avec *une amie* me semble bien mesquin me concernant. Je ne te demande pas d'hurler à la lune que nous sommes ensemble. Mais si jamais la question est posée je te demande de dire la vérité. Donc je suis juste une amie pour toi. Si cela est, cela ne me convient pas.
— Sophie écoute moi. Cette femme s'appelle Nadia. Nous sommes restés ensemble trois ans et deux mois quand j'étais fixé le plus souvent en Angleterre. Tu sais très bien que j'ai eu d'autres femmes dans ma vie comme je sais que je ne suis pas le premier non plus pour toi. Il est naturel que cela me fasse quelque chose de revoir un ancien amour. Quand je dis qu'elle me manque, c'est vrai. Mais pas dans le sens « elle me manque je vais tout quitter pour elle ». Notre vie me manque, j'ai gardé de bons souvenirs. Je ne vais pas mentir en disant que je l'ai complètement oubliée, je hais le mensonge. Mais comme elle ne fait plus partie de ma vie, je n'avais pas envie qu'elle connaisse en détail ce qui fait la mienne maintenant. Elle n'a rien à savoir de moi. Je l'ai quittée. Ma vie ne la concerne plus.
— Tu n'aimes pas le mensonge ?
— Non.
— Alors lui dire que je suis une amie, ce n'était pas lui mentir.
Jordan me regarde avec insistance. Je ne dois pas faiblir. Je l'aime et je le veux pour moi toute seule. Mais je préférerais le quitter et être malheureuse à en mourir plutôt que de devoir songer à chaque instant qu'il en aime une autre.
— Tu as raison, c'était maladroit de ma part. Je tiens à toi Sophie. Je crois qu'il est temps que tu me fasses confiance. Nadia n'est pas une femme pour moi. Toi tu es parfaite. Depuis le premier instant où je t'ai vue, j'ai tout adoré chez toi. Ta façon

de t'habiller, de te coiffer, de te maquiller. Ta façon de parler, de rire et de bouger. On se ressemble tellement tous les deux ! C'est dingue comme tu es exactement la femme qui me correspond. Nous aimons les mêmes choses et tu me comprends sans jamais me prendre la tête. Je me sens tellement bien avec toi, tellement en confiance. Les autres femmes disparaissent devant toi car tu agis toujours comme j'aimerais que tu le fasses. Alors pour te prouver ma sincérité, je te donne ceci.
Il me montre un trousseau de clés.
— Ce sont les clefs de mon appartement. Tu y es chez toi quand tu veux. Tu vois, je fais le grand saut parce que je ne veux pas te perdre.
Il est adorable.

— *La soirée s'est bien passée ?*
— *Oui pas mal.*
Il passe sous la douche pendant que je l'attends dans le lit. Je suis heureuse car il m'avait dit qu'il rentrerait à vingt deux heures et il est pile à l'heure. Quand il revient dans la chambre, il s'installe dans le lit et prenant l'air sérieux il me fixe tendrement en me disant :
— *Je sais que parfois je te fais des reproches et tu les supportes tant bien que mal. Mais crois moi Sophie, je pense qu'on a de la chance de s'être trouvés. Je pense qu'il est temps de faire évoluer notre situation. Je te file les doubles des clés de mon appartement.*
Je le serre dans mes bras, folle de joie. La nuit pour nous vient juste de commencer.

A la même époque, j'ai eu droit à ses clés. Dispute ou pas finalement les choses suivent leur cours. Je devrais être satisfaite. Et pourtant, dans le silence de la nuit, écoutant seulement la respiration lente et paisible de Jordan à mes côtés, je ressens les prémisses d'une angoisse un peu démesurée. Si tout ce que je faisais ne servait à rien finalement ? Si quelles que soient mes nouvelles actions pour qu'il devienne le seul homme de ma vie, nos chemins allaient tout de même finir par se séparer l'année prochaine ? Je vais devoir être plus attentive, plus à l'écoute de ses désirs. En fait, à bien y réfléchir, je ne sais plus trop où nous allons ni si je vais dans la bonne direction pour arriver à changer mon destin. J'en ai marre d'être triste. J'aimerais tellement rire aux éclats.

12

— Un enfant ! me dit-elle en me regardant droit dans les yeux comme si je venais de me transformer en un parfait crétin. Et si on prenait plutôt un chien ?
Mon rire ne fait que s'accentuer tandis que Vincent me raconte sa dernière histoire d'amour qu'il croyait sérieuse avec une certaine Marie.
— Non mais sans blague, je te raconte pas la douche froide. Après on dit que les hommes ne veulent pas s'investir. Nous aussi on souffre de vos conneries.
— Et alors ? Vous l'avez pris ce chien ?
Le fou rire nous attrape et ne nous lâche plus.
Nous sommes le 30 décembre. Je suis montée à Bouyon vite fait pour voir mes amis tandis que Jordan a préféré une fois de plus rester chez lui. Je suis terriblement angoissée par notre prochaine altercation. Car je ne vois vraiment pas comment je pourrai me sortir de ce fichu guêpier. Jordan va me dire qu'il ne veut pas d'enfants. Je suis persuadée que cette dispute va encore se réaliser. J'ai eu besoin d'aller me ressourcer dans la montagne pour réfléchir à la situation. Trouver un remède, une alternative, les mots qui pourraient éventuellement le faire réfléchir et lui faire réaliser que l'idée n'est pas si mauvaise. Pas tout de suite évidemment, je ne veux pas lui mettre la pression. Mais s'il pouvait juste ne pas se montrer aussi catégorique, me laisser espérer que l'idée n'est pas ridicule en soi et qu'on pourrait *peut-être, plus tard* si les choses se passent toujours aussi bien entre nous, réfléchir au fait que *pourquoi pas peut être qu'effectivement* cette solution *pourrait être* envisageable. Un jour. Ne pas fermer la porte à double tour, cadenassée par

des matériaux inviolables, cernée par des ronces venimeuses qu'on ne franchira jamais. Le Baby panic commence sérieusement à gangréner mon appétit de devenir mère. Je ne rêve que de mettre au monde les enfants que nous pourrions avoir Jordan et moi. Des mini-nous qui courent dans la forêt. Je vais devoir passer avec succès le test ultime. Même s'il m'a bien fait comprendre qu'il n'y avait aucune négociation possible, je me permets d'espérer que les choses peuvent changer. Il est l'heure pour moi de rentrer. Je remercie Vincent de m'avoir pendant quelques instants changé les idées. Je suis arrivée morose, je repars plus combative que jamais.

— *Et si on fêtait la nouvelle année à Bouyon ? Mes parents sont à Venise, ils nous laissent la maison. J'inviterai tous mes amis et tu inviteras les tiens aussi. Ça peut être sympa !*
— *Je ne veux pas passer le 31 décembre avec des gens que je n'aime pas.*
— *Qu'est ce que tu reproches à mes amis ?*
— *Leur contentement béat devant leur petite vie. Et toute leur marmaille qui gesticule et qui crie sans nous laisser un seul moment de répit. Je n'ai pas envie de fêter le 31 dans une colonie de vacances. Je suis un adulte et je veux m'amuser avec des adultes. Tu peux le comprendre non ?*
— *Les enfants ne seront pas là enfin ! C'est une soirée entre adultes !*
— *Tu parles ! Même quand leurs enfants ne sont pas là la discussion tourne autour d'eux. Ils m'ont assez bassiné les oreilles avec leur histoire grotesque de la rentrée des classes, des vacances scolaires et les « je ne sais pas si je dois lui couper les cheveux, mon ange rêve de les avoir aussi longs que Raiponce » Non mais sérieux !*
— *Mais vois plutôt le côté positif de la chose. Cela te donne un avant gout de ce qui t'attend lorsque tu seras papa.*

Jusqu'à présent, je pensais qu'il ne plaisantait qu'à moitié. J'avais bien senti à quel point il n'avait pas apprécié les deux fois où nous étions montés à Bouyon. Je n'avais pas encore compris que « pas apprécié » était un terme trop doux.
— Je trouve bizarre que tu me parles d'avoir des enfants après quatre mois ! Tu veux me piéger ? Alors autant être clair tout de suite, je n'en veux pas.
— Mais non, je te disais simplement que...
— Je te vois venir mais Sophie... faire un enfant n'est pas le seul objectif pour un couple. Tu n'es pas heureuse avec moi ? On n'est pas heureux ensemble ?
J'hoche la tête péniblement.
— Tu ne trouves pas que c'est un peu tôt pour songer à avoir des enfants ? répète t-il.
— Je ne veux pas d'enfants dans l'immédiat. On ne s'engage pas là dedans après seulement quelques mois et en plus on ne vit même pas ensemble. Mais ça fait quand même partie des choses auxquelles on pense quand on aime quelqu'un.
— Et tu serais prête à sacrifier notre bonheur sur l'autel des bambins qui vont détruire notre vie agréable. Car il ne faut pas se leurrer et arrêter de penser ce que la société laisse penser aux femmes crédules : une femme ne peut être une femme que si elle a des enfants. Tu ne vois pas que c'est un lavage de cerveau pour conditionner toutes les petites filles à mettre au monde des enfants ?
— Heureusement que ta mère a eu le cerveau bien lavé sinon tu ne serais pas là.
— Ecoute-moi. Chacun est libre de prendre la décision qu'il veut. Moi je te donne ma vision des choses et effectivement si cela ne s'accorde pas avec tes désirs...
La panique refait surface. Il va me quitter. Je suis fatiguée pourtant de réagir comme une gamine à qui on va enlever son jouet préféré. Je ne me reconnais plus. Je suis si dépendante de son amour que je me laisse toujours envahir par cette peur

irrationnelle de le perdre. J'arrive toutefois à me raisonner pendant qu'il me caresse la paume de la main et qu'il me fixe sans sourciller tel un faucon attendant le moment idéal pour déchiqueter sa proie.
— Je veux des enfants, je lui réponds. Pas tout de suite. Dans deux ans. Je ne peux pas concevoir ma vie sans en créer au moins une autre. Notre situation est grave en effet parce que je me pose des questions sur la solidité de notre couple. Si tu ne veux même pas songer au fait que nous puissions un jour être parent alors c'est que tu ne vois aucune évolution pour nous. Tu ne veux pas d'enfant maintenant ? Jamais ? Ou tu ne veux pas d'enfant avec moi ?
Mes larmes commencent à couler. Mes futurs enfants devraient être fiers de moi. Fiers de réaliser que je suis prête à tout, même à laisser mon grand amour s'en aller pour leur permettre d'exister. Est-ce que je serai heureuse pour autant ? est la question qui me taraude tout de même. Je veux des enfants avec lui. Pourrais-je aimer des enfants qui ne lui ressembleraient pas ? La question est douloureuse et la réponse l'est tout autant.
— Adieu la fête et la tranquillité, adieu nos rendez-vous improvisés à la dernière minute pour pimenter le couple. Non, ce sera se lever la nuit pour aller le bercer, s'angoisser toute une vie de peur qu'il lui arrive quelque chose de mal, entendre ses cris.
C'est sûr qu'un enfant ça ne murmure pas.
— *Pourquoi imposer à un nouvel être vivant de vivre dans un monde plein de danger : les guerres, les accidents, le chômage, la pollution. Tout le monde répète que donner la vie c'est merveilleux. En quoi ça l'est si c'est pour précipiter un autre être dans un monde où le présent et l'avenir sont effrayants. Il faut être inconscient ou complètement égoïste pour avoir envie de faire ça. Essaie d'y réfléchir.*
— J'en veux. Ce n'est pas une blague, ni un coup de tête.

— *Réfléchis à ce que je t'ai dit. Tu es une femme douce et intelligente. Je ne peux pas concevoir le fait que tu puisses consciemment avoir envie de créer pour ton propre plaisir personnel un être qui sera forcément détruit par la vie.*

— Hou hou ! Réveille-toi ! Tu es partie loin. Mais tu es toujours là.
Je regarde Vincent à qui je viens de dire aurevoir. Effectivement je n'ai toujours pas bougé. Seul mon esprit est parti en vadrouille à force de me remémorer ce que j'ai déjà vécu et ce qui m'attend.
— Qu'est-ce-que tu as ? me demande t-il en me proposant un autre verre de rosé.
— Tu veux me souler ou quoi ?
— Allez, un dernier pour la route.
— Tu es un piètre médecin si tu proposes des boissons alcoolisées avant que je reprenne la voiture.
— Quoi tu ne restes pas ici ? Patrick et toute la bande ont organisé un barbecue.
— Et tu comptes sur moi pour t'aider à faire la vaisselle. Tu es un vrai manipulateur.
Il se met à rire en m'entraînant vers la sortie. Tous mes amis sont là. Ils me taquinent au sujet du 31 décembre que nous ne passerons pas ensemble pour la première fois depuis des lustres.
— Puisque tu nous échappes le soir du réveillon, on te garde ce soir pour le fêter en avance. Il est hors de question que tu t'en ailles.
— Mais j'ai une vie et un homme qui m'attend, je te signale.
— Il a qu'à être là. Envoie-lui un texto pour lui dire que tu ne rentres pas ce soir. Nous on te veut avec nous.
J'ai passé la soirée du 30 décembre avec eux. On a bu, on a ri, on s'est taquinés. Je me sens bien, comme libérée d'une pression trop forte. Ma soupape a sifflé. Je crois même que je

l'ai entendu sortir de ma tête. Je suis en train de rire quand j'entends Vincent dire à voix haute qu'il est de nouveau célibataire et qu'il n'attend que le 31 décembre pour trouver la femme de sa vie. Il a un peu trop bu lui aussi.
— C'est sûr ! dit Lydia en riant. Je ramène trois copines à moi. Il y en aura une forcément qui va te plaire. Je les ai choisies avec précision. Fraîches, naturelles et surtout bien dans leur corps.
Un petit regard coquin en direction de Vincent et il réplique aussitôt :
— Toutes les trois ensemble serait une solution.
— Et surtout il faut que ta meilleure amie te donne son accord.
— Ma meilleure amie ? répond-il en haussant le sourcil droit.
— Ben oui, Sophie ! On vous voit parler et rire ensemble sans qu'il n'y ait entre vous la moindre étincelle sexuelle. Si c'est pas de l'amitié ça !
Vincent sourit en se tournant vers moi. Il a l'air d'avoir découvert quelque chose d'amusant.
— Tu es ma meilleure amie ! Trinquons !
— Ben ouais, vous vous confiez des tas de choses, vous savez tout l'un de l'autre, toi tu restes totalement naturelle et lui ne fait pas d'effort non plus, elle connait tes peines, tu connais les siennes, il connait tes joies et vive versa. Lorsqu'on atteint ce degré d'intimité avec une femme mon cher Vincent, c'est qu'on l'accepte toute entière, défauts inclus.
— Ok dit Patrick en murmurant aux oreilles de sa femme, cela ressemble fort à de l'amour ou je ne m'y connais pas.
Je suis légèrement ivre c'est pour ça que je ris à m'en étouffer.
— Soyons clair je ne peux plus tomber amoureux car je sais que tout est rationnel et surtout biologique.
— Oh non faites le taire ! je lance en soupirant. Il va encore nous démoraliser !
— Mais quoi ? Tomber amoureux est aussi éphémère que la vie d'un papillon.
— Pose-moi ce verre, tu as trop bu.

— Je suis en pleine possession de mes activités cérébrales. Et je peux te dire donc que l'amour n'est que le résultat de… comment dire… ouais l'allumage de ta zone de plaisir située dans le cerveau.

— L'allumage ?

Je me lève en ricanant pour aller chercher le dessert. Vincent me suit. Les autres se sont totalement désintéressés de nous maintenant. Car ils commencent à chanter des airs de fête.

— La science a étudié ce phénomène.

Je sors la buche du congélateur et j'ôte le paquet qui l'entoure. Il faut la laisser au moins dix minutes à l'air ambiant avant de la servir.

— Tu prends un rat et tu implantes dans une partie de son cerveau une électrode reliée à un générateur électrique.

— Tu veux le cramer, sadique ?

— De faible intensité, débile ! On donne au rat une pédale qui est reliée à ce tas de trucs pour voir comment il va se comporter. Et bien madame il va appuyer dessus pour recevoir du plaisir ! Même s'il a devant lui de superbes femelles prêtes à s'accoupler ou de la nourriture bien grasse qui devraient lui donner envie de grignoter et bien tu veux que je te dise ? Il préfère appuyer sur la pédale. Il y en a qui sont morts d'épuisement et même de faim pendant que leur cerveau leur délivrait cette part de plaisir.

— Vous êtes tous des monstres pour faire ce genre d'expérience. Je suis contre ça, c'est abominable.

— Oui je le pense aussi. Les tests sur les animaux sont inhumains. C'est pourquoi je ne suis pas devenu chercheur. Quoiqu'il en soit ça prouve bien tout ce que j'ai pu te dire.

— Quoi donc ?

— Ben que les rats…

— Oh non pas encore !

— Et oui le rat ainsi focalisé sur cette fichue pédale reliée à sa zone de plaisir immédiate, refuse ou oublie de subvenir à ses besoins naturels comme se nourrir, baiser et se reproduire.

— Bon Vincent t'arrête de délirer et de me parler de rats s'il te plaît.
— Jusqu'à en mourir ! Tu le crois ça ? Ils sont drogués tout simplement. Drogués au plaisir. Donc si on part du principe que l'homme n'est pas un rat mais qu'il a aussi lui un centre de plaisir dans son cerveau, alors tu vois bien que l'être humain est prêt à tout sacrifier, son mode de vie, sa façon de penser, de raisonner, oublier qui il l'est et pourquoi il est sur terre (pour se nourrir, baiser et se reproduire) et bien l'être humain peut se laisser mourir de l'intérieur quand il tombe amoureux. C'est un réel danger de s'oublier ainsi juste pour que l'autre nous donne notre dose.
— Je commence à entrevoir ce que tu veux dire. C'est pas vraiment clair pourtant. Je fais un super effort de concentration. Évite de parler de rats à tes trois futures conquêtes, ça leur donnerait plutôt envie de te fuir.
— Ne surtout pas oublier les circuits de la récompense, c'est encore plus complexe.
— Sûrement. Dis, tu peux prendre les coupes et les poser sur les plateaux ? Je ne vais pas tarder à poser le dessert.
— Le circuit cérébral du plaisir se constitue d'un petit groupe de régions où sont sécrétés les plus hauts niveaux de dopamine.
— Tu peux arrêter de parler tu sais. Pas obligé qu'il y ait un fond sonore. Les coupes sont dans le placard de droite.
— La cocaïne entraîne la production artificielle de dopamine dans le cerveau.
— On est combien en tout ? 14 ! Il manque deux coupes.
— Es-tu heureuse ?
— Oui.
— De quoi as-tu besoin pour être heureuse.
— De *lui*. Et des serviettes en papier, il n'y en a plus ?
— Ton cerveau va être enclin à rechercher sa dose de satisfaction régulièrement en allant vers la personne aimée, continue t-il en cherchant le rouleau de serviettes en papier, en

faisant en sorte de tout faire pour qu'elle nous aime en retour. Tu es droguée. Et ton addiction est très forte. Quand il n'est pas là tu ressens le syndrome du manque ?
— Vincent, il faut des petites cuillères. 14
— Mais tu n'as pas répondu !
— D'accord ! Il sublime ma vie. Je me sens aimée. Être amoureuse et être aimée en retour donne un sens à la vie. Se sentir aimée c'est découvrir un autre monde fait de merveilles, c'est s'éveiller au divin, c'est accéder au meilleur de soi.
— Oh la la, tu es carrément droguée. Il te faudra jour après jour après jour des doses plus fortes pour que ton cerveau s'en contente maintenant. Et c'est là que tu te bousilles. Parce qu'il arrive un moment où le risque d'overdose pointe le bout de son nez.
— Je n'arrive pas à comprendre pourquoi tu es si intransigeant avec le fait de se laisser aller à ressentir des émotions. Tu as été déçu par les femmes, j'ai été déçue moi aussi par les hommes. Mais moi tu vois, j'y crois encore. Je sais que tu trouveras la femme qui est faite pour toi et ce jour là on en reparlera. Et ce sera à mon tour de te casser les couilles avec des histoires de rats qui meurent heureux parce qu'ils ont trop pédalé.
Il me regarde en souriant et il me dit :
— C'est vrai que je t'adore. C'est pour ça que ça me fait de la peine de te voir te tromper de chemin.
— Je ne vois pas ce que tu veux dire. Tu es très mystérieux ou tu parles un langage codé ?
— Quand tu es avec ce type, tu es une autre personne, complètement différente. Tu me donnes l'impression d'être un pâle reflet de ce qu'il aime que tu sois. Tu n'es pas naturelle comme ce soir par exemple. Avec lui tu te contrôles constamment, tu fais attention à la manière dont tu te comportes, dont tu parles. Même ta physionomie est changée.
— Vincent, je vais être claire une fois pour toute. Tu n'as pas à t'en faire pour moi. Je sais que tu as été traumatisée par une

femme ou des femmes qui t'ont joué la comédie. Moi je ne le trompe pas, tu comprends. Il est heureux quand je lui fais plaisir. Et cela me procure à moi aussi beaucoup de plaisir. Je ne suis pas un rat de laboratoire Vincent et tu devrais vraiment arrêter de comparer l'amour avec les expériences scientifiques car les sentiments ne s'expliquent pas. Ils se vivent. Et quand on a la chance de rencontrer la bonne personne, alors on fait tout pour la garder. C'est une attitude saine et normale.
— Et toi, tu l'as rencontré.
— Combien de fois je dois dire oui pour arriver à t'en convaincre et pour que tu arrêtes de te faire du souci pour moi ?
— Je serai convaincu quand je retrouverai la même femme au bras de cet homme.
Je lui mets un peu brusquement un plateau dans les mains. Je prends l'autre et je me dirige dans la salle. Tout le monde fait des bonds devant le dessert. Ils ouvrent la bouteille de champagne et chacun tend sa coupe. Les rires fusent, l'ambiance est au beau fixe. Vincent se mêle parmi la foule et la soirée reprend dans la bonne humeur. A mon tour je commence à me faire du souci pour Vincent. S'il ne lâche pas ses convictions, il ne sera jamais heureux. Nos regards se croisent et il me sourit de nouveau en levant son verre. Je me surprends à espérer qu'il trouvera la femme qui lui convient parmi les trois amies de Lydia. C'est tout ce que je lui souhaite. Et alors peut-être qu'il sera heureux lui aussi.

13

Finalement je n'ai pas demandé à Jordan s'il voulait passer le réveillon à Bouyon. De toute façon, j'avais déjà prévenu mes amis de mes autres plans pour la Saint Sylvestre. Cela m'a évité une dispute. J'ai eu beau réfléchir au moyen de lui présenter la chose sans qu'il se braque, à éviter même le sujet des enfants pour ne pas l'entendre encore réciter des psaumes doloristes concernant le fait d'être parent, à part me faire mal à la tête je n'ai trouvé aucune astuce pour tenter de le faire changer d'avis. Alors je l'ai suivi à Londres dans une salle branchée où nous avons festoyé avec ses amis. Je me souviens que j'avais été anxieuse de les rencontrer, me posant toutes sortes de questions dont le but était de me mettre déjà en condition de mal être : *Vont-ils m'aimer ? Que vont-ils vraiment penser de moi ? Suis-je assez intéressante pour leur plaire ? Plus intéressante que ses ex ?* Je me fatigue moi-même d'être constamment sur la brèche, toujours en train de me dévaloriser même à mes propres yeux. Il est évident que je n'ai pas du tout confiance en moi. Mais le plus étrange dans l'histoire c'est que je ne ressens ces sentiments négatifs que depuis ma rencontre avec Jordan. Auparavant, j'étais plutôt quelqu'un de cool, qui ne se prenait jamais la tête. J'avançais dans la vie avec cette certitude que tout allait toujours bien se passer. Sans doute que j'en ai assez bavé avec mes anciens copains. Ce sont eux finalement qui ont détruit peu à peu l'estime que je me portais. A force d'avoir été jetée comme une malpropre à chacune de mes histoires, ma confiance en moi s'est ébréchée pour devenir maintenant un trou béant d'incertitude et de timidité. J'essaie de me débattre dans un puits rempli de pessimisme. Il est vrai que je n'avais pas été accueillie à bras ouverts à cette fichue soirée. J'avais eu l'impression de me retrouver face à un jury froid et insensible qui jaugeait mes capacités à rester le plus longtemps possible immobile et silencieuse. Cette fois ci je me dis que je vais changer la done encore une fois. Je suis une fille super sympa. Si j'étais eux, je m'aimerais ça c'est sûr ! C'est donc le cœur léger, après un long moment de débats intérieurs, que je les ai (re)vus.

Ils sont là devant moi, les copains et leur copine attitrée. Ils sont froids, pâles. Pour une âme sensible comme la mienne, ils font à la limite peur. Tant de contenance et d'impassibilité alors qu'ils me disent bonjour d'un air distant et apprêté, je me mets à imaginer que ce sont des revenants dans une maison hantée dans les landes mystérieuses d'une cité engloutie. Leur visage semble surgir des profondeurs des ténèbres. Mais blanches. Quand ils se mettent à rire, entre eux bien sûr, (je donne l'impression de ne pas comprendre l'humour ou quoi ?) ils ont l'air hyper détendus. Et pourtant, ils me font toujours un peu flipper. Si c'est l'impression que j'ai donné à Vincent quand il m'a traitée de cire humaine, je me demande où il a trouvé le courage de ne pas partir en courant. Allez, je vais laisser ma mauvaise impression de côté. La dernière fois j'avais été si secouée par leur comportement que j'en avais parlé à Jordan. Je lui avais dit lors de la soirée que je ne comprenais pas pourquoi on me tenait à l'écart et que je n'avais pas du tout l'impression de leur plaire. Il m'avait lancé un regard curieux en haussant le sourcil et m'avait répondu que je disais n'importe quoi.
— *C'est toi qui restes dans ton coin. Tu le fais exprès de critiquer mes amis pour te venger du fait que je n'ai pas voulu voir les tiens ?*
— *Bien sûr que non. Tu ne remarques pas que personne ne m'adresse la parole ? Quand j'émets un son, ils font comme s'ils ne m'entendaient pas. Tu ne le vois pas ?*
— *Je crois que tu deviens parano ma pauvre ! Et puis arrête de te plaindre.*
— *Quoi ?*
— *Tu te plains constamment, tu n'es jamais contente. Je te présente à mes amis, ça veut dire que nous sommes un vrai couple. C'est pas ce que tu voulais ? Alors essaie de te détendre*

et ne juge pas mes amis en fonction des tiens. Car ils sont différents. Et normaux eux.
— Parce qu'ils n'ont pas d'enfants ?

Je secoue la tête pour effacer ce mauvais souvenir. A bien y réfléchir je me demande comment notre couple a pu durer une année entière car lorsque je me *souviens,* il y a eu plus de tensions et de disputes que de moments de vraie allégresse. Je vais donc rester positive cette fois ci. Je dois reconnaître que je suis chanceuse. Il n'y a pas longtemps je gémissais parce que j'étais malheureuse sans lui, je croyais dur comme fer que j'allais passer ma vie solitaire entourée de chats qui finiront par me dévorer dans la nuit, alors maintenant un peu de discipline et de savoir vivre ensemble restent la solution d'un comportement équilibré. Ses amis me battent froid. Je leur souris gentiment. Après tout, si c'est Jordan qui remarque leur attitude mesquine vis-à-vis de moi, il va peut-être réagir. Ou pas. Avant les douze coups de minuit la situation n'a toujours pas évoluée en ma faveur. Je continue d'être froidement ignorée. Pas un mot, pas un geste amical. Par contre des coups d'œil insistants dans ma direction, ça les filles, elles savent y faire ! Alors que l'aube pointe le bout de son nez, je retiens un bâillement. Ce qui fait gonfler mes joues. Cela passe sans doute comme une moue boudeuse alors que non les filles, je suis simplement crevée. Vous êtes shootée à la coke ou quoi pour tenir aussi longtemps éveillées sans qu'aucune marque de fatigue ne se dessine sous vos yeux ? A la fin de la soirée, je me retrouve bras dessus bras dessous avec Jordan pour dire au revoir à toute la bande. Il n'a rien remarqué. Les hommes restent courtois. Ce sont les seuls à m'avoir parlé quelques secondes durant les sept heures que j'ai passées dans cette salle de fête. Quant à leur femme, elles ont osé me dire qu'elles avaient été contentes de faire ma connaissance. Comme je sentais que Jordan était à l'écoute, je leur ai dit que moi-même j'ai été ravie, que la soirée était réussie. J'ai même rajouté que j'ai trouvé leur tenue superbe. Elles ont hoché la tête mais ne m'ont pas renvoyé le compliment. C'est pas grave, je suis tout sourire. Comme ça Jordan n'aura rien à me reprocher et le 1er janvier 2020 va bien se passer. Nous rentrons à l'hôtel.

— Tu aurais pu faire un effort. Tu leur as dit de passer une bonne journée mais on sentait que tu l'as dit sans le penser.

En effet. Je pensais plutôt au fait qu'elles glissent toutes sur le sol mouillé, se cassant la cheville, le talon, le tibia et n'importe quel autre os pour passer le début de l'an aux urgences.

— Parce qu'elles l'ont pensé, elles, quand elles m'ont dit qu'elles ont été ravies de faire ma connaissance ?
— Maintenant, j'en doute. Pas après ton comportement. Tu as du les blesser. Vraiment Sophie, tu me fais tout un flan pour que je te présente mes amis et ensuite tu me bousilles la soirée.

J'ai passé le 1er janvier seule dans la chambre à pleurer. Il s'est allongé sur le fauteuil et ne s'est levé que pour se rendre à l'aéroport. Je l'ai suivi en silence avec cette peur toujours clouée au ventre qu'il me quittera une fois rentrés à Nice.

Jordan me parle, il a l'air heureux pendant que moi je me remémore la vieille scène. Je le regarde, un peu dépitée par sa joie de vivre. Je ne sais pas pourquoi mes pensées fusent dans ma tête dans des directions folles. Je le regarde et je me dis que je suis en train de vivre dans la peur permanente qu'il me quitte et que par conséquent je ne pourrai jamais trouver le bonheur sans lui. Je crois que c'est à ce moment précis que je réalise ce fait en toute conscience. Où sont passées toutes les étoiles plein les yeux que je ressentais alors ? Est-ce que le fait de me contenir en muselant mon caractère a réveillé en moi quelque chose de... troublant ? Est-ce que je vis dans l'essence même de l'amour si je me brime à chaque instant ? Où se trouvent la confiance que je mets en lui, le respect mutuel de nos personnalités, la communication... les amis ? S'il est resté avec moi malgré nos disputes, cela veut-il dire qu'il m'aime ? Puis se réveiller un beau matin en réalisant qu'il ne m'aime plus ?

Comme ça, brutalement, du jour au lendemain ? Est-ce que le fait de l'aimer moi-même en faisant tout ce qu'il aime, en cachant ma véritable nature expansive pour ne pas le heurter, garder pour moi mes impressions sur ce qu'il fait ou comment il agit, est-ce que tout ça est la preuve ultime de mon amour pour lui ? Ou est-ce que j'ai peur tout simplement de rester seule et je m'accroche à lui comme s'il était le dernier maillon d'une chaîne de solitude ? J'ai peur c'est vrai. J'ai peur qu'il se lasse et s'en aille. Parce que je l'aime vraiment ? Mais si je l'aimais vraiment, vivrais-je dans la peur ? Je ne sais pas pourquoi non plus une autre phrase vient taper sur mon cervelet. (Il faut arrêter de m'embêter maintenant sinon je vais craquer.) Une phrase d'un livre. Le Guépard : « Angelica était amoureuse de lui mais elle ne l'aimait pas »
—Et toi tu as passé une bonne soirée ?
Je redescends sur terre, un peu perturbée et pleinement consciente du fait que Jordan me regarde avec tendresse et que cela me fait de l'effet. Mes vilaines pensées peuvent aller se rhabiller.
— Oui mon cœur, tes amis sont sympas.
— Tu es gentille de dire ça. Je sais qu'ils ont un peu de mal. Mais tu comprends ils adoraient Nadia et c'est dur pour eux de me voir avec une autre. Mais je suis sûr qu'ils vont s'y faire car tu es magnifique !
Il me soulève par la taille et commence à me bécoter dans le cou. Je me mets à rire. J'ai l'habitude maintenant de cacher mes émotions pour en faire resurgir d'autres au bon moment. Et tout ça pour ne pas le contrarier. Car un homme normal aurait évité de dire que son ex était adorée de ses potes ! Il aurait du chercher d'autres mots dans le vocabulaire. Je me retiens encore de rugir devant son incapacité à me dire les mots que j'aimerais entendre.
— Je t'aime Sophie.
Il est là devant moi, le regard fixé sur mes yeux. Une bourrasque violente vient taper contre ma poitrine. Je redécouvre les petits papillons revenir faire leur nid dans mon ventre. Toute mon angoisse et mes questions existentielles viennent de s'éteindre.

J'y suis arrivée à ce moment que j'attends depuis si longtemps. Il ne m'avait jamais dit cela ! Il ne m'a jamais regardée comme il me regarde aujourd'hui : avec une si grande tendresse. Je lis dans ses yeux qu'il saura combler mon manque. Je me suis trompée en réfléchissant bêtement. C'est à cause de l'attitude de ses amis que j'ai commencé à douter de lui et de moi. J'ai failli tout gâcher alors qu'il vient de me dire *la chose*. Oui, je me suis trompée. Jordan est bien l'homme qui répond à toutes mes attentes.
Nous ne sommes pas loin de l'hôtel. Nous reprenons l'avion en fin d'après-midi. Par conséquent, je suis en train de me concocter tout un scénario d'une sensualité inimaginable pour rendre ce premier jour de l'an, <u>exceptionnel</u>. Une journée que Jordan ne sera pas prêt d'oublier. Une journée si intense en émotions qu'aucune autre, jamais, ne pourra rivaliser. Et puis je me calme. Car la perfection devrait être incluse dans *tous* nos moments passés ensemble. Alors, je vais créer une atmosphère aussi excellente que toutes celles qui vont suivre. Je suis contente. Je sautille comme une gazelle. Je pourrais même me pencher sur l'herbe et venir y brouter. Nous sommes bras dessus bras dessous comme de vrais amoureux. A l'aise, détendus. Tout simplement heureux. Jordan évite les flaques d'eau car naturellement trouver une soirée sans pluie à Londres aurait été un miracle. Je me mets alors à rêver du moment où d'un geste viril il jettera sur le sol dégueulasse sa superbe veste pour que je l'écrase de mes talons. La galanterie poussée à son maximum pour ne pas mouiller mes splendides chaussures et éviter de me salir. Mais là je rêve trop. Je tourne la tête vers Jordan tandis qu'il se cramponne encore plus à moi. Il a vraiment peur de me perdre ou quoi ? C'est trop chou. Quand je pense qu'il m'a dit qu'il m'aimait. Et moi... je ne lui ai même pas répondu ! C'est bizarre mais en même temps je me dis que si je me lance dans cette expression je risque de le souler grave après avoir déclenché une avalanche de *la chose*. Arrivée à ce stade de Tocs, il en sera réduit à me scotcher la bouche pour ne plus m'entendre. Je crois aussi qu'il m'a impressionnée. Nous marchons toujours en silence et je commence à me dire que je

suis vraiment infernale de vouloir que la chose arrive et qu'une fois qu'elle est là, présente, déballée avec cette voix grave qui me donne les frissons, je n'ai rien à rétorquer. Jordan n'a pas l'air de m'en vouloir. Peut-être que je devrais lui répondre maintenant, en lançant une œillade coquine et en prenant une intonation sexy. Je me prépare pour que mon visage lui envoie directement l'information, silencieusement d'abord. Parce que bon... ça fait déjà cinq minutes qu'on marche sans parler, je me vois mal détruire ce moment de plénitude muette par un bruit beaucoup trop sonore qui risque de le faire sursauter. Je me concentre donc : je vais lui jeter le regard qui tue. Battre des cils pour commencer me semble la meilleure formule. Mes cils sont longs naturellement et comme en plus j'ai mis trois supers mascaras qui les ont allongés, ça va être du plus bel effet. Je vais rajouter aussi une moue légèrement boudeuse, ça peut être sexy. J'y vais ! Je tourne ma tête dans sa direction (cils qui battent, moue... désabusée). Heureusement qu'il ne m'a pas regardée. Je suis nulle car je ne suis jamais arrivée à faire une moue coquine. Il m'avait fait une réflexion d'ailleurs à ce sujet une semaine après notre rencontre alors que j'avais déjà voulu me la jouer « naturelle sophistiquée », ce qui était complètement ridicule puisque les deux ne vont pas de pair. Il m'avait regardée avec les arcades sourcilières plus hautes que d'habitude :

— *C'est quoi cette duck face ? Tu veux m'effrayer ?*

Il avait souri mais je l'avais hyper mal pris. Je ne vais pas recommencer sinon mon beau mâle risque de fuir au lieu de se cramponner à mon bras. J'ai trop attendu. Nous sommes arrivés devant l'hôtel. Il me tient la porte pour que je passe devant. Ok, j'ai gagné le gros lot ce soir et je l'ai eu, mon petit instant fugace de galanterie. A peine avons-nous franchi la porte de la chambre, qu'il enlève sa veste, ôte ses chaussures et se dirige vers le lit. Pour s'y installer confortablement. Je le regarde se positionner en pensant que cinq heures vingt du matin est la bonne heure pour un petit combat charnel d'un premier janvier charmeur. Je me trouve même audacieuse en songeant que je vais lui prouver que moi aussi je l'aime. Et cela va passer par des positions sexuelles un peu plus romantiques. J'en ai un peu marre d'avoir toujours cette impression tenace dès qu'il est sur moi : comme si c'était une compétition de gymnastique qui donnerait à son pénis la médaille olympique. Je vais lui prouver qu'au niveau de la sensualité, je peux lui apprendre pas mal de choses. Je ne peux pas me lancer dans une séance qui résumera tout le Kâma-Sûtra. Je suis un peu crevée. Jordan en est maintenant à enlever son pantalon. M'enfin, j'aurais pu l'aider ! Il est tellement rapide en se déshabillant qu'il ne me laisse même pas le temps d'anticiper son prochain geste, il est déjà à poil. Je m'approche de lui en me déhanchant (battements de cils, moue super étudiée etc.. etc...), j'attrape son visage et je plonge les yeux dans les siens pour l'embrasser avec passion. Un bruit me fait sursauter avant que mes lèvres atteignent les siennes. Intriguée, je me recule un peu pour l'observer : Jordan est en train de ronfler.

Je n'arrive pas à dormir. Mes paupières sont lourdes pourtant. J'ai aussi terriblement mal à la tête. J'ai l'impression que les battements de mon cœur ont migré juste à l'intérieur de mes yeux. Alors je regarde mon homme endormi. Il est vraiment très beau. Un visage carré, des cheveux blonds, une peau satinée, un torse puissant. Ses muscles sur les abdos sont une propagande pour les tablettes au chocolat. C'est exactement le terme qui convient à son corps car j'ai envie de poser mes lèvres dessus et de le gober. J'ai toujours été attiré par les hommes de bonne prestance. Sortir avec un très beau mec, cela me donne la sensation d'avoir gagné au loto ou d'être une riche héritière qui a mérité de la vie l'un de ses plus beaux cadeaux. Me promener à son bras, c'est révéler aux yeux du monde et surtout me révéler à moi-même que j'ai forcément quelque chose de plus ; pour qu'un tel homme me remarque et m'accapare de tous ses instants, alors qu'il pourrait avoir qui il veut, c'est crier à mes angoisses que c'est le moment de disparaître car j'ai reçu ce privilège. Je le regarde dormir et étrangement, je ne ressens aucun tiraillement, aucune menace, aucune anxiété. Mes yeux sont posés sur mon homme endormi et je sais que j'ai droit à un peu de répit. Je me laisse porter sur ma bulle rose et je plane tout en le regardant dormir. Dommage qu'il n'ait pas pu résister à l'attrait du sommeil. Je n'aurais pas dit non à un petit rapport rapide et plein de tendresse pour prolonger son « je t'aime ». Même un câlin serein. Un « Bonne nuit ma douce » aurait été sympa aussi. J'ai eu brusquement un accès de givre à l'intérieur de mon cœur quand j'ai remarqué qu'il ne s'occuperait pas de moi et qu'il me laisserait seule sans s'inquiéter de rien.

Il m'a dit je t'aime.

C'est vrai qu'il a beaucoup bu à la soirée. Les émotions sont toujours chamboulées quand on boit trop.

Il m'a dit je t'aime.

Il est complètement bourré. Contaminé par l'alcool, son cerveau a peut-être été détruit. Alors que quelques minutes auparavant j'étais en pleine euphorie, voilà que le doute refait surface. J'ai peur qu'à son réveil il réalise que je ne suis pas assez bien pour lui. C'est horrible de vivre avec cette terreur constante. Mais qu'est ce qui m'arrive ? J'aimerais dormir pour faire taire mes pensées. Mais il n'y a rien à faire pour détacher mes yeux de son corps. Et mes pensées se mettent à fuser, ne me laissant aucun moment de répit. C'est vrai que j'essaie de faire tout ce qu'il veut au lieu de ce que je veux vraiment. Mais à l'évidence, ça marche. Ce comportement convient très bien à notre relation puisque il a l'air de m'apprécier vraiment. Moi ? Ou le personnage que je joue ? Je secoue la tête. Il vaudrait mieux que je dorme pour arrêter tout ce remue ménage dans mon cervelet. Je suis beaucoup plus heureuse quand j'arrête de penser. C'est vrai que je me tiens à carreau avec Jordan. J'ose à peine tousser devant lui pour ne pas que mon souffle ne l'expulse de la pièce. Je sais qu'il me facilite la vie en me donnant les directives à suivre pour que nous soyons heureux ensemble. Je n'ai aucune décision à prendre puisqu'il décide pour moi. Il ne me reste plus qu'à obéir et le tour est joué : il m'aime !

Est-ce qu'il était vraiment sincère ou était-il en pleine descente alcoolisée qui lui a fait dire n'importe quoi ? In vine Veritas oui mais bon... Peut-être que je n'ai pas assez tendu l'oreille. Peut-être a-t-il ajouté un mot à la fin de la phrase. Un mot qui expliquerait pourquoi sa seule envie en rentrant à l'hôtel a été de faire comme si je n'existais pas et de s'endormir tout aussi brutalement.
— Sophie, je t'aime... *bien*.
Comment pouvait-il être à ce point ensommeillé alors que j'approchais mes lèvres des siennes ? Il n'a eu aucune réaction. La terre est restée sur son orbite, il ne s'est pas envolé dans l'atmosphère en me sachant tout près de lui.
Il vient de bouger ! Il ouvre les yeux. Il me voit. Il tourne le dos. Et il se rendort.
Les papillons se promènent toujours dans ma tête. Oui, j'ai aussi des papillons dans les yeux pendant que je le regarde. Mais dans mon cœur ?

J'ai passé le 1er janvier seule dans la chambre-(le salon)- à pleurer. Il s'est allongé sur le fauteuil- (lit)- et ne s'est levé que pour se rendre à l'aéroport. Je l'ai suivi en silence avec cette peur toujours clouée au ventre qu'il me quittera une fois rentrés à Nice.

Oui, l'emplacement de nos corps dans la chambre est différent. Mais la tristesse est la même.
Il faut que je dorme maintenant. On verra bien si demain sera du même acabit.

14

— Sophie, réveille-toi ou on va rater l'avion !
J'émerge lentement, les yeux à moitié ouverts. Une scie est certainement en train de faire un dur labeur à l'intérieur de ma tête. J'entends son bruit strident qui doit être sur le point de tronçonner des lamelles de ma cervelle. Je peux même ressentir son explosion. Je suis sûre que ma matière grise est devenue noire de poussière. Je me demande si les dégâts ne sont pas importants. Après cinq secondes de souffrance mentale et de la quasi paralysie de mes yeux endoloris qui essaient de s'ouvrir tant bien que mal, je réussis finalement à comprendre ce qu'il se passe : j'ai dormi très profondément pendant un peu plus d'une heure et je suis réveillée en sursaut. Il est vrai que se réveiller en sursaut n'est pas la meilleure méthode pour me mettre de bonne humeur. Je suis désorientée. Ça va être un long combat pour que j'arrive à donner le meilleur de moi-même.
— Il y a du café, me lance Jordan en souriant gentiment.
— Très bien, je réussis à dire en me levant lentement du fauteuil.
J'ai l'impression d'être une petite vieille qui souffre de douleurs lombaires.
— Pourquoi tu ne t'es pas mise au lit ? Est-ce que j'aurais pris toute la place ? Désolé, je me suis endormi de travers sans doute.
Il s'approche de moi et me fait un petit bisou rapide.
— Tu aurais du me pousser. Le divan n'a pas du être très confortable.
Je baille toute en suppliant mentalement Jordan de ne plus parler. Sa voix me paraît provenir du bout lointain d'un très long tunnel.
— Allez viens boire ton café. Il y a des croissants aussi. Ensuite direction l'aéroport. T'inquiète pas, j'ai fait ton sac.
Tant de gentillesse m'émeut.

— Je préfère aller prendre une douche d'abord, je réponds en lançant un nouveau bâillement.
Je manque cruellement de sommeil. Je me demande comment je vais tenir, comment je vais pouvoir marcher, sortir, prendre l'avion sans que mes yeux ne se ferment une seule fois. Mais je suis obligée d'être opérationnelle. Je n'ai pas envie de m'éterniser ici.
— Sophie, tu t'es endormie sous la douche ? me lance t-il inquiet dix minutes après.
J'ai mis mon visage un long moment sous le jet d'eau froide. Heureusement que Jordan m'a parlé car peut être que je n'aurai plus pensé à respirer. Je lui lance un rapide « J'arrive ! ». Effectivement, l'eau glacée m'a requinquée. Mon corps est beaucoup plus alerte et je pense que je vais y arriver. Le café va me stimuler encore plus en m'apportant assez de carburant. Nous buvons notre café tranquillement. Jordan a les yeux posés sur son téléphone portable. Il agit comme d'habitude. Il n'a pas l'air d'être trop chamboulé. Je sens que mes neurones s'activent quand je me souviens de sa phrase d'amour hier soir. Il a oublié ? Peut-être n'en a-t-il gardé aucun souvenir. De toute façon, ce n'est pas grave car mon homme est parfait. Même si le petit déjeuner a été préparé par les serveurs de l'hôtel, même si la jolie rose au milieu du plateau ce n'est pas lui qui l'a cueillie, Jordan a tout de même pris l'initiative d'attendre que tout soit prêt avant de me réveiller. C'est très délicat de sa part. Mais s'il ne répète pas sa phrase avant demain soir, je vais être obligée de le faire boire de temps en temps. Ensuite, j'enregistrerai ses mots et je lui ferai écouter la bande. J'amplifierai le son et je lui passerai au ralenti si jamais il a l'audace d'avoir oublié ce moment magique où imbibé d'alcool, ses neurones nageant dans le champagne et tout un mélange de liqueurs fortes, il m'a lancé son amour en plein visage. Je me sens bien. Finalement j'ai réussi à accepter l'idée totalement nouvelle pour moi : arrêter de me plaindre. C'est pour ça que je me suis endormie tard. Il a fallu une lutte interne très *très* longue pour que j'arrête de me donner en spectacle dans une souffrance ridicule, pathétique et complètement débile, j'ai du me l'avouer.

Savourer le plaisir d'être avec celui que j'aime est la seule chose à faire. Énoncer de cette façon ça a l'air si évident que je me demande comment j'ai pu me montrer aussi inquiète. C'est une vie ça de constamment bafouée une si belle histoire d'amour en éjectant quotidiennement ma bave de crise d'angoisse et d'hystérie ? Serais-je en fin de compte une masochiste en puissance qui se complait dans la souffrance et la douleur ? Je suis contente car je réussis à me faire rire et ce n'est pas du au manque de sommeil. Je me gronde intérieurement et je m'ordonne de ne plus agir comme une petite nature débordant de niaiserie ridicule. A partir de maintenant je vais me délecter de notre relation, déguster son corps et me repaître du bonheur d'être ensemble, fusionnel donc faits l'un pour l'autre. Car après tout, si j'ai eu droit à une nouvelle chance avec lui, c'est parce que c'est le bon.

15

— Bonne Année !!
Le cri de mes amis à l'autre bout du fil me fait rire aux éclats. Une cacophonie mêlant des chants aigus, des basses et tout un assortiment de sons bruyants. Je suis heureuse de les avoir au bout du fil. Je me joins à leur Happy New Year en chantant une mélodie beaucoup plus douce. Je ne tiens pas à mettre Jordan de mauvaise humeur un lundi matin. La cool attitude doit être mesurée sur des décibels raisonnables. Je me tiens donc à un couplet moins sonore que celui de mes amis mais tout aussi sympathique. Dans le brouhaha des voix, je réussis à entendre celle de Vincent qui crie une Bonne année pour tout le monde, rongeurs inclus ! Je ris de nouveau en pensant à quel point il est plaisant de faire les imbéciles. Je leur promets de passer les voir le weekend prochain.
— Tu emmènes ton homme sinon tu ne passeras pas le barrage du village !
Je le leur promets bien sûr et je raccroche le cœur serein. Je me tourne vers Jordan qui se trouve dans le salon maintenant et qui s'installe sur le fauteuil. La synchronisation est parfaite comme s'il avait attendu la fin de ma conversation pour sortir de sa cachette. Je me suis levée à six heures du matin alors qu'il dormait encore pour répéter les mêmes gestes que je fais à chaque fois qu'il dort avec moi : me pomponner pour être au top de ma féminine attitude dès son réveil.
— Mes amis nous invitent samedi prochain pour nous souhaiter la Bonne Année.
— Tu veux dire.... à Bouyon ?
Sa voix est sortie avec difficulté et une intonation incrédule comme s'il venait de comprendre toute l'incongruité d'une situation nouvelle pour lui.

— Oui, je réponds tranquillement en m'installant sur la chaise pour que l'on entame dans la bonne humeur notre petit déjeuner.
— Samedi prochain... Tu n'as pas oublié quand même que nous sommes invités par ma société à 19 heures à Vence ?
— Vraiment ? Mais non je ne savais pas, tu ne m'as rien dit.
Je porte la tasse de café à mes lèvres. Je me suis habituée au goût amer du café sans sucre depuis qu'il m'a fait une réflexion sur ma manière de le boire.
— Je te l'ai dit le soir du Nouvel An, tu ne m'écoutes pas quand je parle ?
Il dit ça d'un air très étonné. Il a l'air si convaincu que je me demande si effectivement je n'ai pas oublié. Ce qui m'étonne car généralement je l'écoute toujours très attentivement. J'essaie aussi de ne pas trop montrer ma déception. Car j'ai vraiment envie de revoir mes amis. Après les fêtes de fin d'année, nous allons être de nouveau pris par nos boulots respectifs et il sera un peu plus difficile de fixer une date pour se revoir tous ensemble.
— Ecoute, me dit Jordan en me prenant les doigts et en me les caressant doucement, on pourrait faire ça : aller à Bouyon à 15h, rester un peu en compagnie de tes amis, pour un petit dessert par exemple. On partira vers 17 heures et ainsi ça nous laissera le temps de rejoindre Vence à la bonne heure. Je ne vais pas t'empêcher de voir tes amis car tu ne m'as jamais empêché de voir les miens.
Il me dit ça en souriant. Je craque de nouveau devant la perfection de cet homme qui est à moi.
— Mais j'espère que vous n'allez pas tous vous comporter comme des ados surexcités. N'oublie pas que tu es bientôt trentenaire.
C'est vache de me jeter mon âge en pleine figure. Je suis hyper vexée. Je ne peux pas m'empêcher de riposter avec une petite douleur :
— J'ai 29 ans. Ça ne fait pas de moi une vieille fille.
— Tu es adorable. Ce n'est pas ce que je voulais dire. Tu le sais que je te trouve parfaite. Seulement, j'ai l'impression que tes

amis sont immatures et cela m'attriste de voir qu'en leur compagnie tu deviens comme eux. J'ai entendu leurs cris au téléphone.
— Ils me souhaitaient la bonne année !
— Ce n'est pas grave. Je ne veux pas les critiquer. Ils sont comme ils sont et s'ils sont heureux de leur manière de vivre, tant mieux pour eux. Mais toi Sophie tu es différente. Je pense que tu les aimes parce que tu les connais depuis longtemps. C'est par habitude en fait que tu les fréquentes. Mais tu devrais considérer votre relation comme je la considère moi, c'est à dire avec des yeux extérieurs. Et là tu verrais le gouffre qui vous sépare. Regarde-toi ! Tu es magnifique, cultivée, classe. Tu es aussi très gentille. C'est pour ça que tu ne veux pas leur faire de peine. Comme je suis avec toi et que je ne veux que ton bonheur, je t'accompagnerai les voir. Je te demande simplement de ne pas idéaliser votre amitié. Ces gens ne te ressemblent pas.

***

Durant mon trajet en voiture pour me rendre au boulot, je laisse mes réflexions en position On. C'est parce qu'il ne les connait pas que Jordan m'a parlé d'eux avec si peu d'empathie. Je sais déjà qu'il n'apprécie pas mes amis. Pourtant il ne les a encore jamais vus *aujourd'hui*. S'il part avec un tel à priori, il est logique finalement que les choses se soient mal passées entre eux. J'aurais pu rétorquer. Au lieu de cela je me mets à réfléchir et à songer à mon attitude. Il est vrai que j'ai l'impression de retomber en enfance quand je les revois tous. Mais est-ce mal ? Une fois arrivée devant le bureau je peste car évidemment il n'y a aucune place disponible. Je dois encore me garer au parking Masséna. Je vais devoir sérieusement me prendre un abonnement sinon toute ma paye va partir dans les tickets de stationnement. Auparavant je prenais le bus pour me rendre au boulot. L'arrêt de car n'est pas loin de chez moi et il se trouve à deux pas de mon bureau. C'était très facile et sans aucun souci. Cependant, mon tailleur, mes chaussures à talon, mon

maquillage soft, mon chignon serré à la base du cou, ma grande sacoche en cuir … je me vois mal prendre d'assaut le bus avec des gens dont la tenue vestimentaire est loin d'égaler la mienne. Encore si j'étais sûre de trouver des places assises ! Car me tenir aux barres de fer sans danser la rumba à chaque fois que le bus freine n'est vraiment pas de tout repos. Je l'ai fait une fois et mes talons ont failli déchiqueter le tapis du sol tant je l'ai rayé pour me maintenir en position debout au premier coup de frein. Une fois entrée dans le bureau, je me sens élégante, confiante en mes capacités. C'est fou comme le véritable amour peut transformer une femme ! Je me sens différente, plus sûre de moi, moins encline à râler contre un avenir incertain. Je suis satisfaite de mon sort et ça se voit. Valériecheveuxviolets me reçoit avec beaucoup de timidité. Depuis quelques temps j'ai l'impression de lui faire peur. Si ce fait n'était pas aussi ridicule à concevoir, j'arriverais à m'en persuader car elle a bien changé. Son comportement vis-à-vis de moi est beaucoup moins amical. Elle me parle toujours avec gentillesse mais sans camaraderie. Même son regard sur moi n'est plus le même. C'est d'ailleurs la première chose que je vois quand j'entre dans la salle. Ses yeux sont fixés sur ma tenue qu'elle détaille avec une grande attention. Et quand elle me dit bonjour après une minute de contemplation, je ressens dans sa voix une certaine retenue comme si je n'étais plus à ses yeux la collègue de travail rigolote avec qui elle s'entendait hyper bien. Sans doute que le fait d'avoir été promue a changé l'impression qu'elle avait de moi. J'ai mon bureau perso maintenant à l'autre bout du bureau. Je ne suis plus assise à côté d'elle car les secrétaires sont placés à l'entrée. Notre séparation a du jouer son rôle sur notre connivence passée. Difficile de se raconter nos vies alors qu'on se trouve aux deux extrémités. Surtout que la porte de mon bureau est souvent fermée. J'ai besoin de calme pour travailler. Je lui dis bonjour gentiment et j'essaie de lui sourire comme par le passé. J'aimerais que notre petite amitié se déroule comme avant. Je n'ai pas envie de jouer à la bêcheuse qui passe devant elle sans se retourner.
— Bonjour Valou, tu vas bien ?

Elle sursaute. J'essaie de me rappeler la dernière fois où je l'ai appelée par son diminutif. Cela doit faire un bail car elle ne s'y attendait certainement pas.
— Je vais bien merci, et toi ?
— Super !
Je lève le pouce en guise de super contentement et je lui fais un large sourire. Elle me le retourne... en un peu moins grand. Puis elle cherche dans son petit classeur avant de me lancer d'une voix atone :
— Ton rendez-vous pour 9 heures avec l'adjoint au maire de Bendejun a été reporté à jeudi. Il ne pourra pas descendre de son village avant cette date, je crois qu'il y a un problème de canalisation à la mairie.
J'essaie encore de l'amadouer en lui faisant les gros yeux. Mais là, Valérie ne sourit pas. Elle me dit simplement ok et s'en retourne à ses occupations. À treize heures je la vois revenir en riant avec d'autres collègues. J'attends qu'elle soit seule pour foncer droit sur elle. Je suis un peu mécontente et puis surtout j'aimerais savoir pourquoi elle me bat froid maintenant.
— Vous êtes allées manger ensemble, avec Betty et Domi ? J'aurais aimé vous accompagner.
Ma voix est réellement triste. J'étais toujours conviée à participer au déjeuner du lundi avec les collègues. Nous sommes lundi. Elles sont allées manger comme d'habitude. Et moi, je n'y étais pas. Bon c'est vrai que je suis restée enfermée toute la matinée dans mon bureau à trouver des fonds en intéressant les commerçants à faire de la pub dans notre magazine en échange d'un super article sur leur commune. Mais il est tout à fait possible à un humain normalement constitué de taper contre la porte pour qu'elle s'ouvre. Le mot « Entrez » ne fait donc pas partie de son vocabulaire ? Je ne dois pas m'énerver.
— Oh Je... et bien on ne voulait pas te déranger. Tu as beaucoup de travail.
— Mais enfin pour manger avec vous, je peux m'arrêter une heure.

— Désolée mais... maintenant que tu as ce poste on pensait que...
— Quoi donc ? Que plus jamais je ne me nourrirai ?
— Sophie, vous pouvez venir une seconde ?
Ça c'est la voix de Josiane, ma directrice. Elle me charge d'un nouvel article. Je retourne dans mon bureau en le laissant ouvert de manière volontaire. L'après midi se passe ainsi sans que personne, une seule fois, ne soit venu me dire aurevoir. Car lorsque je quitte le bureau il est vide.
Naturellement, j'en parle à Jordan le soir même. Je me sens démunie devant ce que je considère comme de la méchanceté gratuite. Qu'ai-je fait pour mériter autant de froideur et d'indifférence de la part de mes propres collègues de travail.
— Elles sont jalouse, me dit-il alors. Elles te voient épanouie et ça les agace.
— Mais non enfin, on s'aime bien d'habitude.
— Ah oui ? Quand tu étais déprimée ça leur convenait. Elle voyait leur propre image de femme médiocre à la vie terne. Mais toi tu es différente, tu as les capacités pour réussir. Elles, elles resteront secrétaires toute leur vie avec un emploi qui ne leur donne aucune possibilité d'évolution car elles sont nulles.
— Tu es dur, là
— Je t'explique juste pourquoi les choses ont changé entre vous. Toi tu mènes ta barque, tu es décidée à aller de l'avant, à prôner toujours le meilleur de toi-même. Tes collègues stagnent parce qu'elles n'ont aucune volonté et sans doute aucun talent. Elles envient donc ton nouveau statut. Statut que tu as hautement mérité. Tu devrais arrêter de penser à elles comme des amies potentielles car elles ne le seront jamais. Tu te vois, franchement, aller déjeuner avec elle dans un snack médiocre à manger de mauvaises salades ? Allons, tu as de la classe toi. Et parce que tu as de la classe, ce soir c'est la fête, je t'emmène au restau ! Mon boss nous a invités. C'est un repas d'affaire. Et nous allons parler du déploiement de nos bureaux. Mon directeur apprécie mon travail, il faut dire que je bosse dur.
— Oui mon amour, je réponds car je sens bien qu'il est fier comme un paon.

— Je suis le meilleur car je me donne les possibilités pour réussir. Alors ce soir, ce sera l'occasion de montrer à la DRH que j'arrive à jongler entre ma vie personnelle et mon travail. C'est important que tu sois là.
Ah oui…. Je me souviens effectivement de cette *grande* première avec la *grande* direction dans ce *grand* restaurant où il avait été en *grande* forme. Naturellement je m'en suis pris plein la gueule sur le chemin du retour. Je fais un peu la tête en me préparant pour la grande sortie dans un restaurant chic où je vais devoir encore faire extrêmement attention. J'ai déjà retenu la leçon, il n'aura pas besoin de se plaindre à notre retour. Ne pas appuyer les mains sur les accoudoirs, poser la serviette sur la bouche avant de tenir le verre de vin par la tige et patati et patata. Je me maquille en oubliant le rouge à lèvres. Je ne vais pas dénaturer un sublime verre en cristal en y apposant des traces dessus. Je ne vais faire aucune erreur ce soir. Je ne suis pas inquiète, je sais que tout va bien se passer. Cependant, je n'arrive pas à être totalement détendue car je repense à Valérie, à son comportement et à ce qu'a dit Jordan concernant mes collègues. Il se trompe évidemment, lui le symbole vivant de la fierté et de l'orgueil ! On n'a pas tous envie d'évoluer dans le boulot. On peut très bien avoir une vie satisfaisante en restant secrétaire toute sa vie si cela nous convient.

La vie n'est pas le boulot !

La vie est celle qui commence justement dès qu'il est fini.

D'accord moi j'ai évolué mais c'est justement car je n'étais pas satisfaite et que tant qu'à passer huit heures derrière un bureau, encore faut-il que cela me plaise un minimum ! J'ai fait mon choix car je me sentais mal. Et puis je m'énerve car sans m'en rendre compte, insidieusement, les paroles de Jordan sont comme des gouttes de venin qui ont trouvé le code d'accès pour s'infiltrer dans mon cerveau. Je ne me sens de plus en plus énervée à force de penser à Valérie et à toute la bande. C'est elles qui ont crée une barrière pour ne pas que je passe. De toute façon, Jordan a bien raison. Qu'est ce que je serai allée faire dans un snack pourri à manger des saucisses avec les doigts. J'ai un certain standing à tenir maintenant. Elles sont jalouses, c'est tout simple !

16

Je sais à quoi ressemble maintenant un pèlerin qui grimpe sur la Montagne du Sacrifice. Je pourrais même faire une dissertation avec une description détaillée de la douleur sur le visage, le bruissement des muscles de la mâchoire qui se contracte, l'abnégation dans toute sa splendeur : je n'ai qu'à regarder Jordan. Il semble sur le point de manquer d'oxygène. Il est assis à côté de moi dans la voiture, les yeux figés soit sur la route soit sur son mobile. Monsieur n'a pas voulu prendre sa voiture, il n'avait pas envie d'abimer sa super Audi dans les ruelles certainement sataniques de mon petit village. Il est sans doute à deux doigts de penser que Lucifer en personne a demandé à ses anges déchus de se tapir derrière chaque mur pour sauter sur sa voiture et la rayer. C'est donc moi qui conduis ma petite mini quatre places toute grise et toute jolie. Je ne suis pas fan de voitures en général mais là je dois avouer que je rêvais d'une mini Cooper depuis longtemps. Elle est belle, elle est classe. Elle fait femme active ober-bookée mais qui ne se la pète pas. Même si je suis vêtue d'une robe pull ample couleur taupe, de cuissardes de la même couleur en cuir souple avec des hauts talons carrés et d'une veste en daim beige. J'ai laissé mes cheveux longs après les avoir ondulés avec le super fer à bouclettes. Mon maquillage se veut comme d'habitude sophistiqué. Mes yeux marron brillent d'un bel éclat avec la teinte brun doré de mon fard à paupière. Une touche d'argent vient enrober le coin interne des yeux. Je suis assez fière de moi. Surtout après avoir réussi un trait d'eyeliner digne d'une élégante biche. Evidemment, ce n'est pas la tenue idéale pour un gouter à la campagne. Mais c'était la seule solution. Ainsi, Jordan a accepté de monter à Bouyon pour ensuite se diriger à Vence sans faire encore un détour pour se changer. De toute façon, j'aurais eu bien du mal à faire admettre à mon copain

qu'un jean ferait très bien l'affaire là où nous allons. Il m'aurait regardée avec un regard plein de pitié devant ce manque de goût. Il est en costard lui. Une façon de ne pas nous éterniser là haut et montrer à nos amis qu'on est attendu ailleurs. Donnant donnant.
Dès que je les vois, alignés devant la table en bois d'extérieur en train de rire aux éclats, je suis déjà de bonne humeur. Malheureusement, cela ne dure pas. Quelque chose dans leur regard, à tous, vient de me chambouler. Un petit quelque chose que j'ai du mal à définir. Un regard dilaté. Je n'irai pas jusqu'à le qualifier de stupéfait. Mais cela y ressemble beaucoup. De l'incompréhension aussi. Un genre de regard que l'on peut lancer devant une équation mathématique incompréhensible. Leurs sourcils relevés indiquent qu'ils essaient de comprendre ce qu'ils ont sous les yeux mais que malgré leurs efforts, ils ne captent que dalle. Cette impression évidemment me met de suite mal à l'aise et je me demande ce qui cloche chez moi pour que leur rire s'achève aussi vite. En laissant un instant de silence. Tellement long d'ailleurs qu'ils ont l'air d'avoir été scotchés par une foudre gluante. Je continue d'avancer l'air de rien. Finalement, le soupçon d'embarras de part et d'autre s'estompe et ils me lancent un sourire que je ne peux qualifier de « normal ». Car il est aussi tranchant qu'une lame aiguisée. Un sourire gêné comme s'il exprimait un profond désarroi. Instinctivement, je me mets en position de défense tout en conservant un semblant de naturel. Je crains de me tromper aussi, je n'ai peut être pas les idées claires et je m'en voudrais de les envoyer tous chier à cause d'un moment d'égarement qui ne s'est peut-être déroulé que dans mon imagination. Même si après les choses se déroulent comme il faut (je présente Jordan, chacun lui dit bonjour, on nous offre à boire et on nous pose des questions sur nos vies et patati et patata) le malaise est tenace. Au fil des minutes, je commence à peine à me remettre de mon tourment quand Vincent arrive. Je croise son regard et instantanément, je retrouve la même expression chez lui que chez tous mes amis dès mon apparition. Mais lui, il se reprend beaucoup plus vite car il me lance un sourire complice qui

réussit, heureusement, à m'enchanter. Un sourire de bienvenu. C'est à ce moment précis que je me dis qu'il est le seul de toute la bande à être content de me voir et à le montrer. Je boude dans mon coin, les laissant parler avec Jordan sans intervenir une seule fois. De toute façon personne ne me pose de questions. Je dois être transparente. Je commence à comprendre ce que Jordan m'a dit de mes amis lors de notre retour. Il m'avait tellement énervée que j'avais décidé de rentrer à la maison sans l'accompagner à son fichu repas d'affaire. Et pourtant, avec le recul maintenant, je m'aperçois que ce qu'il a remarqué chez eux, je viens de le remarquer aussi.

— *Tu as de drôles d'amis.*
— *Oui, ils sont sympas.*
— *Non ce n'est pas ce que je voulais dire. Tu n'as rien vu ou alors tu fais semblant de ne rien voir.*
— *Voir quoi ?*
— *Ils ne te correspondent pas du tout. Tu as été tout le temps sur la défensive et j'ai bien vu que tu étais un peu perturbée par leur comportement. Ils n'ont pas arrêté de me poser des questions sur moi, sur ma vie, sur mon boulot, sur nous. J'ai eu l'impression de passer au détecteur de mensonge. Quant à toi, ils t'ont complètement ignorée.*
— *Mais pas du tout !*
Mes amis sont ma famille. Je les connais depuis plus longtemps que lui. Alors je ne vois pas pourquoi il se permet de les traiter comme s'ils étaient de peu d'importance. Car les dénigrer, c'est dénigrer ce qui fait toute ma vie. Je ne me gêne pas pour faire remarquer à Jordan qu'il ne sait pas du tout de quoi il parle.
— *Tu devrais te montrer un peu plus sympa avec eux, je lui réponds un peu remontée. Ils nous ont invités et c'est comme ça que tu les remercies ? Et puis je te signale que c'est toi qui as monopolisé la conversation en ne parlant que de toi et de tes activités. La réciproque aurait été de la bienséance comme tu me l'as si souvent reproché d'ailleurs à chaque fois que je faisais un pet de travers.*

— Je t'ai déjà fait remarquer aussi que je n'aime pas quand tu parles comme une poissonnière.
— Et moi je te fais remarquer que tu parles peut-être très bien mais tu parles mal. Tu aurais pu leur demander à eux aussi de te raconter leur vie au lieu de centraliser toutes les discussions sur ton boulot.
— Je m'excuse si je suis fier de ce que je fais. Je me suis montré poli mais toi naturellement tu n'as entendu que ce que tu voulais bien entendre. Tu ne vois pas que tes soi disant amis te regardent de haut et tu veux que je te dise pourquoi ? Je vais te le dire puisque tu fais semblant de ne pas comprendre. Tant que tu étais la fille qui échouait dans toutes ses tentatives, au boulot ou dans ta vie personnelle, tu étais l'une des leurs et ils ne t'acceptaient que pour comparer tes déboires à leur vie épanouie ! Maintenant que tu as un super boulot, que tu es heureuse en couple, tu n'as plus rien à leur envier et ça les agace ça tu vois ? Ils sont jaloux de ta réussite et tu ne corresponds plus à l'image de la brebis égarée qu'ils avaient l'habitude de consoler. Ils se sentaient importants en te prodiguant tous leurs conseils. Mais ils n'ont fait que te tirer vers le bas pour que tu correspondes à ce qu'ils attendent que tu sois, celle que tu as toujours été : une perdante. Te voir heureuse et épanouie les flingue et ils en deviennent odieux. Tu parles d'amis !
Je n'ai ouvert la bouche que pour lui dire qu'il pouvait y aller seul à sa soirée de débiles. Il me lance un regard triste en disant :
— Ils ont même réussi à te liguer contre moi. Contre nous. Ouvre les yeux, je suis le seul qui t'apprécie pour qui tu es vraiment. Je vois que tu es en colère. Jamais je ne te forcerai à agir contre ta volonté. Si tu ne veux pas m'accompagner, tu es libre de ne pas venir. Mais laisse-moi rentrer avec toi, je récupère ma voiture. De toute façon, j'ai largement le temps.

C'est vrai que nous étions montés à Bouyon pour le repas de midi et non pas pour le dessert comme aujourd'hui. Quand je pense que je me suis disputé avec lui sans comprendre les véritables raisons de ce qu'il avait enduré. Pour moi. C'est vrai que le comportement de mes amis m'a profondément déçue. Mes yeux se sont soudainement ouverts. J'y vois très clair à présent. Je ne suis plus la jeune femme rigolote qui leur racontait tous ses déboires. Ils riaient bien sûr pour me détendre. Soi disant. Je comprends maintenant qu'en fait ils se sont toujours foutus de ma gueule. J'ai réussi ma vie. Ça n'a pas l'air de leur convenir. Jordan est merveilleux, cultivé, riche, confiant dans ses capacités. Il le montre sans ostentation ni humilité. Il sait qui il est et il le dit. Cela prouve sa force de caractère et c'est ce que j'adore chez lui. Mes amis m'ont fait souffrir. Cela n'était jamais arrivé auparavant. Je me suis montrée rigide et intransigeante parce que c'est tout ce qu'ils méritent. Ce sont des ingrats. Si je m'en suis aperçue aujourd'hui, c'est parce que comme me le répète souvent Jordan, j'ai changé radicalement depuis notre rencontre. Je n'ai plus peur de la solitude, j'ai évolué dans le sens diamétralement opposé à ce qu'ils attendaient tous de moi. Je ne leur dois rien. J'ai perdu tous mes repères dès l'instant où ils ont posé les yeux sur moi avec condescendance et que seul un rictus pitoyable a secoué leurs lèvres en me disant bonjour. Jordan avait raison. Il est important pour moi de m'entourer de gens qui me respectent. Je ne suis plus une petite fille qui a peur de ne pas être aimée. Je suis une femme à présent. Je suis avec un homme que j'aime et qui m'aime aussi puisqu'il prend toujours très à cœur de me faire constamment évoluer.

— Ils sont drôles tes amis.

— Oui Jordan. Ils ne me correspondent pas du tout. J'ai été tout le temps sur la défensive car j'ai été perturbée par leur comportement. Ils n'ont pas arrêté de te poser des questions, sur toi, sur ta vie, sur ton boulot, sur nous. J'ai eu l'impression qu'il te faisait passer au détecteur de mensonges. Quant à moi, ils m'ont complètement ignorée. Tu parles d'amis !

J'ai les mains serrées sur le volant. J'ai sans doute l'air en colère mais je suis terriblement triste en fait. Jordan me lance un long regard fait de contemplation. Je tourne vite fait la tête dans sa direction tout en essayant de contrôler mes larmes. Il

est hors de question que je flanche. Et en même temps je ne me sens pas d'humeur à aller festoyer avec son patron et ses collègues de travail. J'ai encore un peu de mal à gérer mes émotions. Je réussis pourtant à lancer d'une voix naturelle avec toutefois un léger semblant de mélancolie :
— Je sais que ta soirée à Vence est importante pour toi. C'est pour quoi je préfère ne pas t'accompagner. Ne m'en veux pas. Je viens de subir une grande peine en réalisant que mes amis se fichent de moi. J'aurais du mal à me montrer sous un jour flatteur ce soir et je ne veux en aucun cas gâcher ta soirée.
— Je comprends ce que tu ressens. La vérité est parfois dure à avaler. Mais... je m'en fiche de la soirée. Le plus important, c'est toi. Nous allons rentrer et je vais te consoler. Après tout, je suis là pour ça, non ?
Le sourire qu'il me lance fait bondir des étincelles de petite joie, moi qui croyais que mon cerveau ne pourrait pas encore leur souhaiter la bienvenue. Ai-je bien entendu ce qu'il vient de me dire ? Est-il réellement prêt à se désister auprès de sa société pour rester avec moi ? La réponse à ma question ne tarde pas. Durant tout le chemin, Jordan me complimente et m'écoute attentivement déverser mon flot de haine contre mes faux amis. A chaque fois d'ailleurs que je parle d'eux avec un négatif de plus en plus sournois, il hoche la tête et rebondit gentiment en m'expliquant que je n'ai rien fait de mal. Je suis trop gentille d'après lui et cette gentillesse m'a fait oublier qui j'étais vraiment. Mais il est là, mon sauveur, mon superman vainqueur qui va adoucir ma peine. Une fois rentrés, il me prend dans ses bras pour une accolade sensuelle. J'ai la tête posé sur son cou. Il me serre fort contre lui et me dit à quel point je suis belle. J'entends son murmure au creux de mon oreille. Il me la lèche du bout de sa langue, me mordille délicatement. Ses caresses sont douces et intenses. Il tripote mon lobe et je ressens déjà le bien être m'envahir. Je ne sais pas pourquoi sa langue dans mon oreille me procure un tel frémissement de délice comme si j'allais instantanément me transformer en un fauve affamé. Je me régale de ce moment en freinant mon appétit pour faire durer le plaisir. Il me déshabille en même temps d'une manière

tendre et lente. Il donne l'impression de ne pas vouloir me briser, moi, sa petite poupée fragile. Il me déplume de chacun de mes vêtements avec une lenteur qui me met dans un état de supplice. Il sait que j'ai envie de lui. Il sait que je ne serai comblée qu'une fois que je serai complètement nue. Alors, il m'apprivoise. C'est lui qui dirige, qui décide jusqu'à ce que, soumise à son bon vouloir, je me laisse totalement faire. Mon rôle est d'accepter le ravissement qu'il me procure en le lui disant. Avec les yeux. Mon regard se fige sur le sien pendant qu'il ôte mon soutien gorge. Je vois la fièvre monter dans ses pupilles dilatées, son niveau d'excitation accélère au même rythme que ses attouchements sur mes seins. Le bruit de sa respiration fouette mon désir. En le regardant je prends conscience de sa sensibilité à mon égard et de son attachement. Ses yeux me transmettent ses pensées les plus profondes tout en me prouvant l'avidité qu'il éprouve à me déshabiller. Je me sens à l'aise et en confiance dans un tourbillon de bien être. Pour la première fois de ma vie, je me sens libre et sans complexe. Mes tétons se durcissent sous ses doigts. Puis sa langue vient s'enrouler autour d'eux et il me les suce. Je suis une friandise qui se laisse gober sans résistance. Il approche lentement sa main de ma bouche et d'une façon tout à fait naturelle il se met à lécher mes doigts. Puis, de sa main, il attrape la mienne et la fait descendre vers son sexe, histoire de me montrer le chemin. Alors je l'embrasse langoureusement. Pris d'un élan frénétique, il me porte à bout de bras sur la table du salon. Assise au bord de celle-ci, il me relève les jambes et les pose sur ses épaules. Il est debout devant moi, encore vêtu de sa veste. Seul son pantalon est baissé. Il dirige mes mains en appui derrière moi sur la table et il s'accroche à mes fesses. Mes jambes sont maintenant croisées derrière sa nuque. Je vais devoir me concentrer pour garder cet appui le plus longtemps possible. Je suis heureusement assez souple pour maintenir cette posture jusqu'au bout sans faiblir. Je connais cette position, elle fait partie de celle qu'il préfère. Sexy et acrobatique. Cependant, elle me prive de son corps car mes mains sont occupées à garder le cap sur la table. Je ne peux pas le dorloter à ma guise. Au fil des

minutes, les muscles de mes bras me soufflent un relent de douleur. Je m'allonge alors sur la table. Je le laisse faire pendant qu'il s'active. La pénétration est profonde et le plaisir intense.
Le sentiment de plénitude oppresserait presque ma poitrine. Quand Jordan se détache de moi, j'éprouve de la nostalgie. J'ai envie d'éclater en sanglots. Je me sens à nouveau démunie car sans le contact de son corps je ne suis plus rassurée. Je suis perdue, prête à sangloter pendant que Jordan se dirige dans la salle de bain après un dernier mot d'amour susurré à mon oreille. J'ai toutes les preuves de son affection pour moi et je n'ai qu'une envie c'est de déverser des torrents de larmes ? J'ai un problème grave ! Je vais devoir aller consulter ou m'abrutir de petites gélules roses pour retrouver un semblant de raison. Je me relève de la table, mes muscles encore un peu endoloris. J'essaie de raisonner. Il ne faut pas que Jordan me voit dans cet état de tristesse et de prostration car il pensera à coup sûr qu'il n'a pas été assez bon. Alors que non, bien au contraire, le plaisir a été intense. C'est sans doute cela alors, une fois que la pression s'est relâchée, il est normal que je redescende sur terre. Jordan n'est pas la cause de mon état semi dépressif après l'amour. Je suis trop sensible, Jordan a une fois de plus raison sur ce sujet également. Je suis vulnérable aux émotions négatives que mes amis m'ont fait ressentir quelques heures plus tôt. Mon cerveau a emmagasiné la douleur. Elle ne s'est écartée que parce que Jordan m'a transportée littéralement dans un monde meilleur fait d'amour, d'abandon et d'espérance. Mais la bulle de protection de son corps, comme un rempart sur le mien, s'est brisée puisqu'il s'est éloigné de moi. Il est vrai que je l'aime tant que j'ai peur de l'étouffer à force de le vouloir constamment à mes côtés.
— Je finis dans une minute, me lance Jordan de la salle de bain. On se retrouve dans la chambre, j'ai une surprise pour toi.
Le son de sa voix a un effet magique sur moi. Il me semble que subitement j'échappe à l'attraction terrestre en lançant mes pensées négatives dans l'espace infini derrière moi. Telle une fusée, je me propulse vers la chambre avec un sourire. Il

possède vraiment le don de m'apaiser. Mon homme me rend heureuse, je ne dois plus l'oublier. Il est assis sur le lit, les jambes croisées pour m'accueillir. Il sent bon le savon. Son corps nu brille d'un éclat viril. Sûrement à cause de son sexe dressé fièrement devant moi. Je le chevauche, doucement. Mes jambes l'entourent et je peux enfin l'enchaîner de mes bras. Nous n'avons pas échangé une seule parole. Il m'a embrassée et nous sous sommes laissés emportés par le courant brûlant. Tout me paraît époustouflant, tout est un débordement d'euphorie. J'ai l'impression d'avoir trop bu, me laissant griser par l'ivresse des sens. Et en même temps, je réalise que je ne serai jamais repue, toujours avec cette obsession gravée en moi de vouloir jouir encore et toujours dans ses bras.

17

Les jours qui ont suivi, j'ai testé ma force de caractère. Je me suis répété le même mantra pour qu'il s'incruste dans ma tête avec tellement de force que rien ne pourra plus jamais m'attrister : nous nous aimons, Jordan et moi. Et je dois protéger cet amour. Je ne laisserai personne me juger, je ne laisserai plus personne me toucher au point de me faire mal moralement. Je préfère couper les ponts avec mes anciens amis. Je ne peux plus m'impliquer dans leur vie si, comme me l'a souvent répété l'amour de ma vie, ils me jalousent autant. Bien sûr cela ne sera pas facile au début. Une rupture amicale est toujours triste et perturbante. A partir de maintenant, je vais arrêter de les voir et donc de les écouter. Il est grand temps que je ne me cache plus derrière des mensonges et que je regarde plutôt la vérité en face. Je commence même à me sentir beaucoup mieux après avoir accepté cette décision. J'en ai marre de regarder mes défauts et porter sur un piédestal mes points faibles pour amuser les gens. Même ma sœur me crispe. Elle est enceinte, elle est heureuse. Bon, c'est une bonne nouvelle. Mais je suis déjà passée par là, je l'ai déjà félicitée, j'ai même déjà pris petit Hugo dans mes bras, je sais à quoi il ressemble. Je ne me sens pas de recommencer le même cinéma car la surprise, pour moi, n'y est plus. Et comme le dit intelligemment Jordan, il n'y a pas de quoi se vanter non plus. Elle a déjà pris dix kilos. J'en suis là de mes commentaires quand j'arrive finalement à retrouver ma voiture garée dans un endroit discret, pour qu'aucun œil inquisiteur ne découvre ma présence à Bouyon qui reste mon point d'ancrage quand je me balade dans l'arrière pays. Mes parents sont en vacances à Venise, mes amis ne reviendront pas avant le printemps, il est donc ridicule de tenter de me cacher aux yeux de tous puisqu'il n'y a personne. Mais cela ne m'empêche pas de frôler les murs en lançant des regards apeurés autour de moi au cas où je croiserai quelqu'un. Jordan est de nouveau parti à Londres pour une semaine entière et je dois écrire des articles en les agrémentant de photos. C'est un plus de pouvoir gambader dans l'arrière pays par les sentiers des randonneurs et revenir dans la maison sans que personne ne remarque ma présence. De toute façon, je dois retourner en ville maintenant. Nous sommes samedi et je vais rester cloitrée chez moi car je n'ai aucune envie de sortir. Je vais en profiter pour me reposer un peu. Il est 17 heures et il ne va pas tarder à pleuvoir. Je m'arrête un peu plus bas que Bouyon lorsque je remarque que le coucher de soleil ce soir est magnifique. Je me positionne pour prendre de superbes clichés car les nuages qui se profilent se colorent d'un noir intéressant comparé aux lueurs rouges du soleil couchant. Finalement satisfaite après une vingtaine de prises, je me dirige vers ma voiture. Elle est fermée. Je n'ai pas les clés. Où sont-elles encore ? Je farfouille dans la poche de ma doudoune et je les sors fièrement. J'aurais du me montrer plus délicate car je les vois maintenant s'envoler dans les airs et redescendre par le même chemin. Leur atterrissage est bruyant. Surtout quand elles cognent contre un grillage en fer sur le sol. Jusque là tout va bien. Je n'ai qu'à me baisser pour les ramasser. J'aurais du me douter que les choses n'allaient pas se passer aussi simplement. Cela aurait été trop facile évidemment. J'ai réussi à me promener dans les labyrinthes secrets des mondes parallèles pour emprunter tranquillement un vortex et une autre dimension *mais* ramasser des clefs avant qu'elles ne tombent dans la fente c'est au dessus de mes capacités. Je mets vite fait ma capuche car quelques gouttes viennent d'apparaître et je m'agenouille sur le sol pour tenter de glisser mes doigts dans le grillage et attraper ces foutues clés. Mon jean va finir par se salir de terre mais cela est de peu d'importance. Après tout j'ai une machine à laver. Mes doigts ne sont pas assez longs, le grillage est trop fin pour laisser passer mon bras et les clés sont bien trop loin. Comme j'ai décidé maintenant d'alléger mon karma en me comportant comme une personne sensée qui gère ses émotions avec intelligence, je réfléchis au moyen de récupérer mon trousseau sans sombrer dans la déprime. La positive

attitude engendre inévitablement des résultats positifs. Donc rester calme est le principal but. Le deuxième est de pouvoir réussir à partir d'ici, en voiture si possible. Je me traîne par terre avec un bout de bois. Pas assez long. Je prends un autre bout de bois que j'agrémente en forme de pinces. Héhé, je suis maline, il n'y a donc aucune raison de s'énerver. Je touche les clés. Elles bougent ! Mais descendent un peu plus bas. J'ai l'impression de me retrouver derrière les machines à pinces des fêtes foraines : j'aurai beau m'acharner jusqu'à ce que la lune vienne, je n'attraperai jamais rien. Cependant je persiste. D'abord parce que c'est le seul moyen qui me reste pour rentrer chez moi et ensuite parce que… je n'ai aucun outil dans le coffre. Ni ustensile pointue. Si j'avais emporté ma trousse de maquillage j'aurais pu facilement récupérer un ciseau ou une pince à épiler pour enlever les vis de ce tas de grillage diabolique. Qu'on ne me dise plus que le maquillage ne sert à rien. Là je suis en tenue de randonnée, jean, col roulé, parka et chaussures de montagne. Naturellement que j'ai mis un peu de fond de teint avant de partir, je ne suis pas une sauvage mais je n'ai pas trouvé utile d'apporter ma pince à épiler. Ou alors…. Je remonte dans la maison de mes parents. Je trouverai bien un couteau ! La distance est longue ! J'en ai pour une demi-heure à remonter la route en me collant aux barrières des virages pour ne pas me faire écraser. Même si à l'évidence aucune voiture ne circule. Je marche depuis dix minutes et la pluie se fait plus insistante. Si Jordan me voyait dans l'état dans lequel je me trouve, un genre d'épouvantail vivant, il se sauverait en hurlant de frayeur. Heureusement que plus de mille kilomètres nous séparent actuellement. C'est alors que j'aperçois une voiture au loin qui descend tranquillement sous la pluie devenue battante. Je me dis que je vais faire un signe pour qu'elle s'arrête une fois arrivée à proximité. A moins que je ne tombe sur un serial killer qui va profiter de ma faiblesse pour me kidnapper, le ou la conductrice pourra éventuellement m'aider.
— Vous avez un problème ?
Je tourne la tête en direction de la vitre de la voiture qui s'ouvre légèrement alors que je viens de faire de grands signes de

désespoir pour qu'elle s'arrête. Je souffle un peu en répondant car je viens de reconnaitre le conducteur.
— Alors d'après toi, quand un piéton fait de grands signes sur une route sans trottoir sous une pluie battante à la tombée de la nuit, seul et pris dans l'orage à des kilomètres de toute vie alentour, demander s'il y a un problème est *vraiment* une question ?
— Sophie ? répète Vincent amusé. Je ne t'avais pas reconnue sous ta tente mouillée.
— Ce n'est pas une... C'est une parka achetée aux Galeries Lafayette à un prix presque exorbitant et elle est sublime !
— Tu veux qu'on discute chiffons encore pendant quelques minutes ou tu préfères me dire ce qui t'arrive et si *éventuellement* je peux t'aider?
Je m'approche de la voiture pendant qu'il me fait signe de monter.
— Je suis une flaque ambulante Vincent, je vais te pourrir la bagnole.
— Le prix exorbitant que tu as mis dans cette parka ne réussit pas à faire glisser la pluie ? Non parce que moi, j'ai acheté une parka à Monoprix à un prix sympa et ça fait le même effet que sur toi.
— J'ai prié pour ne pas tomber sur un malade mental et c'est sur toi que je tombe ! Prier ne sert à rien.
— Allez, monte, réplique t-il en s'esclaffant devant ma mine boudeuse.
De l'eau se répand sur son siège pendant que je m'installe.
— Alors voilà, je suis garée pas loin tu vois le point là bas ? C'est ma voiture.
J'ôte ma capuche. Mes cheveux doivent être complètement ébouriffés sous ma queue de cheval remplie de brindilles et de terre.
— Mes clés ont glissé sous une grille et je ne peux pas les récupérer. Tu peux faire demi-tour et m'emmener chez moi pour que je puisse prendre un tournevis, s'il te plaît ?
— J'ai une caisse à outils dans le coffre. J'ai plein de tournevis. Il y en a bien un qui va fonctionner.

Il me jette un regard qu'il veut discret mais comme il est nul je l'ai remarqué. C'est alors qu'il se met à rire en essayant de ne pas faire trop de bruit, genre je ris sous cape. Mais comme il est nul aussi je l'entends très bien.
— Bon… c'est quoi qui t'amuse au juste ?
— Tu as vu ta tête ?
— Non, je ne me promène pas avec un miroir greffé sur mon bras pour me reluquer toutes les minutes ! Je me suis traînée par terre je te signale pour tenter d'attraper ces putains de clés de merde !
— Avec ta tête ?
— Ça va hein ? J'ai de la terre sur le visage parce que je me suis frotté les mains et cette queue de cheval qui ne faisait que tomber sur le sol et sur mes yeux me l'a colorié aussi. Pourquoi, je ne te plais pas comme ça ? Je suis pourtant super naturelle.
Je le vois fixer la route sans broncher et s'arrêter une minute après près de ma voiture. Il n'a pas répondu à ma question sarcastique. J'hésite à sortir car la pluie s'est transformée en quasi tornade. Mais il n'y a pas d'autres solutions.
— Tu m'ouvres le coffre pour que je puisse chercher un tournevis ?
— C'est bon, j'y vais, me répond-il gentiment.
— Mais, tu vas te mouiller !
— Et alors quoi ? Je n'ai pas le pouvoir de circuler au milieu de chaque goutte. Mon pouvoir est plus grand encore car je vais te sauver la mise !
Pendant qu'il trafique les vis, je tiens au dessus de lui une nappe prise dans le coffre pour qu'il soit au moins protégé de l'eau qui coule en rafales. Je le vois tripoter la grille. Mais celle-ci ne veut pas bouger de façon satisfaisante.
— Ecoute-moi Sophie, pose cette nappe et viens plutôt récupérer tes clés. Je soulève la plaque, tu glisses ta main et tu les prends. Tu as trente secondes, après ce laps de temps, je risque de te briser la main en laissant retomber la grille qui comme tu le vois si tu es perspicace ne s'ouvre que d'un côté.
— Pourquoi que d'un côté ?

— L'autre côté est tout rouillé. Dis moi tu veux un cours explicatif sur le comment du pourquoi ou es tu prête à mettre ta main dans la fente que seule ma force surhumaine réussit à soulever un peu. Prête ? On y va.
— Force surhumaine, tu m'en diras tant ! Si tu ne peux tenir que trente secondes....
— Peut-être moins si tu me mets en colère. Si j'étais toi j'éviterai de dire un mot de plus, ça glisse vachement et je dois concentrer la puissance de ma musculature pour ne pas abimer tes jolis doigts.
Je l'entends lancer un petit son plaintif.
— Désolée, c'est mon ongle, je t'ai griffé. Pardon.
— Je vais me tenir à carreaux. Tes ongles au look d'enfer risquent de me balafrer si je fais le moindre mouvement.
— Je les ai !
On se lève tous les deux en même temps et je ne sais pas ce qui arrive, sans doute un relâchement de ma pression nerveuse car je sautille dans tous les sens et je saute même dans l'eau boueuse. La joie me rend navrante de bêtise mais bon... On se met à rire tous les deux sous la pluie comme deux gamins qui viennent de réussir un exploit. Quand je me décide à remonter dans ma voiture, je remercie Vincent de son aide précieuse. J'allume le contact et je le remercie de nouveau. Vincent est toujours sous la pluie, les yeux fixés sur moi sans parler. Il ne rit plus. Moi non plus d'ailleurs car à peine ai-je mis la clé que le moteur sort un son bizarre. Ma voiture ne veut pas démarrer. Je jette un regard de désespoir à Vincent qui ne m'a toujours pas quittée des yeux. Je me demande vite fait ce qui lui arrive. Il me semble l'avoir remercié normalement. Mais mon problème majeur est surtout la voiture qui ne veut pas bouger.
— Mauvais contact électrique, me dit alors Vincent Tu as une bombe anti-humidité ?
Je secoue la tête, l'ai encore plus penaud. Je vois l'eau s'agglutiner sur les habits complètement trempés de Vincent et je lui dis de mettre sa capuche ! Ce qu'il fait finalement comme si le son de ma voix l'avait soudain réveillé.

— Ouvre ton capot, je vais voir si l'eau entre en contact avec une pièce mécanique.
— C'est où pour ouvrir le capot ?
Il ouvre la portière, appuie sur un bidule et retourne vers le capot ouvert. Je me sens un peu bête de rester au sec tandis que lui est imbibé de pluie. Alors je remets ma capuche et je sors le rejoindre.
— La pluie va s'arrêter dans la nuit, me dit-il en refermant le capot. Y'a rien à faire à part essuyer les bougies. Il faudra venir chercher ta caisse demain quand elle aura séché.
— Mais je ne peux pas retourner à Nice alors ? Faudrait que je dorme ici. Ou alors je peux appeler un dépanneur.
— Oui mais bon, il suffit juste d'attendre demain. C'est pas comme si tu étais perdue dans une ville inconnue sans savoir où te loger pour la nuit. Je connais un pote mécano, demain tu l'emmèneras chez lui pour qu'il te répare la fente qui fait entrer l'eau dans ta caisse.
— Demain c'est dimanche.
— Il est ouvert le matin. A cette heure ci par contre, il est fermé.
Il est 19 heures. Je me sens épuisée, j'ai faim. Passer la nuit à Bouyon n'est pas dramatique. Vincent me propose de m'accompagner jusqu'au village. J'hoche la tête, je lui dis merci. Nous prenons la route sous la pluie qui décidément continue sa rengaine.
— Zut, le frigo est vide. Mes parents l'ont éteint étant donné que je n'avais pas comme projet de monter ici.
— Tu n'as rien à manger ?
— Et non. Et en plus j'ai faim. Arrête-moi au village, je vais m'acheter une pizza.
— Il est fermé.
Je lui dis que ce n'est pas grave. Je vais bien trouver dans les placards de la cuisine des boites de conserve qui feront bien l'affaire.
— Mon frigo à moi est hyper plein.
— Tant mieux, tu me vends un steak ?
— Prépare ton oseille. En période de grande pénurie, les prix flambent.

***

Nous sommes arrivés devant sa maison. Mon attention est focalisée sur le pare-brise de la voiture au travers duquel je distingue une façade super jolie. Balayée par les essuie-glaces, les gouttes de pluie ne me gênent pas trop car j'arrive à apercevoir une magnifique villa sur deux niveaux. Tandis que Vincent se gare, un éclair lumineux traverse le ciel. L'orage pète immédiatement et le bruit sourd du tonnerre fait bouger les vitres. Ça y est, je vais mourir aujourd'hui, à deux pas de la maison de Vincent.
— Je rêve ! Ne me dis pas que tu attends que j'ouvre ta portière.
— J'ai peur.
— De l'orage ? Tu étais sous la pluie tout à l'heure. Tu n'étais pas paniquée.
— Il n'y avait pas d'éclairs. Je n'ai pas peur de la pluie.
— Tu veux rester dans la voiture ?
— Non je vais courir une fois que tu auras ouvert la porte de ta maison.
— Mais ne stresse pas. Fais comme tout le monde, sors ton téléphone et fais une story sur Instagram.
— Tu es comique, toi. Bon va ouvrir la porte, j'arrive.
Dès que la porte est ouverte, je fonce comme une damée poursuivie par la meute à l'intérieur de la maison.
— Les dieux doivent être en colère, dit Vincent en ôtant sa veste.
— Tu me donnes le steak ?
— *Donner*, vraiment ?
Il se met à rire.
— Ecoute, c'est ridicule de te ramener sous l'orage jusqu'à Bouyon. T'as qu'à rester manger ici. L'orage ne va pas durer éternellement et ensuite je te ramène.
— Toutes les excuses sont bonnes pour que je fasse la vaisselle.
— Ok, te voilà redevenue normale. J'ai eu peur un instant que tu me fasses une crise d'hystérie à cause de l'astraphobie.
— J'imagine que ça veut dire avoir peur des éclairs ?

Il hoche la tête pendant qu'il pose sur le séchoir sa parka trempée.
— Mais tu as préféré sortir un mot intello.
— Je suis médecin, ce mot fait partie de mon vocabulaire.
— D'accord docteur. Bon...
Le tonnerre gronde soudainement. Son bruit ressemble à celui d'un obus qui a pris l'initiative de tomber près de l'endroit où je suis. Les vitres vont peut-être éclater et je vais me retrouver avec mon visage plein d'incisions sanglantes. Je m'éloigne donc de la fenêtre et me dirige au milieu du salon pour être dans un endroit de Haute Sécurité.
— Déstresse, miss Panik. La foudre touche en priorité ce qui est en hauteur. Tu ne risques rien.
— Ah ouais ? Alors monsieur-je-sais-tout-sur-tout-, pourquoi des gens sont-ils foudroyés sur la plage, hein ?
— Tout est relativement plat sur une plage. Et donc ce qu'il y a de plus haut, c'est nous.
— Dans ton quotidien, tu le vis bien d'être le puits du Savoir ?
Il ricane comme d'habitude puis il me dit que je ferais mieux d'enlever mes affaires.
— Je vais te filer un jogging et un gros pull, le tout fourni avec de grosses chaussettes. Mets tes affaires sur le séchoir et dirige-toi vers la salle de bain.
— Je n'aime pas vraiment l'ordre des choses. Je préfère me diriger d'abord vers la salle de bain *puis* enlever mes habits. Tu ne me verras pas à poil. Mais c'était bien tenté.
Il ricane encore plus fort tout en allant dans la pièce du fond. Il a son téléphone à la main. A peine a-t-il dit *allo c'est moi* qu'il ferme la porte et donc je n'entends plus rien. Il ressort de la pièce trois minutes après en portant à bout de bras un paquet de linge. Il m'arrive bien sûr de m'habiller avec des fringues moches qui me font ressembler à un gorille. Le dimanche le plus souvent quand je traîne chez moi seule. Ce soir, avec le jogging hyper large, le pull tellement long qu'il cache mes mains et les deux laines qui enveloppent mes pieds, je suis confortable. Et j'ai bien chaud. Jamais je ne me serai présentée de cette façon devant Jordan. Je tire mes cheveux en arrière et je réussis à les

attacher en un chignon quelque peu ébouriffé à l'aide d'un crayon gris qui tient lieu de barrette. Voilà, je suis prête. C'est tout de même très agréable de ne pas avoir la pression de ressembler à quelqu'un de précieux dans le but de plaire. Il est très agréable aussi de ne pas avoir *envie* de plaire. Je me sens bien, totalement relax. Quand je rejoins le salon, Vincent est déjà en train de préparer à manger. Il a sorti un paquet de légumes surgelés. Un mélange champêtre. J'adore ça. Cela fait bien longtemps que je n'ai plus ouvert mon congélateur car Jordan de toute façon n'aime pas les légumes achetés en grande surface. Encore moins quand ils sont surgelés. L'odeur est agréable. Vincent a du les cuire à l'huile d'olive et à l'ail. J'en ai presque les babines qui salivent. Vincent vient de m'apercevoir du coin de l'œil.
— Tu es d'une élégance, c'est fou ! Tu as un réel talent pour t'habiller ! me lance t-il en souriant.
Evidemment qu'il me taquine. Je n'arrive décidément pas à lui en vouloir. Ce qui ne m'empêche pas de faire une petite moue boudeuse en lui répondant :
— Arrête de faire l'andouille et active toi plutôt aux fourneaux. Donne-moi à manger.
— *Donner* ?
— Quoi ? Tu risques l'infarctus si tu m'offres un steak gratos ?
— Pas de viande pour toi. C'est trop cher. Ce sera saumon et légumes.
— Alors tout à l'heure tu m'as vendu du rêve.
Il me retourne mon sourire puis il m'ordonne de m'asseoir au salon pour attendre sagement d'être servie. Ce soir c'est lui qui régale. La prochaine fois ce sera mon tour. Il vient de mettre un CD et la musique envahit la pièce. Très calme, très reposante. Pendant que Vincent poursuit la préparation du repas, je m'installe confortablement sur le divan. Et j'observe le cuisinier qui sifflote de temps en temps suivant le rythme de la musique. Je souris. Aucune mauvaise onde ne peut venir ternir ce moment de tranquillité, un moment où je me laisse aller à être moi-même. Ne plus avoir la sensation d'être épiée, ne plus être constamment sur le qui vive est très reposant. Je regarde

Vincent prendre une cuillère en bois et la plonger dans la casserole tout en sifflotant encore. Je ne me pose plus de questions, je m'abandonne à l'instant présent et je savoure la paix. Il est agréable de me sentir entière, confiante et détendue avec lui. Je le regarde toujours et je réalise qu'il est plutôt pas mal. Au tout début de notre rencontre et même par la suite je ne l'ai jamais trouvé hyper canon. Il est loin de ressembler à Brad Pitt mais ce n'est pas un hobbit non plus. Là où je trouvais ces traits d'une banalité affligeante, je me surprends à apprécier son profil. Ses cheveux bruns sont courts. Il les plaque en arrière. Cela lui donne l'air d'un sicilien typé à qui l'on doit le respect si l'on ne veut pas finir au fond d'un lac. Il fait un peu voyou avec ses pectoraux, son regard noir, ses sourcils froncés et sa barbe de trois jours. Cependant, quand il sourit, tout son visage s'éclaire. Même s'il se moque de moi gentiment, il réussit à m'apaiser. Ce n'est pas étonnant finalement. Avec le métier qu'il fait, le fait de vivre avec la maladie et la mort tous les jours, il a appris à relativiser et à profiter de chaque instant sans se prendre la tête. J'aimerais bien arriver à ce type de nirvana. Et puis, j'aime bien son humour un peu décalé, cette pointe d'ironie. Parler avec lui me plaît aussi. Des petits riens qui avec lui sont remplis.
— Au fait Vincent, tu allais où quand tu m'as vue ?
— Je suis bénévole auprès de la région pour assister les femmes en détresse sous la pluie. Seulement si elles sont célibataires parce que bon... les autres elles ont qu'à appeler leur copain.
— Pfff ! Je suis l'exception alors.
— Ce n'est pas un copain que tu as. C'est Ken, la poupée faite homme.
— Ah ne commence pas à m'énerver toi. Attends au moins que j'ai fini de manger. Je ne peux pas partir le ventre creux. Non sérieux, je t'ai empêché d'aller quelque part. On est samedi soir et tu te dirigeais de l'autre côté de Bouyon. Alors, tu allais où ?
Il hésite juste un peu avant de répondre.
— J'allais rejoindre Angélique.
— Angélique ?

— L'amie de Lydia. Celle qu'elle m'a présentée à la soirée du nouvel an.
Je fais un bond en avant, très intriguée.
— Sérieux ? Tu as quelqu'un ?
Je souris plus largement quand le tonnerre me surprend par la puissance de son bruit. Je sursaute et je tremble.
— Je sais que je te fais beaucoup d'effet, me dit Vincent en souriant de nouveau, mais calme toi je ne suis plus libre.
— Je me demande qui est le plus imbécile des deux : toi ou le tonnerre.
Il commence à mettre les couverts. Je me frotte les mains dans ma hâte de dévorer ce qu'il va apporter. C'est sans doute l'altitude mélangée à une froide nuit d'hiver qui m'a ouvert l'appétit. Je ressens un trou béant dans mon ventre qui réclame à grands cris de le remplir très vite.
— Alors, je continue en attrapant un bout de pain chaud qu'il vient de sortir du four, ça se passe comment entre vous ?
— Ça va.
— Et donc toi le nouveau bourreau des cœurs tu allais la rejoindre et je t'en ai empêché.
Il me regarde avaler un morceau de saumon puis, après une autre hésitation, commence à manger lui aussi.
— Je suis désolée Vincent d'avoir gâché ta soirée. Tu aurais du me le dire, je serais rentrée chez moi et j'aurais certainement trouvé une boîte de petit pois.
— Tu n'as rien gâché du tout. En fait tu as été ma bonne étoile. Je n'avais pas envie de sortir ce soir. Avec ce sale temps j'ai bien fait de rester là où je suis.
Nous mangeons en silence pendant quelques minutes. Cela ne me dérange pas. Bien au contraire. Je me surprends à penser à Jordan et à nos longues discussions. Ou plutôt si je me montre franche, à ses longs monologues. J'aime l'écouter parler, cela n'a jamais été un réel problème pour moi. Car sa force de caractère, son assurance, sa maîtrise du langage, sa personnalité me permettent d'avancer dans ma vie personnelle. Il me donne un avant goût de l'impétuosité d'une vie que l'on sait dompter. Sa propension à se prendre pour un sujet de conversation digne

d'intérêt m'a toujours éblouie. Car j'aimerais tant posséder assez de confiance en moi pour ne plus avoir à souffrir quotidiennement de mes défauts. Alors, j'essaie peu à peu de copier ses mimiques et sa façon de vivre car je suis persuadée que la clé du bonheur d'une vie bien remplie réside dans la faculté que l'on ressent de s'aimer soi même. J'ai un long travail à faire, un très long chemin à parcourir pour amasser suffisamment d'informations et faire en sorte que ma vie ressemble à la sienne. Fière de moi et de mes réussites. Tandis que je mâchouille un bout de pain trempé dans l'huile d'olive, je me surprends à penser que lâcher prise de temps en temps n'est pas si mal non plus. Avec Vincent, je ne vis pas dans l'angoisse constante d'être démasquée ou pris en flagrant délit d'imposture. Il me connaît sous mon vrai jour et cela n'a pas l'air de lui poser le moindre problème. Mais il est vrai que notre relation amicale joue en ma faveur. Comme je n'attends pas de compliments de sa part, comme rien n'est en jeu si ce n'est une petite amitié sympathique, il est plus facile de se laisser aller. Jordan impose sa présence. Il est en tout point conforme à mon idéal masculin, l'homme beau, fort et intelligent. Quand mes amis me reprochent d'être devenue différente, je m'agace. Quand mes collègues se permettent de changer leur comportement cela m'agace aussi. Vincent aura beau me lancer des reproches, ce n'est pas la même chose. Car il le fait avec une réelle dérision. Il ne me juge pas. Tout simplement parce qu'il s'en fout. Il apprécie notre amitié. Point. Une relation amoureuse est beaucoup plus délicate à maintenir à flots, si fragile à notre époque où tout va trop vite. On se lasse, on se quitte. Il y aura toujours une autre femme heureuse de prendre ma place auprès de Jordan. Il y en aura toujours des tas. L'hyperconsommation, je te veux je t'utilise puis je te jette a été le leitmotiv de toutes mes relations amoureuses. Je me dois de changer ma façon d'être, et d'agir pour que l'homme que j'aime ne se lasse pas de moi. Normal que je sois constamment sur le qui-vive. Il est tellement difficile d'être simplement satisfait de son sort. Je regarde Vincent me tendre le plateau de fromage. Ses yeux sont fixés sur moi avec une attention soutenue. Je ne

sais pas combien de fois je lui ai souri depuis notre rencontre. En tous les cas, encore maintenant je ne peux résister à l'attraction complice qu'il me lance. C'est alors que je me demande si tout va bien dans sa vie. J'aimerais tant que ce soit le cas. Je crois que je me soucie sincèrement de son bien être. Mon téléphone vient de lancer un petit bip. Jordan vient de m'envoyer un texto : « *Tu me manques, vivement que je rentre. Bise* ». Je suis béate de contentement pendant que je lui réponds.
— Jordan ? me demande Vincent pendant qu'il découpe sa portion de fromage à la manière d'un grand coup de sabre.
— Oui, il est à Londres, il ne va pas tarder à rentrer.
J'ai surement l'air idiot, le regard plein d'étincelles et la risette niaise tandis que je dépose le portable dans mon sac. Je m'attends à une réflexion mielleuse de la part de Vincent. Mais non, il reprend la discussion en me demandant des nouvelles de mon travail, de ma vie en général, de mes projets. Il ne fait pas mine de m'entendre, il m'écoute vraiment et cela touche en moi la petite corde sensible que je n'arrive jamais à évacuer avec lui. Lui aussi se met à parler de sa vie et d'Angélique. Je trouve ça sympa qu'il ait suffisamment confiance en moi pour se laisser aller à me dévoiler ses pensées même les plus secrètes. A la fin de notre discussion, je ne peux m'empêcher de *savoir* :
— Tu es heureux ?
Il me regarde avec des yeux attendris, le sourire toujours collé sur sa bouche.
— Je ne suis pas malheureux.
— Je m'en veux de t'avoir empêché de la voir.
— Arrête, tu n'as pas à l'être je te dis. Angélique passe ses journées enfermée derrière un bureau, il est naturel qu'elle ait envie de sortir le week-end. Moi en semaine je suis par monts et par vaux alors de temps en temps, comme ce soir par exemple, j'ai plutôt envie de me poser un peu. Et puis j'ai promis à la bande de savoir ce qui t'arrive.
— Alors c'est ça le deal ? Un repas gratuit contre des renseignements sur moi ?

— On s'inquiétait pour toi ! Tu es partie comme une furie la dernière fois.
— Tout va très bien. Je ne sais pas combien de fois tu m'as posé la question depuis qu'on se connait et ma réponse reste inchangée. Tu ne trouves pas que le problème vient de vous tous ? Vous doutez même du fait que je sois heureuse. C'est du harcèlement de me poser toujours la même question. Est-ce que je te pose des questions personnelles sur ta vie de couple moi ?
— En couple ? Oula ! C'est le début, on se calme.
La tempête fait rage et le vent est si violent que les gouttes de pluie viennent s'écraser contre les grandes baies vitrées. Dehors tout est tourbillonnant et intense.
— Tu es sûr qu'il va s'arrêter de pleuvoir ? je demande un peu inquiète.
— Je ne suis pas monsieur météo mais logiquement ça va s'arrêter d'ici une heure. Dis-moi, tu as l'air tendu. Tu veux que je te prépare du riz ?
— Du riz ? Le riz détend ? Première nouvelle.
— Je peux l'écraser et en faire une poudre et tu pourras tartiner ton visage avec. Ça, ça risque de te détendre.
Il part dans un fou rire pendant que je lève les yeux au ciel.
— Ce n'est pas drôle du tout. Je me demande comment je fais pour te supporter. Tu es tout le temps en train de critiquer le fait que je me maquille. A moins que tu ne sois un ermite vivant dans une grotte loin de toute civilisation, tu devrais savoir que toutes les femmes se maquillent. Et là tu vas me lancer, victorieux et pompeux, que ta nouvelle copine ne se maquille pas ! Je te préviens de suite, je ne te croirai pas.
— Bien sûr, mais le matin au réveil elle n'a pas trop changé de tête.
— Parce que moi oui ?
— Totalement.
— Tu veux dire que là actuellement je suis moche ?
— Non. Je veux dire que je préfère quand tu es naturelle, sans exagération aucune. Un soupçon de rimmel, une petite touche d'eye-liner, un iota de blush passe encore.
— Tu t'y connais en maquillage, Camille.

— Franchement Sophie, tu donnes l'impression de cacher ton visage sous une couche aussi épaisse qu'une feuille de granit et je te dis simplement que tu es beaucoup plus jolie sans tous ces artifices.
— Tu veux dire que là actuellement je suis hyper belle ?
— N'exagère pas non plus. Je dis juste que les hommes normalement préfèrent les femmes au naturel.
— Bien sûr. Pourtant quand je suis maquillée, c'est fou comme les hommes me regardent. Alors qu'avant je passais complètement inaperçue.
— J'en doute fort.
— Quand mes ex m'ont laissée tomber c'était pour qui ? Pour une sportive en survêtement jamais maquillée, jamais coiffée ? Et non ça a toujours été pour la fille qui porte une soixantaine de fond de teint et qui refuse d'aller à la plage sans mettre du rouge à lèvres. Et puis, zut, je fais ce que je veux. Et si on parlait plutôt de toi et de ta nouvelle conquête ?
— Elle est cool Angélique, je ne m'y attendais pas. J'adore me sentir libre et elle ne m'étouffe pas. C'est donc un bon début.
— Tu étais seul et maintenant vous êtes deux. Tu es en couple, tu auras beau le nier, tu es en couple monsieur.
— Je hais cette phrase. Je suis avec elle tout simplement. Pas pour combler un vide, un manque ou une peur d'abandon. Pas parce que je suis triste d'être seul mais parce que je suis bien dans ma tête et que je souhaite partager cette belle vie avec quelqu'un.
— Je comprends, je suis contente pour toi
— Je peux être content pour toi aussi.
— Oui, tout va bien, je suis fatiguée par le boulot et pas mal de trucs, je réfléchis trop ça me mine. Mais je suis bien avec Jordan. Il donne une direction à sa vie et j'ai envie de le suivre.
— J'attends plutôt d'une femme qu'elle m'accompagne sur le même chemin. Enfin bref, Angélique est charmante. Nous n'avons pas les mêmes idées mais nous en parlons. Je refuse de

faire des choses que je ne veux pas faire. Je parie que toi tu obéis à toutes les propositions de ton copain.
— Dis moi, je demande d'un petit air tranquille, tu n'avais pas envie de sortir ce soir ?
— En effet.
— Et pourtant je t'ai croisé sur la route et tu allais la rejoindre. HaHa.
— Oui mais il y avait du sexe à la fin. Pour coucher, un homme est prêt à faire des concessions.
Je lève les yeux au ciel en lui lançant un grand rictus.
— Mais nous ne sommes pas en couple. Pour cela il faut attendre un peu. Au début c'est tout beau tout neuf. Je me demande si elle est vraiment elle-même. Je ne sais pas encore qui elle est, ce qu'elle veut. Je ne sais pas encore si elle fait les choses correctement ou si c'est la seule manière de faire au début d'une relation. Je l'ai appelée pour lui dire que je ne viendrai pas. Il me semble qu'elle a compris et a bien accepté le fait de changer ses plans. Si c'est vrai, alors elle risque de me séduire grave. Plus que son maquillage ou sa façon de s'habiller, j'apprécie qu'une femme réussisse à me détendre en restant elle-même. Dès qu'on est en couple, il faut sans cesse s'adapter et faire des compromis. Je préfère les faire sans idéaliser ma copine. Même la femme la plus parfaite a ses défauts. Je ne la mets pas sur un piédestal sinon je risque d'être déçu. Je laisse les choses se faire naturellement ou se défaire tranquillement. On verra bien.
— Dis moi franchement Vincent, tu n'as pas peur de finir vieux garçon sans personne à aimer ?
— Tu as peur de finir comme ça toi ?
— Je suis une fille, je lance fièrement.
Le regard que Vincent jette sur moi alors que je m'attendais à un énième petit rictus de sa part pour ma petite blague puérile, est beaucoup plus appuyé maintenant. Plus long. Un regard qui m'enveloppe, chaleureux, réconfortant. Ensuite, un changement

subtil dans ses yeux. Je lis un certain étonnement, une demande silencieuse. Finalement, il baisse les yeux et attrape une pomme. Il me répond alors, d'une voix changée, un peu plus rauque :
— Ma peur est de réaliser que je me trompe de chemin. Que la femme que j'aime en aime un autre et que par conséquent, je n'arrive plus jamais à aimer.

18

L'accélération du temps me stresse car nous sommes le 14 février. Je commence un peu à me lasser de savoir ce qu'il pourrait se passer vu que cela s'est déjà produit. Pour faire en sorte que cela se passe de la meilleure manière possible vu que je sais maintenant quoi faire pour arranger les choses. Cet imbroglio commence à peser sur mes nerfs. Autant le fait de savoir m'occupait l'esprit pour arranger les choses et rendre tous ces moments parfaits, autant aujourd'hui, cela ne m'amuse plus du tout. Tant que les semaines filaient, je n'avais pas le temps de réaliser ma lassitude. Encore une fois je me retrouve sur le qui-vive, haletant, suffocant, réfléchissant à la façon de me comporter, de gérer la situation, sans faire un pas de travers. Ce complot mondial de la fête des amoureux a été mis au point d'une manière rusée. C'est vingt quatre heures de cauchemar, aussi angoissant et terrible que deux heures treize précisément à regarder l'Exorciste. Les mêmes sueurs froides, la même hantise que tout se passe mal, la même horreur dans l'inquiétude.

— *Je dois travailler ce soir, j'ai un maximum de boulot en retard. J'espère que tu n'es pas du genre à attendre la Saint Valentin comme une preuve d'amour. C'est ridicule de fêter ce qui n'est qu'un grand complot commercial pour nous forcer à acheter des chocolats et des fleurs. On passera le weekend au ski et on fêtera notre amour naturellement et pas forcés par les lobbies du fric.*
— *C'est drôle de t'entendre dire ça étant donné que tu bosses pour ces lobbies et que c'est pour ça que tu ne seras pas là ce soir.*
— *Franchement Sophie, est ce que nous avons besoin d'un jour spécial pour s'aimer ? Tu ne préfères pas plutôt aller contre*

toutes ces idées reçues et ne pas te retrouver fondue dans la masse avec l'obligation d'agir comme la société te commande de le faire ?
— Tu es un genre d'anarchiste en fait.
— Un bouquet de fleurs pour me déculpabiliser, franchement ? Je peux te faire toutes les misères du monde, je me rattraperai le soir de la Saint Valentin en t'emmenant au restaurant ? Tu veux une preuve d'amour ? Tu l'auras ce weekend. Libérés de la pression commerciale, nous fêterons nos cinq mois et sept jours demain.

Je me souviens très bien de cette scène. Il avait réussi à me convaincre. Un peu. Ou alors je pense que j'avais fait semblant d'être convaincue. Je ne sais plus, tout me semble flou. Nous étions allés effectivement au ski et le weekend avait été super romantique. Pour une fois, je ne peux pas me plaindre. J'avais éteint mon portable ce jour là car je ne voulais pas entendre mes amis me demander ce que nous avions prévu de faire. Leur expliquer en détail pourquoi j'allais me retrouver seule en attendant le 15 et le 16 février pour fêter dignement notre amour était au dessus de mes forces. Car tout de même j'avais été déçue. J'avais rallumé mon téléphone juste une minute, le temps de lui envoyer à vingt heures un petit cœur par texto. Il ne m'avait pas répondu. Je crois même que j'avais versé quelques petites larmes quand j'étais allée me coucher. Cela dit, j'ai passé un weekend d'enfer et la joie est revenue s'installer sur mon visage. Aujourd'hui, je me regarde dans la glace et la joie n'y est plus. Car j'en ai marre de passer pour une ringarde quand je pense sincèrement que m'emmener au restau le soir de la Saint Valentin reste un moment magique. Je m'en fiche que les industriels se soient rencontrés un jour dans un repaire secret pour trouver une idée géniale de nous faire casquer encore plus de blés. Je m'en fiche si les chocolatiers, les restaurateurs, les fleuristes et quels que soient les entreprises impliquées dans ce complot mondial se graissent la patte de satisfaction. Je veux que mon homme me fasse plaisir. Je veux me fondre dans la masse. Je ne demande pas qu'il m'offre un super rubis ou qu'il se casse la tête pour me trouver un cadeau hors de prix. Je veux juste qu'il soit là. Je vais le lui dire. Je vais oser. D'où me vient ce courage de défier Jordan en n'appliquant pas à la lettre ses recommandations pour gagner encore plus ses faveurs et faire de notre idylle une histoire forte et sérieuse ? Sans doute qu'il a carrément déteint sur moi. Je reconnais que j'ai changé. J'ai rembarré tous mes amis les uns après les autres quand ils ont pris l'initiative de me téléphoner pour me dire la même chose d'ailleurs : que j'ai changé depuis que j'ai rencontré Jordan et qu'ils se demandaient si cet homme était fait pour moi. J'ai coupé tous les ponts avec eux après leur avoir donné le fond précis de toutes mes pensées. Je les ai rabaissés, sans doute que je leur ai aussi manqué de respect. Mais je l'ai fait dignement, avec une élocution parfaite et sans gros mots. Jordan aurait été fier de moi s'il m'avait entendue. Ma sœur était venue à la rescousse de mes anciens amis en me téléphonant pour me demander, encore, ce qui n'allait pas chez moi. Je lui ai conseillé d'arrêter de me casser les couilles et de s'occuper un peu de ses putains d'affaire. Avec elle je me suis lâchée niveau langage. Mes parents aussi s'en sont mêlés en me demandant pourquoi je ne montais plus à Bouyon car ils se languissaient de me voir. Ça va hein ? Ils n'arrêtent pas de partir en voyage. Cela leur est trop difficile par contre de descendre jusqu'à Nice pour me voir. C'est toujours à moi de faire l'effort de monter. Ils se prennent pour des altesses royales ou quoi ? Je crois que tout le monde m'énerve. Même au boulot, ils me sortent tous des yeux. Ces sales garces de secrétaires me battent froids. Je leur rends la pareille avec encore plus de hauteur. Heureusement que Josiane me fait des compliments sinon je me demanderai pourquoi le monde ne tourne plus aussi rond. Et puis, si ma directrice et les actionnaires sont contents de mon travail, c'est que je bosse dur. Les compliments sont donc complètement mérités. Je ne me satisfais pas d'un travail merdique c'est pour ça que finalement je suis heureuse de ne plus fréquenter Valérie et ses cheveux violets ridicules. Peut-être suis-je devenue un peu hautaine mais il y a de quoi. Je me suis épanouie au contact de Jordan. Je me sens mieux, capable et importante. Mieux vaut se sentir comme cela de toute façon plutôt que de passer son temps démotivée et déprimée. C'était cette femme que j'étais avant : trop gentille, trop serviable, soumise. C'est pour cela que toutes mes relations amoureuses ont échoué. Il m'arrive d'être un peu décontenancé devant ma transformation. Surtout quand je me rappelle la femme que j'étais avant. Maintenant j'envoie bouler ce qui ne me plaît pas. C'est ma nouvelle stratégie pour que ma relation avec Jordan fonctionne. Il aime la femme que je suis devenue ; sûre d'elle et de son succès. A force de le détailler sous toutes les coutures, à force de vouloir lui plaire, à force de vouloir même lui ressembler, j'y suis arrivée : Une Sophie-Jordan dans toute sa splendeur. Le mimétisme a fonctionné. En voulant le copier, je suis devenue une autre. Et c'est tant mieux car je me sens forte dans ma tête et dans mon corps. Je ne doute plus des sentiments de Jordan à mon égard. Je le vois lui aussi se transformer devant moi. Il est plus disposé à me plaire quand je lui montre que cela n'est pas nécessaire. Toujours à me faire des compliments et des cadeaux. Je tiens à sa présence ce soir pour la Saint Valentin. Je ne vais pas lui laisser le temps d'en placer une. Je ne lui ferai aucun reproche ni aucune critique. Je vais juste prendre les devants. Je sais ce qu'il aime. Je ne doute pas de mon succès.

— La saint Valentin est une fête qui célèbre l'amour, je lui dis en levant les yeux au ciel. C'est commercial et j'espère que tu es bien d'accord avec moi. Je te mets de suite à l'aise si jamais tu avais eu envie de m'inviter au restau alors qu'on va être épiés et dérangés par les vendeurs de roses qui vont se jeter sur tous les hommes attablés pour leur faire sortir leurs billets. Je trouve ça d'un ridicule ! Nous n'avons pas besoin de montrer à la société toute entière que nous sommes amoureux. Un tête à tête suffit amplement. C'est pourquoi je t'ai préparé une surprise. J'ai réservé un repas sur un yacht que j'ai loué à Monaco. Nous allons déguster tes plats préférés à la lueur des chandelles et de la lune. Rien que toi et moi. Nous passerons même la nuit sur le bateau en Haute mer et comme tu bosses dur tu auras droit à un long massage juste avant de dormir. C'est *ta* soirée. Je me suis

occupée de tout. De onze heures à neuf heures demain matin, nous serons seuls au monde.
Je vois ses yeux qui brillent. Il n'a plus du tout l'air convaincu que c'est une fête inutile car ce que je viens de lui proposer est exactement ce qu'il aime. Un Yacht, à Monaco. Je sens qu'il frétille.
— Tu es merveilleuse, me répond-il avec un nouveau respect dans la voix. J'ai du boulot à terminer. Mais je le finirai demain. J'avais pensé le faire ce soir et partir au ski ce weekend. Mais ce n'est que partie remise. Aujourd'hui, ce soir et cette nuit... ce sera détente. Toi et moi. En amoureux.
Zut, on ne partira pas au ski ? Encore des plans qui changent. Mais j'ai eu ce que je voulais non ? Je suis vraiment au top.

19

Je ne sais pas ce qui arrive au Temps. Il passe très vite. Le plus perturbant c'est que je ne le vois même pas passer. Il n'y a pas si longtemps je me prélassais encore dans les bras de Jordan sur l'immense lit romantique d'un fameux Yacht. Je me sentais heureuse, vivante, satisfaite de mon sort. Trois mois et demi plus tard, je pourrais dire avec sincérité que seule une semaine est passée. Et pourtant la preuve est bien réelle : nous sommes déjà le 31 mai et mon neveu va bientôt naître. Ou naître de nouveau dans ce monde. Comment en est-on déjà arrivé là ? Je me dis que c'est parce que j'ai une vie bien remplie et que par conséquent quand on ne s'ennuie pas, le temps semble défiler plus vite. Avant je subissais ma vie, je me plaignais sans arrêt. Maintenant je la vis pleinement. Mais il ne me semble pas pourtant que je profite vraiment d'elle. Je suis plus indépendante, je travaille beaucoup. Jordan aussi est pris dans la spirale infernale du capitalisme forcené. Les mots « soirées » et « weekends » ne font plus vraiment partie de notre vocabulaire. Heureusement nous nous aménageons de temps en temps des moments de retrouvailles. Mais à part le sexe, nous ne faisons rien à deux. Rien de bien concret je veux dire. Nos discussions se bornent à se raconter nos journées, à médire aussi un peu des gens qui nous entourent. Comme si nous étions nous-mêmes les seules personnes de valeur parmi notre entourage. Tandis que je suis dans la chambre d'hôpital devant ma sœur qui porte son nourrisson dans les bras, je réalise, ébahie par la découverte, que je n'ai pas d'émotions particulières. Même cette scène de la mère et de son enfant me laisse indifférente. Tout me semble plat et sans intérêt. Naturellement cette scène n'est pas nouvelle pour moi car je l'ai déjà vécue. Mais en me la remémorant, mes émotions étaient très intenses. Ma sœur tient petit Hugo dans ses bras, elle pose sa joue contre la sienne et elle se met à pleurer.

— *Je pleure d'amour.*
Je me mets à pleurer aussi, heureuse de sentir ma sœur devant son bonheur, elle qui avait tant paniqué à l'idée de ne pouvoir jamais porter un enfant jusqu'à son terme. Maintenant il est là, cet être que je regarde et que j'aime moi aussi, subitement, sans réfléchir. C'est un véritable coup de foudre. Il va être tellement heureux avec ses parents et je serai la tata qui lui passera tous ses caprices. Nous rions ensemble ma sœur et moi car nous ressentons les mêmes bienfaits devant ce miracle de la vie : béatitude et ravissement.

— Je pleure d'amour.
Effectivement, les larmes, douces et câlines coulent de ses yeux fermés. Un sentiment de grande solitude m'envahit. Je me sens prisonnière dans un corps immobile, incapable de faire le moindre geste. Aucune pensée de joie ne vient remplir mon cerveau. Une sensation envahissante de ne rien apprécier de tout ce qui m'entoure. Je n'ai plus d'émotions. Tout m'indiffère. J'ai cette impression tenace de regarder un film, comme si devant moi la scène sensible jouée par Magalie n'avait aucune consistance, comme si tout ceci était irréel comme faisant partie d'un rêve. Je m'étonne même d'être présente. Je lui ai lancé tout à l'heure un sourire de façade, un sourire artificiel, complètement déshumanisé. Je suis devenue un robot sans état d'âme. C'est là que je commence sérieusement à m'inquiéter.

— *Je suis tellement heureuse. Hugo est magnifique. Mais je vais te laisser te reposer, tu dois être si fatiguée. Je t'aime tant Magalie et j'aime ton petit bout de chou. Il est fort ce petit : il ne parle pas, ne me regarde pas, se fiche sans doute de ma présence mais il suffit juste qu'il soit là et on ne peut s'empêcher de le trouver adorable et de l'aimer.*
— *Sophie, tu es une sœur parfaite et tu seras une tata géniale. C'est pour ça que j'aimerais que tu sois aussi sa marraine.*

Le sourire qu'elle me lance me fait chavirer le cœur. Je sautille de bonheur, attendrie, avec une effervescence d'émotions comme des brindilles de bonheur qui viennent s'enraciner dans mon être.

J'essaie alors de me reprendre. Je dois être un peu fatiguée avec la vie que je mène.
— Je suis tellement heureuse. Hugo est magnifique. Mais je vais te laisser te reposer, tu dois être si fatiguée.
Elle me lance un gentil regard, suivi d'un « Merci d'être venue » et elle se remet à pleurer. Doucement. Et avec un énorme sourire.
Je sors de la pièce lentement. Le trajet jusqu'à ma voiture se fait sans aucune précipitation. Je marche au ralenti, mon cerveau embrumé par le vide. Ce n'est qu'une fois au volant de ma voiture, sur le chemin du retour, que des questions viennent tarabuster mon esprit. Des questions agaçantes, contrariantes. Tellement harcelantes que je n'arrive pas à feinter pour ne plus les entendre. Qui suis-je réellement ? Ou plutôt que suis-je devenue ? Mes amis me battent froid, je n'ai plus de contact avec aucun des membres du groupe. Même si j'ai eu mes parents au téléphone, je réalise que cela fait un bail que je ne les ai plus vus en chair et en os. Ce n'est pas comme si nous habitions sur deux continents lointains. Nous sommes proches. Je ne suis plus remonté à Bouyon et je crois ne pas les avoir invités chez moi. Mais franchement, ont-ils vraiment besoin d'invitation ? Je m'énerve car je me dis qu'ils ont voulu profiter de ma sœur et que moi j'ai été mise à la trappe. Maintenant ils ne vont avoir d'yeux que pour ce petit être qui leur a fait passer le cap tant attendu de grands parents béats d'amour.
Je ne dois pas m'énerver.
Je dois réfléchir.
Cette nouvelle opportunité dans ma *seconde* vie, que m'a-t-elle apportée de bien ?
En fait, tout ce que je voulais, c'était Jordan. Savoir quoi faire pour lui plaire, trouver l'astuce pour ne pas qu'il me laisse tomber. A ce sujet j'ai réussi haut la main. Je ne suis plus du

tout inquiète concernant l'amour qu'il me porte. Je ne pleurniche plus. Il faut dire que je n'ai plus trop le temps. Et puis Jordan m'aime. J'ai réussi à me faire accepter grâce à la femme que je suis devenue. Un modèle pour lui. Là où je me languissais quand nos disputes se faisaient fréquentes, je me réjouis maintenant de ne plus en vivre aucune. C'est la certitude de me savoir aimée qui m'a rendue plus souveraine dans mes actions. Je me suis totalement émancipée de mon mal être concernant ma relation avec lui. Mais pour arriver à ce résultat j'ai du changer radicalement. Le plus étrange dans l'histoire c'est que l'acharnement que j'ai mis à lui ressembler pour lui plaire m'a radicalement transformée en lui. Une autosatisfaction après chacune de mes réussites s'est insidieusement infiltrée en moi pour m'envahir totalement. Et faire de moi une nouvelle personne.
Une nouvelle femme qui a obtenu ce qu'elle voulait de son homme.
Mais une nouvelle femme qui a perdu tout le reste.
J'ai eu une attitude agressive envers mes amis car à ce moment là j'endurais le fait qu'ils représentaient une menace pour mon couple. L'agressivité, la susceptibilité, l'égocentrisme ont donné naissance à une autre émotion encore plus ridicule et néfaste : l'orgueil. A trop vouloir ressembler à Jordan, à focaliser uniquement sur notre couple, mon cercle social s'est rétréci. Il y a moi et Jordan. Et c'est tout. J'ai ressenti du mépris pour tout le reste du monde en me croyant supérieure à eux. J'ai passé mon temps à me dire que Jordan avait raison de me rabrouer parce que je n'étais pas assez bien pour lui. Mon leitmotiv a été de le voir se transformer en amoureux transi : il doit m'admirer pour que je l'intéresse. J'ai appris de mes erreurs avec lui et j'ai réussi à ne pas les répéter inlassablement. Ça, c'est une réussite. Mais avec mes amis, ma famille, mes relations de travail, qu'est ce que j'ai à y gagner si je passe mon temps à idolâtrer Jordan et à rabaisser tous les autres ? Jordan n'est pas le summum de la perfection. Personne ne l'est. Jordan était déjà au départ égocentrique. Et j'ai ravivé ça en lui. Je suis devenue comme ça aussi. J'attends toujours de recevoir des traitements de faveurs.

Avant j'en recevais, naturellement de tout le monde, avec gentillesse, respect et bonne humeur. Et je le leur rendais bien. A l'heure actuelle j'ai saboté toutes mes autres relations. Je me dis qu'ils m'ont tous abandonnée. Mais est-ce la vérité ?
Je dois réfléchir encore. Je ne dois plus me mentir.
Ce n'est pas eux qui m'ont abandonnée. C'est moi qui les ai poussés et rejetés loin de moi.
Cette évidence me cloue littéralement sur place. Je ne peux plus faire un geste. Mes mains tiennent le volant avec rage. Le feu vient de passer au rouge. Je n'arrive pas à freiner. Je m'engage sur la route comme une somnambule. J'entends le bruit que fait la carrosserie qui en heurte une autre. Ma ceinture de sécurité et mon air bag adoucissent très légèrement le choc. Jusqu'au moment où ma voiture se prend pour une ballerine qui fait des sauts périlleux. La voiture qui m'a percutée m'a propulsée à l'autre bout de la rue. Un poteau arrête ma glissade infernale. C'est à ce moment que tout se brouille et que mes yeux se ferment.

CHAPITRE 2

20

Quelque chose ne tourne pas rond chez moi. Je viens d'avoir un accident de voiture, ma jambe droite est immobilisée dans un plâtre inesthétique pendant au moins un mois, je n'ai plus la jouissance de mon corps pour des ébats érotiques avec mon homme, cela va être le parcours du combattant pour aller me prendre ma douche, me préparer à manger, aller juste faire les courses... et tout ce qui me fait râler c'est : pourquoi je n'ai pas été dans un tunnel de lumière ? Des tas de personnes racontent leur expérience imminente de la mort comme une sortie hors du corps relativement sympa et moi je n'ai droit à rien ? Même pas un petit coucou de mon guide spirituel qui serait venu m'expliquer un peu en détails le pourquoi de toutes ces bizarreries dans ma vie ? Peut-être qu'il a eu peur que je le saoule de questions. Mais quand même j'ai fait un petit coma. Alors quoi ? Je ne méritais pas une explication avec Dieu lui-même concernant le fait que j'avais été choisie comme cobaye pour expérimenter la force du cerveau humain en cas de retour dans le Temps ? Qu'est ce que je dois comprendre au juste ? Que le cerveau humain n'est pas assez costaud pour endurer cela ? Et bien ça je l'ai très bien compris, tu vois Dieu ?
Je me demande si on peut tutoyer Dieu.
Quoiqu'il en soit je suis athée, alors je ne vois pas pourquoi je dois m'en faire pour cette question là en particulier.
Quoiqu'il en soit, à moins que je sois devenue complètement amnésique, je n'ai eu aucun accident dans mon *autre* vie, dans un *autre* temps. Au même moment, je me souviens par contre d'avoir été complètement gaga à l'idée de devenir marraine de petit Hugo. A l'évidence, ma sœur ne me l'a pas proposé à l'heure actuelle. Il faut dire que j'ai raccourci mon monologue et ma sœur n'a pas eu le temps de visualiser tout ce que la naissance de son fils m'avait apporté comme contentement. Car

après mes minutes robotiques où là j'avais complètement perdu la tête, je suis redevenue normale. Ou à peu près. Selon la définition que chacun porte à la normalité d'une personne en fait. Je suis heureuse d'être en vie, je suis heureuse du bonheur de ma sœur et de son mari. Je suis heureuse pour tout le monde. Un sursaut d'amour pour le genre humain en général. Je me demande si le choc de la collision n'a pas endommagé mon cerveau. Je dois avoir quelques lésions qui ont détérioré mes circuits électriques. RoboticSophie a bousillé ses batteries. Mais puisqu'à l'évidence je me sens pleine de joie de vivre en tant que femme parfaitement constituée de génomes humains, je vais pouvoir vivre avec sans rouspéter. Enfin je me retrouve. J'ai l'impression d'avoir été tirée d'un long sommeil. Et cela s'est produit à l'instant où j'ai ouvert les yeux et que j'ai croisé ceux de Vincent. Il est debout en train de regarder les courbes de mon état général suspendu à mon lit d'hôpital. Son expression est sérieuse mais sans l'ombre d'une alarme qui aurait pu me faire craindre le pire. Quand il a levé les yeux sur moi et qu'il m'a souri, j'ai éprouvé cette même connivence que nous avions tous les deux.
— Tu as révolutionné le style vestimentaire des médecins en venant travailler en jean et en tee-shirt ? je lui demande d'un air taquin.
— Si l'uniforme blanc te procure des sensations fortes, d'ici deux minutes il y en a un qui va entrer.
— Je vais bien, docteur ?
— Physiquement ça va, tu ne t'en sors pas trop mal. Qu'est ce qui s'est passé ? Tu téléphonais au volant ?
— Bien sûr que non, je ne suis pas irresponsable ! J'ai juste accéléré au feu rouge.
— En effet, cela dénote une maîtrise parfaite du code de la route.
— Sérieusement, je crois que j'ai eu un moment de paralysie. Je n'arrivais pas à freiner.
— Tu nous as fait une peur bleue.
— *Nous* ?

— Toute la bande me harcèle depuis deux jours pour avoir de tes nouvelles. Je leur ai dit que tu t'étais réveillée ce matin et qu'ils pouvaient passer. Ils avaient peur que tu n'aies pas trop envie de les voir et que tu te mettes à les dévorer tout crus.
— Ils t'ont envoyé en éclaireur alors. Voir si tu revenais vivant.
— Moi ce que je vois c'est que même un coup sur la tête n'a pas détruit ta mesquinerie.
— Mesquine, moi ? Tu n'as pas plutôt la rage de voir qu'on se sert de toi et qu'ils n'en ont rien à foutre si tu crèves sous mes crocs ?
— Ils savent que je ne risque rien. J'ai fait du karaté.
Il se démène en imitant un judoka immobilisant un adversaire invisible. Je lui lance une risette sympathique pendant qu'il fait « Yaha ! » en tendant les deux bras dans ma direction.
— Je comprends pourquoi tu ne travailles plus à l'hôpital. Tu faisais peur aux patients.
A cet instant, le médecin entre. Toge blanche et dossiers dans les mains. Je regarde Vincent. Non, je préfère sa tenue. Il est vrai qu'il ne bosse plus à l'hôpital. Le médecin se tourne vers moi et m'explique en détail ce qui m'est arrivé : traumatisme crânien et plein de bidules machinchose que je n'arrive toujours pas à comprendre. Cet air sérieux qu'il prend pour me sortir des mots savants me laisse perplexe. Finalement je comprends en gros que je manque de vitamines, je dois être très fatiguée, une lassitude intense qui a failli me coûter la vie au volant si l'autre automobiliste n'avait pas freiné à temps. Je suis restée endormie près de vingt quatre heures et à mon réveil je ne me sens pas perdue comme il aurait pu s'y attendre. J'ai l'air parfaitement *normal*. Ce qui me sécurise. Je crois que ce qui me rend le plus heureuse c'est de voir que rien n'a changé. En voyant Vincent en tenue civile, j'ai compris que ma vie avait continué. La panique de me voir transportée de nouveau dans un univers parallèle, peut être dix ans en arrière aurait certes été cool car j'aurais rajeuni mais j'aurais perdu un repère beaucoup plus important : Vincent. Je me surprends à croire qu'il est vraiment un très bon ami. Sa présence me rassure. Comme si rien de mal ne pouvait arriver quand il est là. Je

devrais peut-être me pencher là-dessus. Peut-être que le fait de ne pas l'avoir ignoré dans mon *passé-présent* est la seule chose de positive. La seule ? Je me contracte : Jordan en premier. Vincent en second. J'aime que les choses soient claires. Trouver l'amitié c'est bien, trouver l'amour c'est mieux. Je m'imagine en Belle au bois dormant qui attend le baiser magique pour se réveiller à la vie après un long sommeil. Je n'ai pas eu de baiser. J'ai eu un sourire. Et il m'a fait le même effet.
— Tu as dormi vingt deux heures, tu t'es finalement réveillée, et tout ce que tu trouves à faire c'est de t'endormir de nouveau ? Pour te réveiller dès que j'arrive.
— Tu fais un de ces boucans en tripotant les fiches ! Ne va pas les mélanger pour les vrais docteurs.
— Tu as vu tes parents au fait ?
— Ils étaient là à mon réveil. Ma mère veut s'installer dans mon appartement pour s'occuper de moi. Mon père a commencé à dire qu'il ne supporterait pas de vivre loin d'elle un mois entier. Finalement les deux tourtereaux ont trouvé la solution idéale à leurs yeux : que je passe tout le mois à Bouyon. Avec eux.
— Que vas-tu faire ?
— Je ne sais pas. Je ne crois pas avoir le pouvoir de séparer deux amoureux transis. Non mais tu te rends compte ? Ils sont mariés depuis des lustres et n'arrivent toujours pas à se quitter.
— C'est beau.
— De mon côté, je ne peux pas quitter Jordan pendant un mois.
— Il n'a qu'à s'occuper de toi alors.
— Je n'ai pas le droit de lui demander de mettre sa vie et son travail entre parenthèses pour devenir ma nounou.
— C'est pourtant ce que tu fais toi, depuis que tu le connais.
— Je te demande *pardon* ?
Ma voix a pris une intonation un peu aigue alors que j'insiste plus fortement sur le dernier mot. J'aime bien Vincent et son caractère taquin. Cependant, je ne sais pas trop comment je vais pouvoir supporter cette réflexion sans lui lancer une vacherie. En fait, il m'a surprise et je ne trouve rien d'explosif à lui répondre sur le moment.
— C'est vrai que vous ne vivez pas ensemble.

— Bien sûr que si. Nous avons les clés de nos appartements respectifs.
— Je peux te demander quelque chose sans que tu le prennes mal et que tu me sortes tout un lexique revanchard concernant mon sacré culot de te poser une question aussi personnelle ?
— Tu as vraiment besoin de mon autorisation ? Tu ne me l'as jamais demandé auparavant pour me sortir des énormités.
— Je ne veux pas que tu te fâches. Je sais que j'ai tendance à t'agacer.
— Un peu c'est vrai. Mais je te pardonne à chaque fois car je sais que tu n'es pas encore fini émotionnellement.
— Ça veut dire quoi ?
— Rien. Je te taquine. Mais comme tu viens de prendre mal ce que je viens de dire, je t'autorise donc à me demander quelque chose que je risque de prendre mal aussi. Comme ça on aura chacun marqué un point.
— Tu comptes les points entre nous ?
— J'ai arrêté depuis que je te devance de cinquante au moins.
— Je t'adore.

C'est pour ça que je n'arrive jamais à lui en vouloir. Son sourire me fait toujours un effet apaisant. Sa voix très masculine, très rauque sait se transformer en douceur quand il me dit cela. J'essaie de ne pas montrer à quel point je suis heureuse de tous nos moments passés ensemble. Même si souvent j'ai envie de lui arracher les cordes vocales pour chaque mot de travers qu'il me lance sur ma relation avec Jordan, il arrive toujours à me prouver qu'il ne se moque jamais de moi. Ou de mes pensées. Il les décortique et s'amuse de me voir démarrer au quart de tour. Je sais qu'il est gentil et adorable. Je ne sais pas d'où me vient cette certitude qu'il ne me veut aucun mal. Elle est pourtant bien ancrée en moi. J'ai confiance en lui. J'ai moins confiance en son jugement. Ce que je sais aussi c'est qu'auprès de lui, je n'ai pas besoin de me transformer en une autre pour lui plaire. Je pense qu'il sait aussi que je ne lui demande aucune transformation pour l'accepter tel qu'il est. De toute façon, attendre une mutation génétique instantanée qui nous métamorphoserait en quelqu'un d'autre serait absurde. Car s'il

changeait, ce ne serait plus lui. Si je changeais, je ne serai plus moi. Nous savons tous les deux que nous pouvons rester tels que nous sommes. Tout est accepté entre nous. Rien ne peut nous fâcher. On peut tout se dire et tout entendre. C'est ça en définitive être très bons amis.
— Alors, c'est quoi ta question débile ?
— Tu dis que tu aimes ton petit copain. Pourquoi au juste ?
Je m'assois sur le lit d'une manière plus confortable. Les coussins sont trop mous mais j'arrive cependant à les caler sous mon dos.
— Très bien, je vais te donner la réponse. Parce que si tu ne l'as pas, c'est que tu n'es jamais tombé amoureux et je vois que cela t'intrigue. Mais je veux bien être ton prof sur un sujet que tu ne maîtrises pas trop : « la découverte du véritable amour ». Alors ouvre grand tes oreilles. Chapitre un : *dès que je le vois, il apporte avec lui la lumière.* Je suis éblouie constamment par sa beauté, son charisme, sa façon de me regarder, sa façon de me dire je t'aime.
— Tu sais que le porteur de lumière est la traduction de Lucifer.
— Quoi ?
— Lucifer veut dire porteur de lumière. Donc ton petit copain est le diable. En conclusion, le véritable amour pour toi ne peut être que satanique.
— *Quoi ?*
— Chapitre deux : *dès que tu le vois, tu brûles de désir.* L'enfer est pavé de bonnes intentions mais ça te fait cramer. Chapitre trois : *dès que tu le regardes, tu le trouves si beau* ! Satan était le plus beau des anges. Je crois que la preuve est faite : tu es possédée. Il ne reste qu'une chose à faire : t'exorciser.
Je le regarde avec de gros yeux et il se met à rire doucement, fier de lui. J'applaudis des deux mains tout en déclamant aux alentours d'une voix copiée aux animateurs télés :
— Mesdames et messieurs, veuillez applaudir Camille, le clown d'hôpital qui, chaque jour, effectue un travail fan-tas-ti-que auprès des enfants malades.
Vincent est pris d'un fou rire si communicatif que je commence moi aussi à me masser les côtes. Il rit avec tellement d'aisance

que je le suis sans problème. Pendant que j'essaie de trouver une astuce pour ne pas m'étouffer alors que je continue à rire bêtement sans pouvoir m'arrêter, la porte s'ouvre pour laisser passer Jordan.
— Chérie, j'ai eu si peur ! On m'a téléphoné pour me dire que tu t'étais réveillée.
Je ris de plus belle en l'imaginant entouré de flammes tandis que je visualise Vincent en habit de prêtre essayant des rimes latines pour anéantir les légions. Jordan ne comprend pas bien ce qu'il m'arrive. Il me prend dans ses bras. Je risque de m'étouffer vraiment s'il continue de me serrer aussi fort.
— Je suis venu dès que j'ai pu. J'ai un gros contrat et je viens de finaliser la vente. Comment tu te sens ?
Mon rire s'est éteint très vite après son accolade. J'arrive à lui répondre que je vais très bien. Mais bon… ça m'avait plutôt l'air évident. Si on m'avait annoncé que j'allais partir dans un monde meilleur, sans doute que je n'aurais pas risqué l'asphyxie en riant aux éclats. C'est alors qu'il se retourne et qu'il aperçoit Vincent en train de remettre le dossier à sa place sur les barres de mon lit. Les salutations sont froides des deux côtés.
— La bande au grand complet sera là dans l'après-midi. C'est d'accord pour toi ? me lance Vincent sur le pas de la porte.
— Vous pouvez leur dire qu'elle va bien, se presse d'intervenir Jordan. Mais elle vient juste de subir un choc. Je ne crois pas que ce soit une bonne idée de fatiguer Sophie par des visites trop nombreuses. Je pense qu'ils comprendront. Sophie ?
Jordan me regarde avec des yeux attendris. Il s'est inquiété pour moi et il s'inquiète encore. Il prend très à cœur le fait de me laisser me reposer. C'est vrai que voir arriver toute la bande dans cette chambre minuscule risque de me bouffer l'oxygène. Et en plus, mes yeux se ferment. Je suis réellement fatiguée. Je prends la main de Jordan et je réponds à Vincent :
— Je compte sur toi pour les rassurer. Je leur passerai un coup de fil une fois rentrée chez moi. Merci d'être venu Vincent.
Il s'en va sans un mot après m'avoir lancé un dernier regard. Je me tourne vers Jordan, les yeux plein d'étincelles tant sa beauté irradie la pièce. Il est un être charismatique. Je suis toujours

sous le charme, prise au piège de ses regards caressants. Il est si beau qu'il pourrait enchaîner les conquêtes. Au lieu de cela, il me veut, moi. J'en oublie le monde qui m'entoure quand il me regarde avec dévotion. Je me sens excitée sexuellement. Il fait toujours chaud quand il est près de moi. C'est alors que le fou rire me reprend. Mon cerveau a décidé de faire des siennes et je ne peux rien contrôler. Le fait d'avoir chaud me fait instantanément revivre la scène avec Vincent et j'imagine de nouveau Jordan en tenue collant rouge en cuir, queue fourchue et baïonnette sous une cagoule cornue qui laisse apercevoir la beauté magnifique de son visage et de ses yeux clairs. Jordan me regarde, l'air un peu consterné. Il doit penser que l'on m'a intubé trop d'oxygène ou que mon cerveau au contraire n'a pas été assez bien irrigué. Je ris à en perdre haleine. Bon sang, ce que ça fait du bien !

21

Passer tout le mois de juin avec le plâtre qui colle ma jambe comme une sangsue avide de chair fraîche n'est pas de tout repos. Tout d'abord pour me déplacer je frôle les murs. Comme ça en cas de faiblesse, je sens qu'il y a toujours un appui possible et cela me rassure. Naturellement je pourrais me servir des béquilles mais ça m'agace de sauter comme une débile à chaque pas. J'effectue un vrai parcours du combattant pour aller me chercher à boire. Jordan m'avait promis de s'occuper de moi. Je ne peux pas dire qu'il a menti. Je crois simplement qu'il ne connait pas bien la notion d'entraide. Je suis seule toute la matinée, attendant une infirmière pour m'aider dans mes tâches quotidiennes. Au réveil je ne suis plus aussi pimpante. Après une nuit passée sur le dos, les pieds surélevés sur un coussin pour que la circulation sanguine ne se mette pas à me jouer des farces en créant des mini cailloux qui en voudraient à ma vie, lorsque j'ouvre les yeux, Jordan est déjà dans la salle de bain prêt à partir au boulot. Je fais semblant de dormir pour ne pas lui montrer mon visage nu du moindre soupçon de poudre. Pourtant, lorsque l'infirmière arrive et que je réussis à aller dans la salle de bain encore toute endormie, je me regarde dans la glace à la recherche d'une marque terrible qui me vieillirait de trente ans alors que je suis sans maquillage. Je me surprends à me trouver assez bien finalement. Ma peau est lisse et douce. Sans doute qu'elle me remercie de la laisser respirer un peu. Car mon teint, sans être vraiment éclatant, n'en est pas pour autant ravissant. Je commence à me maquiller doucement. Mais l'envie n'y est plus. J'ai l'impression d'être un clown qui se prépare pour monter sur scène et ravir son auditoire. Je réalise que je suis constamment en représentation. Toujours impeccable, toujours grimée. Une autre personne en fait qui attend le clap du réalisateur pour entrer en scène. Je me demande alors comment j'ai fait pour me préparer de la sorte tous les matins

avec une bonne dose de satisfaction et une allégresse aussi vive. Je me force à prendre ceci comme une fatalité pour mon bien être. Mais un intrus est venu s'incruster dans une zone de mon cerveau. Un intrus de plus en plus tenace qui essaie de m'ouvrir les yeux sur l'idiotie d'une telle pratique. A chaque fois que j'entends cette petite voix, je sursaute en lui demandant de se taire. Je n'ai pas passé tous ces mois à obtenir ce que je voulais pour sombrer avant la ligne d'arrivée. Après tout, je suis une femme. Et une femme se maquille. Je le pense alors avec une telle conviction que la petite voix s'éloigne de moi et je souffle d'apaisement en posant mon eye-liner. Mais cette petite coquine ne veut plus me laisser en paix et elle revient à la charge de plus en plus souvent, surtout lorsque j'en suis au rouge à lèvres.
Un rouge à lèvre alors que tu es cloîtrée à la maison, non mais sans blague ?
C'est intriguant une petite voix. Je deviens une Sophie d'Arc ou quoi ? Comme je me retrouve seule également l'après-midi, j'en profite pour écrire mes articles et les envoyer par mail à Véronique qui les traite pour moi. Heureusement d'ailleurs qu'elle est là. Il faudra que je pense à la remercier. Heureusement aussi que j'étais déjà très en avance sur mes articles car j'ai fait de longues randonnées en solitaire le mois précédent et j'ai suffisamment de base pour continuer à bosser de chez moi. Après avoir fini de taper sur l'ordinateur, j'éteins tout. C'est là que je me sens vraiment seule. J'ai essayé de rappeler mes amis qui avaient tenté de me joindre la première semaine de mon retour à la maison. Jordan m'avait interdit le portable car il tenait vraiment à ce que je me repose. Il est vrai que cela m'a fait du bien d'être coupée du monde extérieur pendant une semaine entière. Mais le manque s'est fait ressentir après cela. Lorsque j'ai réussi à récupérer mon téléphone, j'ai écouté tous les messages de mes amis. J'ai donc pris la décision, ravie comme tout, de les rappeler. Mais je suis tombée à chaque fois sur leur répondeur. Mes messages vocaux sont restés sans réponse. Puis, quelques textos sont apparus de certains de mes amis: *content(e) de savoir que tu vas bien. Très occupé(e)(és) en ce moment, on se rappelle.* Mais ils ne m'ont plus rappelée.

J'ai essayé une dernière fois de les avoir au bout du fil, les uns après les autres. Mais c'est comme s'ils s'étaient donné le mot de ne surtout pas me répondre. Peut-être que j'ai trop d'imagination. Peut-être qu'ils sont réellement occupés. Je pose mon portable dans le tiroir de ma commode l'air un peu absent. Même ma sœur me bat froid. J'ai une soudaine envie de me gratter sous le plâtre. Mais qu'est-ce que j'ai fait pour mériter autant de fourmillement dans la jambe sans aucune possibilité pour me frotter la peau ? C'est à devenir fou. Je m'assois en essayant de penser à autre chose de plus plaisant. Notamment le fait que cela fait pile un mois maintenant et que demain sera le grand jour où on m'enlèvera ce fichu plâtre hideux. Il aurait été plus joli si, comme au temps de mon enfance, chacun y avait apposé dessus aux feutres de plusieurs couleurs, des petits mots gentils. Mais bon… je ne vais pas l'accrocher au mur en guise de décoration donc ce n'est pas bien grave finalement si personne n'est venue me tenir compagnie. Je n'ai qu'une hâte c'est de bousiller le plâtre en le jetant avec force contre le mur de l'hôpital. Là je serai libérée. Oui mais… je serai aussi poilue. Oh Seigneur ! Mes poils ont du pousser et ils doivent se tortiller dans tous les sens, poussant de travers à la recherche de la lumière. Je vais mourir de honte quand, une fois le plâtre découvert, une forêt vierge apparaîtra, laissant s'échapper divers moustiques qui auront trouvé refuge en se créant un petit nid douillet. Je me rassure en me disant que les médecins en ont déjà vu de toutes les couleurs. C'est une bonne chose aussi que Vincent n'y travaille plus. Déjà qu'il a l'humour mordant à chacun de mes faits et gestes, qui sait quelle énormité il pourrait me sortir après avoir vu ma jambe toute poilue. Tiens, qu'est ce qu'il devient Vincent ? Je ne l'ai plus revu depuis mon séjour à l'hosto. Je sais que cela m'aurait fait un bien fou d'entendre sa voix.
C'est alors que je me braque. Je réalise où je suis : chez moi. Isolée. Délaissée. Totalement recluse. A la limite je peux me considérer comme un condamné subissant une lourde peine avec un immense bracelet électronique en plâtre m'empêchant de sortir de chez moi. Je n'arrive pas à mettre mes pensées en

ordre. Les petites voix intérieures deviennent des parasites qui engendrent subitement un conflit de puissance mondiale. Mon inconscient a enregistré certainement le fait que je me devais d'être irréprochable sinon je n'obtiendrai jamais l'amour de Jordan. Toutes mes décisions, mes faits et gestes depuis ma nouvelle vie ont été engendrés par la peur de le perdre. Cela, je l'avais déjà compris. Cependant, à cet instant précis où la même pensée jaillit, je faiblis. Dans un dernier sursaut de courage sans doute, je me remémore les instants de bonheur passés avec l'homme de ma vie. Il m'a dit qu'il m'aimait, il me le prouve chaque jour en prenant soin de moi. Oui mais...
Il n'est pas là en ce moment.
C'est parce qu'il travaille. Est-ce que moi je me serais mise aussi en arrêt pour être à ses côtés durant son arrêt maladie à lui ? Bien sûr que non. C'est ridicule.
Il a promis d'être là pour moi, c'est pour ça qu'il n'a pas voulu que je monte à Bouyon.
Il est là pour moi, le soir quand il rentre. Il apporte à manger d'un traiteur différent chaque soir. Il n'a pas à faire la vaisselle mais il jette les poubelles tous les matins. Et puis il m'aime. Même si nos séances sexuelles ont failli être mises en retrait. Il m'a même dit que cela sera encore plus chaud après un mois d'abstinence. Mais il n'a pas tenu le coup très longtemps. Il a innové, trouvant de nouvelles positions relaxantes pour moi. Hier soir, il s'est allongé sur le dos, je me suis mise sur lui et la tête au niveau de ses genoux pendant que je posais doucement ma jambe plâtrée qui pesait au moins une tonne sur un coussin. Mes genoux portaient mon poids donc ça pouvait le faire. Il m'a touché les fesses pour me faire descendre sur son pic dressé. Pendant que je m'activais doucement, lui bondissait plus fort pour me laisser plus de facilité dans les mouvements.
Je récupère mon portable. J'ai tellement envie de parler à quelqu'un. Je ne sais pas d'où me vient cette sensation d'urgence alors qu'il est dix huit heures maintenant et que Jordan ne va pas tarder à rentrer. A peine ai-je pensé à lui que la porte s'ouvre. Il tient dans sa main un sac de plats préparés et il me sourit avec gentillesse. Il a l'air heureux de me voir. Je

m'en veux de ne pas avoir le même ressenti. Mes amis me manquent. Ma famille me manque. Quand je pense qu'Hugo a un mois et je ne l'ai toujours pas revu. Jordan m'effleure mes lèvres en guise de bonjour et se met à préparer la table. On mange en silence pendant que ses yeux sont fixés sur son portable.
– Tu as passé une bonne journée ? je lui demande pour entendre sa voix.
– Fatigué. Les cours de la bourse sont en dents de scie actuellement, je dois être constamment sur le qui vive. Avec mon assistant qui est parti à Tokyo je me retrouve seul à gérer trois portefeuilles supplémentaires. Et toi ça va ?
Il pose de nouveau son regard sur son portable et je n'ai pas le temps de lui répondre qu'il se met à rugir tout seul :
– Et voilà, il devait rentrer demain, il ne rentrera que dans deux jours. J'ai maintenant cinq portefeuilles supplémentaires. Enfin bon, heureusement que je sais y faire.
Il a parlé, les yeux toujours posés sur son téléphone. J'aurais pu lui répondre « Oui mon amour » comme je le fais d'habitude mais là je n'en ai pas envie. J'ai envie d'autre chose. J'ai envie de lui. C'est le seul moyen pour m'ôter cette part de solitude qui essaie de m'envelopper. Même dans une tour d'ivoire, la solitude engendre la détresse. Je ne serais pas en train de me faire une petite déprime, moi ? Il faut dire que c'est l'été et j'étais déjà bronzée l'année dernière à la même période. C'est sûr que de rester enfermée chez moi me gâte le cerveau et empêche ma peau de brunir sous le feu des rayons solaires. Y a de quoi déprimer.
– La nuit dernière était très chaude, je lui dis en prenant un ton sensuel.
Il hoche la tête comme s'il répondait à une question. Je vois bien qu'il ne m'a pas écoutée, trop absorbé par ses messages sur son téléphone. Je me débarrasse de mon tee-shirt. Il ne me regarde toujours pas. J'ôte tranquillement mon soutien gorge. Décidément, Jordan est parti dans l'autre monde fait de cours de Bourse qui montent et qui descendent car il n'a toujours pas relevé la tête.

– Et si on mangeait nus ? je lui dis en avançant mon bras pour toucher le bout de son portable, seul moyen finalement pour qu'il lève les yeux sur moi.
Et ça marche évidemment. Ses yeux se mettent à briller instantanément. Sa langue humecte très discrètement ses lèvres et la véritable magie opère car il pose son appareil sur la table. Je préfère le voir en coyote affamé plutôt qu'en financier impassible. Il se met à manger tout en fixant ma poitrine, la langue toujours pendante. Donc en fait, pour intéresser un homme il suffit de sortir de son sac enchanté le mot sexe et le tour est joué ? Je pense à mes anciens amants et si l'on s'en tient à cette formule, les choses se sont toujours bien passées de cette façon. Le slogan est donc celui là : *on couche ce soir* ? A l'évidence, voilà le secret pour garder un homme. Et donc il m'a fallu revivre mon année, me la jouer Sophie visite son passé pour comprendre une chose aussi simple ? Jordan se lève et s'approche de moi. Il se positionne derrière ma chaise et pose ses mains sur ma poitrine. Ses paumes sont chaudes et ses gestes lents me malaxent. Je me sens déjà mieux. Je ne suis plus seule au monde. Je devine qu'il est en train de se débarrasser de ses vêtements quand il a arrêté de me tripoter les seins. Je le vois prendre un glaçon et me le mettre tendrement dans la bouche. Je sais ce qu'il veut. Pas besoin qu'une lumière extraterrestre m'emporte dans un autre monde pour le comprendre. Cette fois ci mon cerveau capte vite. Je me demande en même temps ce qui m'arrive. Je ne suis plus aussi passionnée que les autres fois. C'est vrai qu'il n'aime pas quand je me déchaîne. Mais ce n'est pas cela le problème. Avant j'étais heureuse et excitée à l'idée de le toucher. Mais à bien y réfléchir aussi, j'étais dans le même état avec tous mes autres copains. La satisfaction dans le plaisir a toujours été le même. Intense, sauvage ou doux, le résultat est une jouissance ultime. La même finalement. Est-ce que Jordan me procure vraiment de nouvelles sensations ou est-ce que je me crée mon propre film ? La fille qui croit vivre une sexualité hors norme alors qu'elle vit toujours la même. Seul l'homme est différent.

Bon.... Que m'arrive t-il ? L'inactivité forcée me rendrait-elle à fleur de peau ? Je vis un moment de plénitude avec l'homme que j'ai toujours voulu avoir dans ma vie. Un homme pour lequel j'ai pleuré à chaque fois que je songeais qu'il allait me quitter. Cet homme que je veux pour la vie, toujours à mes côtés. Alors, qu'est-ce qui cloche chez moi ?
Jordan jouit dans un râle un peu plus rauque que d'habitude. Mission accomplie. Il se pose sur le fauteuil pour reprendre ses esprits. Je me retourne et je m'essuie la bouche. J'ai faim, je dois manger quelque chose. Mais j'ai encore le gout un peu amer que m'a laissé ma succion. Je pose les coudes sur la table. Je ne me sens pas mieux pour autant. Quelque chose me manque. Quelque chose qui fait un trou béant dans ma tête. Est-ce que je regretterais un peu mon ancienne vie ? Pas la fille dépressive qui tombait toujours sur des hommes jamais faits pour elle. Mais la fille entourée par ses potes, par des rires, des petits plaisirs de la vie, une insouciance, une légèreté. Je n'arrive plus à me comprendre. Si quelqu'un pouvait entrer dans mon cerveau pour venir démêler toutes mes pensées et m'aider à résoudre mon problème.
Cesse de donner du pouvoir aux gens qui veulent te transformer uniquement pour servir leurs intérêts.
Et voilà, la petite phrase mesquine a jailli du fond de ma bibliothèque mentale, celle qui garde en réserve toutes les lectures de mon être profond. Comment réagir ? Me reprogrammer pour effacer toutes ces données qui veulent me faire du mal ? Créer à force de concentration un virus qui détruirait le fichier *Anxiété de Performance* ? Je me braque de nouveau. C'est exactement cela le nœud du problème. Je dois juste accepter le fait de réfléchir à ma situation. Ma nouvelle façon de penser a provoqué des changements dans ma nouvelle vie. Logiquement, j'aurais du acquérir une certaine sagesse et un éveil spirituel plus grand que ce que je suis en train de vivre. Une remise en question perpétuelle a de quoi bousiller mes neurones. Je me suis dit que si je ne changeais pas, mon avenir avec Jordan restait incertain. Mais tout cela ne sert à rien si je

continue à nier la réalité : je suis devenue une autre. Et j'ai abandonné celle que je suis.
Je dois me sauver.
Et pour cela je dois repenser la vision de mon monde. Toute cause engendre un effet. Si j'arrive à comprendre cette loi universelle alors je dois l'utiliser pour prendre les meilleures décisions. Je pensais que la meilleure d'entre elle était de ressembler à l'image de la femme que Jordan a, incrusté dans son esprit. Ce n'est pas moi. C'est moi-une autre. Je récolte ce que j'ai semé. J'ai fait semblant *d'être* jusqu'à ce que cela fonctionne et que je sois *devenue*.
Jordan me transporte sur le lit pour m'aider à me déshabiller et me préparer pour la nuit, je le sens encore échauffé. Il est encore à poil et ne semble pas vouloir changer. Une fois totalement dévêtue, il me colle son ventre sur mon dos et toujours très délicatement il tend mon plâtre sur le coussin prévu à cet effet. Puis, il soulève mes hanches et me fait glisser jusqu'à lui. Il me tient toujours serré et me transporte en haut puis en bas dans un va et vient presque étourdissant si je n'avais pas plutôt envie de dormir. Il me murmure à l'oreille des mots chauds et doux. Il me mordille mon lobe pendant qu'il s'active un peu. Je me laisse emporter dans nos sursauts répétitifs puis de plus en plus vigoureux. Ma jambe repliée semble aimantée au coussin tant elle est lourde. Mais cela n'empêche pas mon corps de frétiller grâce aux mains de Jordan toujours sur mes hanches. Quand je l'entends lancer son souffle de jouissance, je lance le mien pour le réconforter dans sa performance. Il s'endort apaisé contre moi. Je reçois son souffle contre mon dos. Ses bras m'emprisonnent autour de mon ventre. Je devrais être bien. Je suis pourtant loin de l'être. Je l'aime, non ? Mais je comprends soudainement tous les efforts que j'ai faits pour lui plaire et lui laisser croire qu'il m'aimait aussi. Aimer une personne tout en sachant que ce n'est pas le bon m'a jeté dans une direction à sens unique avec un gros panneau devant moi indiquant : voie sans issue. Je devrais faire marche arrière. Jordan est devenu ma priorité alors que moi je lui suis tout simplement acquise à ses yeux. Je me suis acharnée et je me

suis effacée pour que cela fonctionne. Il m'est difficile de me projeter dans un avenir sans lui. Me détacher est quasiment douloureux. Je suis amoureuse mais je ne suis pas heureuse. A quoi bon m'obstiner ? Si c'est pour vivre dans un état de douleur qui érode mon quotidien. S'il ne me rabaisse plus en critiquant constamment ma façon de m'habiller et de parler c'est parce que je fais constamment attention à ne pas déraper. Jordan est jaloux et possessif. Pourquoi est-ce que je le remarque ce soir seulement ? Il m'a coupée du reste du monde. Il a manqué de respect à mes vrais amis et à ma famille, il a critiqué les personnes que j'aime le plus. Le plus poignant dans l'histoire c'est que non seulement je l'ai laissé faire mais je l'ai aussi encouragé. Je ne sors plus, je n'ai plus d'amies, je suis à sa disposition permanente. Tandis que lui s'en donne à cœur joie quand il part à Londres. J'ai crée un monstre qui me bouffe de l'intérieur. Je lui ai donné le mot de passe pour me transformer. Je suis devenue austère, mondaine, empruntée, maniérée, prétentieuse et sophistiquée. Et je le suis devenue en toute conscience. Dans le silence de la nuit, doucement je me mets à pleurer.

22

— Cinq séances sont largement suffisantes pour retrouver toute ta souplesse.
Vincent est assis derrière son bureau et il me tend mon dossier.
— Tu as bien *tout* regardé ?
— Bien sûr que non. J'ai survolé les écrits de mes confrères et j'ai jeté un regard hyper rapide sur tes radios. C'est comme ça que font les médecins non ?
— Il me semble que ma jambe est toujours plus maigre que l'autre.
— Illusion d'optique. Le muscle a été un peu atrophié, ta jambe est restée un mois immobilisée, c'est pourquoi la rééducation s'impose. Mais tout va bien, arrête de t'inquiéter. Ta jambe droite est superbe. La gauche l'est tout autant.
— Je viens de finir mes cinq séances chez le Kiné.
— Tu n'en auras pas d'autres. Je pense que le médecin à l'hôpital te l'a dit aussi.
J'hoche la tête.
— Qu'est-ce qu'il y a ? Tu as flashé sur ton beau kiné et tu essaies d'avoir des séances supplémentaires pour le revoir ?
Je lève les yeux au ciel en faisant la moue comme si j'avais en face de moi un incompétent de la nature humaine.
— Je voulais juste un second avis. J'ai repris la voiture et j'ai un peu stressé à cause de l'accident. Mais Magalie m'a dit qu'il fallait que je reconduise vite. Elle m'a parlé d'un cheval sur lequel je devais remonter pour ne plus en avoir peur.
Je fais une petite grimace rigolote et je poursuis :
— Elle parle toujours en image, je voulais être sure d'avoir bien compris.
Vincent lance un petit rire en secouant la tête.

— Je préfère ça. Je me voyais mal te faire un cours complet sur le fonctionnement de la Sécu dont le but principal n'est pas de rencontrer l'âme sœur en séances supplémentaires inutiles.
— On t'a déjà dit que tu étais ridicule ?
— Personne n'a jamais osé.
Je me lève en le remerciant d'avoir perdu son temps en remarques idiotes. Je le dis en plaisantant car je me sens rassurée et heureuse de laisser derrière moi un pan de ma vie stressante qui a failli me faire plonger dans le découragement. J'ai été suffisamment agacée comme ça de mon amertume des derniers jours où j'ai remis en question toute mon existence. Ma vie peut reprendre son cours. Avec quelques nuances un peu plus réjouissantes maintenant que j'ai fait table rase de mon mauvais comportement.
— Je suis venue aussi pour t'inviter à un dîner chez moi vendredi soir. Toute la bande sera là.
— Toute la bande ? Comment as-tu réussi ce tour de force ?
— Je me suis excusée.
— J'en reste pantois.
— Alors comme je vais m'atteler à la tâche en me transformant en speedy gonzales pour tout préparer, je voulais être sûre que je n'allais pas risquer un claquage en bougeant dans tous les sens.
— Es-tu familière avec la notion « superbe » ? Ou c'est juste pour m'entendre répéter que tes deux jambes le sont ? Tu n'as donc aucune excuse si tu foires le repas.
— Je te remercie pour tes encouragements.
— Donc, tu t'es excusée ?
— Bien sûr ! Je me suis mal comportée. Je tiens à eux et je dois leur prouver. J'ai fait mon mea culpa.
— A toute la bande ?
— Ben oui, tu as l'air vraiment pantois Camille. Qu'est ce qu'il y a ? Tu me crois incapable de bons sentiments ? Quand on fait une erreur on s'excuse et on répare. C'est de cette façon, cher docteur, que l'on grandit.

— Je ne suis pas encore estomaqué par ta grandeur d'âme car tu as beau les avoir appelés à tour de bras pour présenter tes excuses, pour ma part je n'ai reçu aucune demande de pardon.
— Quoi ? Et je devrais m'excuser de quoi vis-à-vis de toi ? Tu es le seul de la bande avec lequel j'ai gardé contact.
— Je suis donc un privilégié.
— Tout à fait.
— Et pourquoi donc ?
— Pourquoi quoi ?
— Pourquoi tu n'as gardé contact qu'avec moi ?
Je lève les yeux sur Vincent une seconde. Son menton est en appui sous ses mains. Il est attentif, attendant ma réponse. Son regard me fixe. Il ne sourit pas. Subitement je me sens gênée, sans savoir pourquoi. Je baisse la tête, mon regard posé sur le sol pour tenter de masquer mon embarras.
Pourquoi en effet ?
C'est un vrai cafouillis dans ma tête tandis que j'essaie de trouver une réponse au milieu de mes idées qui s'affolent. J'avance mon buste jusque sur le bureau, mes mains s'ouvrent. Ma bouche avale une bouffée d'air : je suis prête à parler. Mais Vincent me prend de court en m'attrapant les mains qu'il tient levées et serrées dans les siennes, soutenues par nos coudes plantés sur la table. Il me lance un regard de braise, tendre et en même temps poignant. Je n'avais jamais vu à quel point le bleu de ses yeux était foncé et lumineux en même temps. Quelque chose vient s'ajouter à ma panoplie de sensations qui se démènent en moi depuis que nos yeux sont accrochés. Un léger trouble. De légers frissons. Une sensation d'apaisement et d'excitation. Le sentiment d'être respectée et appréciée même dans mes moments d'égarement. Son sourire qui est revenu me guérit instantanément de mon embouteillage émotionnel. Je sens une décharge électrique qui se promène des pieds jusqu'à la tête. Ma gorge devient sèche, mes mains moites tandis que la sensation de chaleur se disperse de plus en plus. Je dois avoir les joues qui rosissent. Cependant, je me sens bien. Ses mains qui enferment les miennes me laissent béate car elles me procurent un sentiment de bien être total. Son visage est

rassurant. Il est beau aussi avec ses petites rides au coin des yeux, sa peau mate qui se marie divinement bien avec ses yeux. Il est la solution à mes angoisses. J'ai la conviction que rien de mal ne peut m'arriver sous la protection de cet homme. Je le connais. Je me sens proche de lui tandis qu'il est mon protecteur. Toutes mes peurs s'envolent. J'ai l'impression que mon esprit se détache de mon corps pendant ces deux minutes de flottement. Car il m'a posé une question et je n'ai toujours pas répondu. Deux minutes... c'est long.
— Je te taquine, me dit-il alors de sa voix caressante. Je serai ravi bien sûr de venir dîner avec vous tous.
Il me regarde fixement puis il lâche mes mains et recule sur sa chaise. Je le vois passer une main dans ses cheveux pendant qu'il mordille rapidement ses lèvres.
Pourquoi ai-je gardé contact avec lui finalement ?
Parce que sans lui, ma vie aurait été *réellement* vide.
Je me lève d'un bond, je le salue rapidement et puis je sors.

23

Il est dommage que le processus pour une demande de béatification soit aussi long et aussi complexe. Car franchement, après avoir engendré deux miracles consécutifs, je pourrais espérer que cela m'ouvre les portes de la Sanctification.

<u>Le premier miracle</u> a été de renouer contact avec ma bande d'amis sans oublier toutes mes connaissances au boulot. Cela n'a pas été une mince affaire. La preuve en est incrustée sur mon chemisier, trempé à cause de l'angoisse qui a réussi à provoquer une sueur abondante. La peur d'échouer a multiplié la transpiration. J'ai crée ainsi un petit fleuve interne dans lequel ma frousse a fait trempette. Mon superbe chemisier est en train de se faire dorloter dans la machine à laver grâce à l'adoucissant fleuri. Car il serait vraiment dommage qu'il soit fichu. Au prix où je l'ai payé. Valérie-cheveux-violets a accepté mes remerciements avec une grandeur d'âme étonnante. Remerciements pour sa présence, sa compétence professionnelle et son superbe boulot durant mon arrêt maladie. Je n'y suis pas allée de main morte. Mon lexique a été imparable. Je lui ai sorti pas mal de mots super bien placés dans mes nombreuses phrases : des « Tu as été formidable » ; « Un travail remarquable » ! « Merci pour ton aide précieuse ». Le plus fort c'est que je le pensais vraiment. Elle me sourit maintenant. Je suis même allée déjeuner avec elle lundi dernier. Toutes les deux, en bonne copine. Je lui ai remis une couche de gentillesse en lui expliquant que j'étais stressée par moments au vu du travail que je devais fournir devant les actionnaires toujours prêts à nous dévorer à toutes les sauces si les ventes baissaient. Se moquer un peu des chefs, c'est ne pas me considérer comme tel. Et c'est ce qui lui a plu je crois. Je suis aussi redevenue naturelle, laissant mes idées de grandeur se

détériorer au fil des minutes passées avec toutes mes collègues. J'ai fait de même avec ma bande d'amis. Ils sont venus dîner chez moi. Sauf Vincent. Ce qui m'a un peu peinée. Mais je n'allais pas commencer la séance de retrouvailles sous un aspect de petite mélancolie pour l'absent. Je leur ai préparé un festin.

<u>Le second miracle</u> a été de faire venir Jordan à la soirée en priant pour qu'il se comporte comme il faut. Bon il n'avait pas l'air très emballé *mais* il était là. Il n'a pas ouvert la bouche *mais* il n'a rien dit de désagréable. Si on analyse de ce fait les preuves de mon dossier, il y a de fortes chances pour que ces miracles soient accrédités par les hautes instances spirituelles. A moins que ma vie ne soit pas assez vertueuse pour prétendre à la Sagesse Ultime.

Tant pis.

Je ne vais tout de même pas me consacrer entièrement à l'abstinence sexuelle pour obtenir une auréole divine. Quoique, à bien y réfléchir, cela ne me poserait aucun problème dans l'immédiat. Je ne sais pas ce qui m'arrive mais je n'ai plus trop envie de coucher. Cela a commencé pile poil après le dîner chez moi. S'il ne faisait pas aussi chaud, je m'emmailloterai dans un pyjama en laine pour faire de mon corps un rempart. Mais un mois de juillet à Nice est une vraie couveuse. Et si je ne veux pas finir squelettique après avoir perdu vingt kilos dans un sauna perso d'habits chauds, je suis bien obligée de laisser les mains de mon copain venir tâter ma peau nue. Je ne peux tout de même pas désamorcer ses assauts avec un « Pas ce soir chéri, j'ai la migraine ». Il risquerait de mal le prendre. C'est un réel problème qu'il prenne vite la mouche si je lui dis quelque chose qui ne lui convient pas. Il est capable de se vexer et par vengeance me sortir tout un laïus de ce qui ne va pas chez moi. Je me souviens de mes moments d'euphorie dans les bras de mon homme. Je me souviens aussi d'avoir eu constamment envie de nos moments intimes. Alors, qu'est ce qu'il s'est passé pour que l'envie s'en aille ? Je sais que je l'aime pourtant. Mais

peut-on aimer sans désirer ? Je pense que oui puisqu'on désire souvent sans aimer. A bien y réfléchir j'ai mis tellement d'énergie pour me consacrer entièrement à lui que je dois être un peu épuisée. Surtout qu'est venu s'ajouter à cela le fait de me focaliser aussi sur mon envie de reprendre ma vie en main en intégrant à nouveau tous ceux que j'aime. Je me regarde dans la glace pendant que je me brosse tranquillement les cheveux. Croiser mon propre regard m'inquiète car je le trouve sans profondeur et un peu névrosé. Je crois que je suis à bout de souffle. Je n'ai plus envie de Jordan parce que j'ai obtenu ce que je voulais ? Ou cette baisse de ma libido n'est due qu'à un simple mauvais moment à passer, le temps que je retrouve mes esprits et un semblant de paix intérieure ? Le désir est capricieux. Il ne se maîtrise pas, je ne peux le contrôler. Je vis une période stressante, j'ai juste besoin d'espace pour me retrouver. Je pose la brosse sur la table et je me fixe. Littéralement.
Arrête de dire n'importe quoi et concentre toi : j'aime Jordan. C'est un fait acquis. Mais je n'aime plus trop faire l'amour avec lui. Pour lui, le sexe consiste en un moyen sympa de mieux s'endormir. C'est pourquoi les préliminaires sont toujours expédiés en livraison express. Deux ou trois caresses et hop il va droit au but. C'est plaisant. Mais il me manque la douceur de longs préliminaires pour me prouver que notre relation ne sort pas d'un film muet pornographique. En fait, je suis entièrement responsable de mon grand état de fatigue moral. J'ai voulu contrôler notre vie à tous les deux, j'ai voulu me contrôler, je l'ai contrôlé aussi. Mon Dieu, je me suis comportée comme un dictateur à vouloir tout superviser sans laisser la moindre négligence venir perturber mes souhaits. Je me force à penser à autre chose. Il me faut un peu de dérision, un peu de lâcher prise car je ne crois pas avoir vraiment envie de sonder le fond de mes pensées. J'attrape mon portable. Je sais ce qui peut me faire du bien.

*Dis-moi que tu as avalé la potion d'invisibilité et que c'est la raison pour laquelle je ne t'ai pas vu vendredi chez moi. Sinon, tu devrais t'inquiéter des remontrances que je ne vais pas tarder à concocter pour que ma vengeance soit complète.

Je regarde mon message être expédié. Il faut moins d'une minute pour que j'entende le bip d'un nouveau message sur mon téléphone.

*J'ai été retenu au sommet mondial du discours le plus instructif jamais conté. Sur la planète Mars. Un congrès où tous les savants ont applaudi mon super briefing. Si je ne suis pas venu chez toi, tu dois t'en prendre à la fusée russe qui au retour a calé en plein milieu de système solaire.

*Tu crois vraiment que je vais gober ça ? Qui voudrait t'inviter à un sommet mondial pour t'écouter déblatérer sur les rats ?

*Tu es seule ? Qu'est ce que tu faisais avant de me crier dessus ?

*Je me brossais les cheveux.

*Ta vie est palpitante. Je suis sûr que mon absence ne t'a pas trop attristée.

*J'aurais apprécié que tu fasses un saut, Même si tu es hyper vachement occupé.

*Tous tes amis étaient là. Tu étais donc relativement bien entourée pour ne pas t'apercevoir de mon absence. Tu viens juste de réaliser d'ailleurs que je n'étais pas là puisque c'est trois jours après que tu me fais la remarque.

*Pourquoi tu n'es pas venu ?

*(Relire plus haut)

*Sérieusement !

*Je ne fais pas partie de ta bande d'amis, je ne suis là qu'occasionnellement. Et puis c'était un repas de réconciliation, et nous ne sommes pas fâchés toi et moi.

*Je t'ai invité.

*J'étais avec ma copine. On… discutait.

*Je comprends que ça ait pris des heures si c'est toi qui n'as fait que parler.

*Crois-le ou non mais ce fut une discussion. Très enrichissante d'ailleurs.

*Je voulais te rendre la gentillesse. Tu m'as fait à dîner la dernière fois et je ne te l'ai toujours pas rendu. Ce qui veut dire que je te dois toujours une faveur alors que si tu étais venu, on aurait remis le chrono à zéro. Je n'aime pas devoir quelque chose.

*Tu ne me dois rien. J'avais faim moi aussi et « quand il y a à manger pour un, il y en a aussi pour deux »

*Je ne vais pas te déranger plus longtemps. Je te laisse tranquille pour que tu puisses réfléchir à un autre discours, Peut-être sur Pluton cette foiq.

*Tu ne me déranges pas. Fois s'écrit avec un s..

*Mon doigt a dérapé évidemment. Est-il utile de le souligner ?

*C'est pour ça que tu ne textotes pratiquement jamais. A l'oral on voit moins les fautes de frappe. Tu veux que je t'appelle pour te mettre à l'aise avec l'orthographe ?

Je n'ai pas le temps de répondre que je vois son prénom apparaître sur mon écran. Je décroche :
— Alors, qu'est ce qu'il ne va pas ? me demande t-il de suite.
— Tout va bien. Je voulais juste connaître les raisons de ton absence. Tu m'as tout expliqué alors, on n'a plus rien à se dire.
— Merci d'abréger la conversation, comme ça ça ne gonflera pas mon forfait. Alors, qu'est ce qu'il ne va pas ?
— Mais pourquoi tu me demandes ça ? Tu me donnes l'impression de ne jamais aller bien quand je te parle. Ça ne me donne pas trop envie de te parler. C'est moi qui raccroche ?
— Non c'est moi.
— Non, c'est moi, je minaude.
— Petite peste qui arrive toujours à me faire rire même quand le cœur n'y est pas.
— Oh !? Qu'est-ce qu'il ne va pas ?
— Peut-être que tu me manques. Ton merveilleux éphèbe n'est pas avec toi ce soir ?
— Il ne va pas tarder à rentrer.
— Tu files toujours le parfait amour ?
La porte vient de s'ouvrir. Il est dix neuf heures, Jordan vient de rentrer.
— Je te laisse, il est là. Passe une bonne soirée Vincent et à bientôt.
Jordan me lance un coup d'œil rapide quand je lui dis que Vincent lui passe le bonjour. Il hoche la tête mais ne répond rien. Je le regarde avancer. Son allure chic de l'homme d'affaire dans son costume élégant est à tomber. Ses cheveux plaqués en arrière font ressortir son visage aux traits parfaits. Taillé dans le muscle, corps d'athlète. Sa plastique pourtant n'arrive plus à me donner le frisson. Ses cheveux brushés, sa mâchoire carrée, ses dents étincelantes ne m'ébranlent plus trop non plus. Il ressemble vraiment à Ken, poupée immobile, figée dans le temps. Car son regard, qui vient de se poser sur moi, me semble dénué d'intensité. A part quand je mets le mot sexe sur le tapis, là ses yeux s'illuminent. Alors que ce regard desséché de la moindre émotion me laisse froide. Juste pour le plaisir des yeux, il vaut vraiment le coup d'œil. Mais sa beauté nordique,

sublime, ne me fait plus d'effet. Il est beau mais il n'a aucune autodérision, aucun second degré. Narcissique. Je ne peux pas lui en vouloir car je suis responsable de son état permanent qui le maintient dans le nombrilisme le plus pur. Comment puis-je être amoureuse de lui et ne plus l'aimer en même temps ? Pourquoi avoir revécu cette année pour changer les choses si même en les changeant je ne suis pas heureuse pour autant ? Pourquoi dans ma tête y a-t-il un tel chaos ? Je ne veux pas qu'il me voit dans cet état. Je lui réponds vite fait que ma sœur a besoin de moi et que je dois y aller. Il peut rentrer dormir chez lui s'il veut car je vais certainement rentrer tard. Je file dans la voiture direction Bouyon.

24

— Il y a trop de choses que je ne supporte plus. En fait, je ne supporte plus ma vie. Je ne sais pas pourquoi. Je ne sais pas ce qui a déclenché une telle insatisfaction. Il n'y a pas si longtemps, j'étais heureuse.
Je suis arrivée chez ma sœur, la tête basse. J'avais eu envie d'enfouir mon visage sous le cou grassouillet d'Hugo mais il n'est pas là. Il est de sortie avec son père sur les collines pour qu'il puisse prendre l'air. Je suis sûre que cet enfant va aimer la montagne si son père s'ingénue à lui faire respirer l'air frais entouré de verdure tous les après-midi. Magalie m'a proposé un thé glacé. Je n'en suis pas fan. Je carbure au café. Pourtant, l'odeur tenace fruitée et le goût de glace commencent à me plaire.
— Si tu refoules tes sentiments, me répond ma sœur en me tendant une petite brioche, tu ne sauras jamais le pourquoi des choses. Utilise ta souffrance actuelle comme moteur de changement. Tu n'es pas obligée de subir une vie qui ne te convient pas. Mais tu peux changer de direction.
— J'ai déjà fait ça. J'ai pris un autre chemin mais il ne m'a pas amenée là où je voulais. Et vraiment, je ne sais pas pourquoi. J'ai changé en pensant que cela allait me rendre heureuse mais la vérité c'est que je suis fatiguée d'être constamment préoccupée par ce que Jordan peut penser de moi.
— Tu n'aimes pas ce que tu es en train de vivre.
Je bois lentement une gorgée et je lâche dans un souffle :
— Non.
— Que pourrais-tu faire pour que ça change ?
Me réveiller de nouveau en septembre 2019 et tout recommencer.
— J'ai changé mon comportement, je me suis appliquée à être la femme parfaite pour lui. Et ça marche.

— Peut-être que tu te précipites un peu dans chacune de tes relations.
A bien y réfléchir, ma sœur me connait parfaitement bien.
— C'est vrai. A chaque fois qu'un homme m'a plu, je me suis laissée emportée par le tourbillon, j'étais follement amoureuse, je ne vivais que pour leur faire plaisir et j'étais très heureuse à l'idée que quelqu'un s'intéresse à moi. Mais j'ai raté mes relations. A chaque fois ils m'ont quittée.
— Pourquoi ont-ils fait cela ?
— Je ne sais pas. Peut-être que je ne correspondais pas à leur idéal féminin. Mais cette fois je veux que ça marche. Tout est parfait entre nous. Il est parfait.
— Et pourtant tu es lasse. Jordan ne doit pas être un trophée que tu portes à bout de bras.
— Ce n'est pas du tout ça ! je m'insurge comme si elle venait de dire une énormité.
— Ne t'indigne pas, on discute.
— J'ai besoin de lui.
— Cette grande histoire d'amour que tu me dis vivre, n'es-tu pas la seule à la vivre justement ? Tu partages quoi avec lui ?
— Rien.
Mais je reprends très vite :
— En fait, c'est lui qui m'entraîne et qui m'a fait entrer dans sa vie. Je partage ses plaisirs et son mode de vie. Je suis là pour lui. Mais c'est moi qui l'ai voulu sinon...
— Sinon quoi ?
— Il allait encore me quitter. Alors je me dis que je dois agir comme ça ou comme ça... enfin je cherche un moyen de tout arranger.
— Tu crois qu'il faut plaire pour être aimée et pourtant une personne qui aime vraiment te laisserait libre d'être toi-même.
— Je sais qu'il m'aime.
— Et toi tu l'aimes ?
— Bien sûr ! Je suis attachée à lui.
— L'attachement n'est pas de l'amour, l'attachement conduit à la dépendance.

— Et alors quoi ? Je suis dépendante de son amour. C'est comme ça quand on aime. On ne peut pas se passer de la personne aimée.
— Et pourtant tu es lasse de ta vie.
— Je suis déchirée entre la peur de le décevoir et la peur qu'il me quitte.
— Et où se place l'amour dans tout ça ? A l'évidence, tu ne vis que dans la peur. Sexuellement ça va ?
— Plus depuis quelque temps. Et ne me demande pas pourquoi car je n'en sais rien. J'ai plus trop envie qu'il me touche. Pourtant quand je le regarde, j'ai envie qu'il me prenne dans ses bras. Je suis en pleine confusion. Mon cerveau doit être atteint par un virus.
— Vous ne couchez plus ensemble ?
— Bien sûr que oui ! Parfois, je me force un peu. Je ne peux pas toujours lui dire non.
— Il se force lui ?
— Mais non, tu ne comprends pas.
— Je comprends très bien que ta libido est en berne et que tu te forces à coucher avec lui pour ne pas qu'il s'aperçoive de ton malaise. Par contre, si c'était lui qui avait un problème, est-ce qu'il se forcerait ? Ne lui demanderais-tu pas de discuter de ce qu'il ne va pas ? Ou croirais-tu simplement que tu n'es plus aussi attirante. Mais alors, pourquoi resterait-il ? Il est évident que s'il y a un manque de communication dans votre couple, les choses vont avoir du mal à s'arranger. Arrête de te violenter, ça ne sert à rien. Tu ne dois pas te sentir coupable mais responsable.
— Je suis coupable et responsable car c'est moi qui ai tout manigancé pour qu'il soit satisfait de moi. Il ne m'a pas forcée à quoi que ce soit. C'est moi qui ai pris l'initiative de ne plus faire les mêmes erreurs que par le passé pour que justement tout marche entre nous. Maintenant que mes efforts sont récompensés, je panique à l'idée qu'il aime une autre femme que moi car celle que je suis avec lui, ce n'est pas moi.

— Être coupable c'est se poser en victime, être responsable c'est comprendre les conséquences de ses actes pour agir différemment.
— C'est ce que j'ai fait ! J'ai agi différemment et nous sommes heureux !
— Vraiment ? Alors de quoi tu me parles depuis une demi-heure ? Arrête de te violenter, je te le dis encore une fois car elle est là la clé du problème. Tu dois t'estimer digne d'être ce que tu es. L'estime de soi est importante dans la vie comme dans le couple.
— Mon estime m'empêchera de faire des erreurs ?
— Non, mais elle te permettra de les surmonter.
— Si je m'estime alors je serai heureuse.
— Tu auras au moins la paix intérieure. Ce qui n'est pas le cas actuellement.
— Je me sens tellement vide.
—Tu n'es préoccupé que de toi. Tu vis un amour immature. Aimer c'est être heureux. Si tu souffres c'est de la dépendance affective et rien d'autre et tu dois remettre toute ta vie en question si tu veux te sortir de ce guêpier.
— Je suis droguée en quelque sorte. Vincent m'a déjà dit ça.
— Tu parles avec Vincent ? s'étonne ma sœur.
— Oui, je crois qu'il me connait très bien.
— Je te connais aussi et je sais ce que tu devrais faire. Mais ai-je le droit d'agir contre ce qui te semble être tes intérêts en ce moment.
— Dis-moi ce que tu ferais à ma place.
— Je me dirais que ma personnalité ne doit pas changer pour le plaisir d'un tiers. Ou l'on m'accepte telle que je suis ou on ne m'accepte pas. Jamais je ne travestirai mes sentiments pour plaire car je sais que plaire n'est pas vouloir être aimée. Aimer je le cherche dans le geste, le regard, le sourire d'un homme bien. Oh Vincent !
Le brusque changement de ton me fait lever la tête. Vincent est devant le pas de la porte, Hugo dans ses bras tandis que mon beau frère transporte des sacs de provisions. Pendant que ce dernier lance à sa femme qu'il vient de faire des courses et que

ma sœur se précipite sur Vincent pour lui arracher délicatement son fils des bras, je suis encore stupéfaite de son apparition. Il s'approche de moi. Son pas est assuré. Il me donne l'impression d'avancer en pouvant éviter tous les obstacles, ceux là même qui pourraient s'écarter devant lui pour lui laisser la place. Ses yeux sont fixés sur moi. Il s'assoit à mes côtés. Je respire son parfum tandis que je sens sa main prendre la mienne pour un baise main délicat. Il ne m'a toujours pas quittée des yeux. Je me sens *bizarre* devant le pouvoir caché de son regard intense. Je ne peux pas m'y soustraire. Je suis comme hypnotisée, mes iris tenus par un fil invisible relié aux siens. J'ai l'impression qu'il m'injecte un souffle puissant qui aide mon cerveau à respirer. Un regard chargé de bienveillance, tendre et serein. C'est comme si je me blottissais virtuellement contre lui, laissant ses pupilles m'apporter la chaleur et le réconfort dont j'ai besoin. Toute sa gentillesse, sa bonté, son intérêt pour moi surgissent de son attention soutenue. Je les saisis au vol, emportée par un tourbillon étrange qui s'immisce en moi sans forcer. Lentement, affectueusement. Ses lèvres s'échappent de ma main. Il me regarde toujours. C'est alors que je suis foudroyée. Mes yeux toujours attachés aux siens, quelque chose d'autre est en train de se passer. Quelque chose de plus complexe, comme une envie tenace de ne plus jamais lâcher ce regard. L'attirance que je ressens me parait indéchiffrable. Une petite tension commence à s'installer. Elle n'est pas désagréable. Seulement je n'arrive plus à réfléchir. Je me vois pénétrer dans une bulle intime qu'il vient de créer. J'ai la sensation que nous sommes seuls au monde, deux âmes solitaires qui se parlent sans un mot. Je n'arrive pas à résister à cette attraction impensable quelques minutes plus tôt. Mon état de transe me transporte dans un recoin d'un éden où la douleur n'existe pas. Je ne vois plus que lui. Vincent...
— Vincent !
La voix qui vient de surgir a fait éclater la bulle. C'est une voix de femme un peu haut perchée avec une intonation qui allie la colère aux reproches. Je suis redescendue sur terre car au même moment Vincent a détourné la tête. Je vois alors une femme se

tenir devant l'entrée. Son agacement est à son comble car elle tourne le dos maintenant et elle disparait à l'extérieur de la maison. Je ne connais pas cette femme mais je sens que je la déteste déjà. Elle vient de m'enlever Vincent qui disparaît lui aussi derrière la porte. Je suis déboussolée en reprenant peu à peu mes esprits. J'entends de loin une voix féminine crier : « Alors c'est elle ?? » Puis un claquement de portière et le bruit sourd d'un moteur qui démarre. C'est alors que je croise le regard de ma sœur puis celui de mon beau-frère qui viennent de sortir précipitamment de la cuisine, sans doute alertés par les cris. Le coup d'œil qu'ils me lancent est chargé de questions. Mais je n'ai aucune réponse. Je suis coincée de nouveau avec mes propres questions confuses, surtout lorsque Magalie lance d'une voix incrédule :
— Mais il arrive quoi à Angélique ?
Je me lève et je sors. Durant le trajet en voiture, mon état apathique ne m'a toujours pas quittée. Puis, je redeviens anxieuse, déprimée et seule. Cette Angélique est la copine de Vincent. Pourquoi est-ce que je me sens mal à l'idée que c'est elle qui profite des bienfaits d'un homme aussi *bien* ? Je ne mérite donc pas moi aussi d'être avec un homme qui apaise mes angoisses et me prouve son intérêt sans passer par les chemins embouteillés que je dois emprunter à chaque fois pour que Jordan m'accepte dans sa vie ? Pourquoi cette femme était-elle en colère d'ailleurs ? Et ce « *C'est elle ?* » s'adressait à moi ? Je veux retourner quelques minutes en arrière et dévisager Vincent dans une bulle de douceur. Mais je ne le peux pas.
Alors c'est elle ?
Qu'est-ce que ça veut dire ?

Dès que j'arrive chez moi et que j'ouvre la porte je vois Jordan qui m'attend dans le salon. Les lumières sont tamisées. Les bougies flambent et l'encens de rose rend la pièce belle de romantisme. Jordan est là devant moi.
Je m'arrête, intriguée. L'attitude de Jordan me déconcerte. Il se tient immobile, les deux bras tendus dans ma direction, les deux paumes ouvertes avec dans chacune d'elle une rose rouge. Je

baisse les yeux sur les fleurs. La première est d'une couleur flamboyante. Ses pétales duveteux sont éclatants. On l'aurait dit dessiner dans du velours. L'autre parait moins vive. Et elle n'a pas d'aiguillons.
— Jordan... mais... qu'est-ce que ça veut dire ?

25

Psychose maniaco-dépressive caractérisée par une alternance de phases d'excitation et de phases dépressives : voilà la définition de la folie intermittente. Celle dont je suis peut-être atteinte. Je dis peut-être car il faut que je reste lucide quant à mes capacités de sombrer dans une dépression chronique s'il s'avère que je suis réellement folle. Surtout que ce genre de folie est incurable. Soit je plonge dans mes pensées profondes pour comprendre qui je suis, soit je me laisse emporter par le courant de la maladie mentale. Le choix est vite fait.
J'ai un problème. Je dois juste le résoudre.
A savoir ce qui s'est passé dans mon enfance pour que mon cerveau grandisse avec des déchets toxiques d'abandon, de peur et de tutti quanti de choses négatives. A bien y réfléchir, j'ai eu une enfance heureuse. Normale quoi. Alors logiquement je devrais être *normale*. Mes rapports avec les hommes ont chamboulé toute mon adolescence et ma vie d'adulte. En fait, pour être honnête, c'est la faute des hommes si je suis dans cet état. C'est à eux que je dois jeter la pierre. Ils n'ont rien vu de ma bonté et de ma gentillesse à leur égard. Quand on dit que les hommes préfèrent les garces, ce n'est pas juste pour plaisanter : c'est vrai ! Tous des salauds en définitive. Je suis sans doute un ange parmi les loups.
Je ne dois pas exagérer non plus, je dois me montrer franche avec moi-même si je veux stopper la malédiction qui pèse sur mes amours.
Je tiens Hugo dans mes bras prêt à recevoir le baptême. Il a l'air de s'en foutre royalement puisqu'il s'est endormi. Je suis marraine finalement. Elle en a mis du temps ma sœur pour se

décider. L'odeur du bébé me fait craquer, elle est un antidépresseur quasi instantané. Je le porte avec douceur tout en regardant cette petite bouille ravissante qui laisse passer sur ses lèvres un filet de bave. La cérémonie commence, je suis sur un petit nuage car je n'entends que des murmures tandis que je pars dans mes réflexions. Je crois que mon destin est de rester seule. Je dois m'y résigner. Il y a des personnes douées pour la vie à deux et je n'en fais pas partie. Je devais le savoir au fond de moi, c'est pour cette raison que j'ai foiré toutes mes relations. J'ai enchaîné les expériences amoureuses, j'ai été éprise à chaque fois. Et à chaque fois, ils m'ont quittée. Après quelques mois de passion, la flamme s'est éteinte.
A chaque fois.
J'ai toujours eu peur de rester seule, de ne pas trouver le bon, celui qui fondera une famille avec moi. Car c'est ce que j'ai toujours attendu. Un mari, un père et des enfants. J'ai vingt neuf ans, un lourd passé d'amants ou d'amoureux éphémères et je n'ai toujours rien construit. J'ai tout essayé pour atteindre mon but. J'ai toujours échoué.
Le plus intrigant dans l'histoire c'est d'avoir revécu une vie que j'aurais pu rendre parfaite. Mon succès était total, j'ai finalement eu ce que je voulais : Jordan m'a demandé de l'épouser. Je l'ai regardé, magnifique spécimen à la beauté époustouflante, me dévoilant que j'étais digne de vivre à ses côtés pour toujours. Mais je n'étais pas fière pour autant. Car je me suis jouée de lui. C'est une autre qu'il croit aimer. Et sincèrement, je ne me voyais pas revivre inlassablement les mêmes gestes, dire les mêmes mots, agir de la même manière qu'il est en droit d'attendre depuis que j'ai triché. Je ne veux plus être son genre de femme. Je veux me sentir libre, indépendante, digne d'être aimée pour la Sophie que je suis. En un dixième de secondes, j'ai visualisé notre avenir si je disais oui : toujours à le complimenter, à le suivre, à me rabaisser, à

m'éteindre, à rester celle que je ne suis pas. Aurais-je le courage de jouer la comédie durant toute une vie ?
A quoi m'a donc servi ma deuxième vie si je n'ai pas été foutu de bien faire les choses ? Quel est donc le secret de ma renaissance en 2019 si c'est pour me retrouver dans la peau de la même personne fragile de 2020 ? De toute façon, vers la fin tout s'est accéléré. Normalement la scène aurait du se passer début septembre. Nous sommes en Juillet. Je porte le tailleur bordeaux acheté en soldes qui avait enthousiasmé Jordan la dernière fois. Je me sens perdue et à bout de souffle. Quand je fais le bilan de ma vie avec ces hommes qui n'ont été que de passage, je réalise que je n'ai jamais été avec quelqu'un de bien. Les hommes biens ne sont plus dispos à mon âge. Ils ont déjà été arrachés par des femmes plus habiles qui les maintiennent en leur pouvoir. Leurs ongles crochus s'accrochent à leur mec pour ne plus jamais les laisser partir. Tant mieux pour elle, ça me fait une belle jambe s'il n'en reste même pas un pour moi. Mon horizon sentimental est donc totalement bouché. Je n'arrive même plus à me persuader qu'une belle rencontre m'attend tout au bout du tunnel. Je suis devenue indépendante et seule à gérer ma vie. Je n'ai plus de compte à rendre à personne.
Jordan...
Je me racle la gorge et je jette un coup d'œil furtif autour de moi. Personne ne me regarde. Tant mieux. Ils ont tous les yeux rivés sur Hugo. Je vois Vincent au fond de la salle. Il a la tête baissée. Sa présence me rassure. C'est toujours agréable de reconnaître parmi la foule un visage ami. Pourtant tous mes amis sont là aussi. Mais l'effet n'est pas le même. A l'instant où il lève la tête je me penche sur mon filleul en souriant. Je ne veux pas croiser le regard de Vincent. Je crois qu'il aurait vu mon malaise alors que je fais tout pour le cacher.
Jordan.... J'ai refusé sa demande. Je l'ai laissé partir. Je l'ai carrément jeté. Parce que mon comportement a toujours été le

même : je m'emballe trop vite, je fais tout pour eux, mon dévouement est imposant et ma bienveillance sans faille. Je crois que je suis arrivée à saturation avec lui. C'est un grand coup de fatigue ou une illumination qui a ouvert la brèche dans laquelle je me suis jetée pour me révolter contre mon propre comportement. Et perdre l'homme qui voulait m'épouser. C'est cette satanée phrase qui m'a réveillée.
— *Je suis venu dès que j'ai pu. J'ai un gros contrat et je viens de finaliser la vente. Comment tu te sens ?*
Mon subconscient a du enregistrer cette phrase car sur le moment je n'y ai pas fait attention. Toujours sa petite personne en priorité. S'il avait eu un accident, j'aurais tout quitté pour aller le rejoindre et être auprès de lui dès son réveil. Il ne m'aimera jamais. Pas de cet amour dont j'ai besoin, une délicatesse chaleureuse. Et c'est devant cette bague étincelante posée devant moi que j'ai compris à quel point j'aurais été ridicule de penser qu'un bijou pourrait *tout* me faire oublier. Finalement, même si on peut voyager dans le temps, on ne peut rien changer aux événements. Même si je n'ai vécu qu'un rêve prémonitoire, je ne suis qu'un médium merdique. Dans les deux cas, je n'ai rien compris du tout, à part le fait que se transformer pour un homme n'est pas la solution. Mon destin poursuit sa longue marche de solitude. Pourquoi a-t-il fallu que subitement j'ouvre les yeux ? Même si cela me fait mal de réaliser que j'ai gâché sans doute ma seule chance de vie commune je me dis que cela aurait été plus cruel de vivre avec lui et de me rendre compte dix ans après qui il était vraiment. Déjà que je crise à vingt neuf ans, à trente neuf j'aurais été au fond du trou. Tous mes rêves sont partis en fumée et c'est moi qui ai allumé la mèche. Je vais peut-être finir par croire le complot cosmique qui régit la vie des humains, cela pourrait me consoler si je finissais par me persuader que nous ne vivons pas dans la réalité. Que tout est virtuel finalement. Peut-être que l'Univers est un jeu vidéo. A savoir quel est l'imbécile là haut qui s'amuse avec ma vie.

26

Ca y est, je suis marraine ! Je vais pouvoir me consoler de ma vie foireuse en gâtant Hugo au maximum. Pour me venger de mon célibat à long terme, je vais pourrir mon filleul de cadeaux, je dirai toujours oui à tous ses caprices, je serai la tata gâteau chez qui il ira se sauver quand ses parents lui prendront la tête. Et je me régalerai quand j'entendrai ma sœur épuisée me dire que j'ai bien fait de ne pas avoir eu d'enfants !
— Tu es une marraine ravissante.
Vincent se tient près de moi. Je suis sûre qu'il est apparu à mes côtés par magie car je ne l'ai pas entendu approcher.
— Tu es déjà une tata géniale, poursuit-il, car ta sœur vient de me dire que tu lui avais ouvert un compte pour qu'il puisse s'acheter un cabriolet plus tard et faire craquer les filles.
— Une voiture ? Je pensais plutôt à une fusée volante car dans vingt ans j'ose espérer que la technologie aura atteint ce but.
Ma nervosité est à son comble, je parle comme si j'ai un train à prendre et qu'il ne me reste qu'une seconde avant d'arriver sur le quai.
— Tu vas bien ?
— Je suis marraine ! C'est te dire le degré de ma satisfaction. Et toi ?
— Je ne sais pas trop. La question est difficile. La réponse l'est tout autant.
— Tu ne sais pas si tu vas bien ou si tu ne vas pas bien ?
— Je prends un Joker.
— Qu'est ce que tu as ? L'indécision te ronge ? Ou ai-je employé un vocabulaire trop complexe ? Je vais formuler ma question avec des mots simples.
— Tu es nerveuse.

— Pas du tout.
Je ne vais pas commencer à mentir. De toute façon, ce serait ridicule car je n'arrête pas de sautiller à droite et à gauche. Et en plus mon articulation est une mitraillette qui lance des mots sans interruption. Il n'est donc pas utile d'être devin pour me comparer à une névrosée catégorie poids lourd.
— Enfin si un peu.
— Pourquoi ?
— Je ne sais pas trop. La question est difficile. La réponse l'est tout autant.
— Je vois.
Il voit quoi ? Ce serait bien qu'il m'explique. Ce ne serait pas plus mal que je visualise moi aussi des explications détaillées pour me remettre les idées en place. Je suis hyper nerveuse c'et vrai. Je pensais arriver à cacher mon attitude mais Vincent a dit qu'il voyait très bien. Quoi donc au juste ? Mon comportement hyperactif, ma tristesse à fleur de peau ?
— Tu es venue... seule ?
Ça y est, mes larmes vont venir creuser un sillon qui deviendra torrent, emportant sur son passage toutes les personnes présentes. Ça va être le chaos, une véritable tragédie si je n'arrive pas à me maîtriser.
— Je suis toute seule, je réponds en essayant de me la jouer hyper comique. J'arbore l'étendard de la solitude qui est mon nouvel emblème.
— Qu'est-ce qui s'est passé ?
— Je n'ai pas envie d'en parler car je n'ai pas atteint le degré des adorateurs de Bouddha pour bien supporter les critiques.
— Je t'ai toujours taquinée, désolé si tu as pris tous mes reproches pour des accusations.
Il me regarde en biais. Son sourire me fait fondre comme à chaque fois. C'est dingue comme je ne peux jamais lui en vouloir.
— Tout le monde se dirige vers le restau. Tu viens avec moi ?

Il m'entraîne et je le suis tranquillement. Le restaurant est à dix minutes à pieds.
— Alors ? Dis-moi ce qui ne va pas.
— Je suis fatiguée de me plaindre. Et je suis fatiguée aussi de me poser toutes sortes de questions sur ma santé mentale. Parlons plutôt d'autre chose. Et toi avec Angélique ça va ?
— Nous avons rompu.
Je sursaute tant la stupeur me gagne. Mon visage doit refléter une tristesse profonde car je vois Vincent se raidir et serrer la mâchoire. C'est vrai qu'il n'aime pas qu'on le plaigne, lui non plus. Je n'ose lui demander les raisons de cette séparation. Tout d'abord parce que cela ne me regarde pas, ensuite parce que, à cet instant présent, je m'en fous un peu. Je crois sincèrement que la tristesse rend égoïste car quand on est déprimée on rapporte toujours tout à soi. Je suis peinée en pensant à la souffrance que doit endurer mon *meilleur* ami. Cependant je ne me sens pas l'envie d'en savoir plus. Sans doute parce que je ne saurai pas le consoler tant mon comportement vis-à-vis de Jordan me dérange face à lui. Car je suis persuadée que dans son cas, c'est elle aussi qui l'a quitté. Et je sais aussi que Vincent va lancer son éternel « les femmes ne sont que des briseuses de cœur » et ça non plus je ne pourrai pas le supporter. Mais il se ressaisit assez rapidement après quelques instants de silence.
— Heureusement qu'on va bien bouffer, reprend-il en grimaçant un peu, il parait que la nourriture aide à oublier.
— Alors on va forcément finir obèse.
— Et voilà, tu exagères toujours. C'est ça ton problème finalement.
— Parce que j'ai *un* problème ?
— Evidemment que non ! Tu dois en avoir plusieurs.
Il se met à rire devant mon expression revancharde. Mais naturellement il ne me laisse pas le temps d'en placer une.

— On est tous pareils, crois moi. Tous les êtres humains sont un peu névrosés car on a tous notre lot de souffrance. Mais ça se soigne.
— Et là tu vas me sortir le remède magique.
— Je pourrais te laisser le temps de le découvrir toute seule durant ton chemin de vie. La potion t'apparaîtra sans doute par surprise un jour ou l'autre.
— Quand je serai bien vieille, au coin du feu et que je me remémorerai toutes mes erreurs et mes imperfections quand soudain l'illumination viendra avec la Sagesse. Mais trop tard, beaucoup trop tard pour tout recommencer.
— Et si tu arrêtais de planifier ta vie ? Laisse toi plutôt surprendre par elle.
— Je n'aime pas les surprises.
— C'est ce que je dis. Tu passes ton temps à t'assurer de ne rien laisser au hasard, tu décides que tu auras cette chose ou que tu ne l'auras pas. Savoure un peu les journées qui passent. Tu seras agréablement surprise de voir que le meilleur peut arriver quand on n'est pas en train de gaspiller son temps à l'attendre tout en planifiant le fait qu'il n'arrivera pas. Tu rencontreras le bon toi aussi. Je ne vois pas pourquoi ce ne serait pas le cas.
— Alors là franchement tu n'y es pas du tout. J'ai fait un choix et je vais m'y tenir : rester célibataire !
— Tu n'es pas sérieuse.
— Oh que si ! Je ne veux plus d'hommes dans ma vie, fini. S'il y en a un qui me cherche il ne me trouvera jamais.
— Peut-être qu'il t'a déjà trouvée.
— Je te dis que non. J'aimerais que tu comprennes ce que je dis sans chercher à me contredire à chaque fois. Je planifie ma vie c'est vrai et alors quoi ? Je prends juste la décision qui me parait la meilleure pour moi. Et pour moi c'est de ne plus me prendre la tête avec les hommes. J'ai vingt neuf ans et si je suis honnête avec moi-même j'affirme que je n'ai jamais été heureuse en couple. Au bout d'un moment il faut se rendre à l'évidence. Je

ne suis pas faite pour la vie à deux. Et puis de toute façon, je ne veux sortir avec personne. Je veux rester seule et crois moi je suis très heureuse comme ça. Pour la première fois de ma vie je peux dire que je suis transportée par la vérité. Cela me convient. Et puis… je fais un peu ce que je veux.
— Dommage.
— Pourquoi ? T'avais un copain à me présenter ?
J'ai du devenir un produit périmé car je n'arrive même plus à détendre l'atmosphère. Je pensais qu'il allait sourire de ma vanne alors que ses lèvres restent toujours en position neutre.
— Tu crois vraiment que le célibat est la meilleure solution ? Pour l'instant je comprends que tu penses ainsi mais ça ne durera pas. Il arrivera un moment où tu reprendras tes esprits. J'espère que ce ne sera pas le jour où tu seras au coin du feu.
— N'importe quoi.
— C'est plus facile en effet de baisser les bras.
— Me traiterais-tu de lâche ?
— Tu réfléchis trop. Chaque décision que tu prends se transforme en montagne infranchissable et après tu t'étonnes de ne pas voir toutes les belles choses de l'autre côté. Moi tu vois, je ne sais pas ce qui m'attend. Mais je suis curieux donc je laisse venir, je ne bloque rien. Toi tu as peur d'être surprise si jamais un truc arrive que t'avais pas planifié. T'as l'impression que de ne plus ressasser constamment tes problèmes existentiels va provoquer un tsunami. Tu passes ton temps à réfléchir à ce qui s'est passé, tu restes d'ailleurs constamment dans le passé. Tu ne veux surtout pas te laisser embarquer dans le présent et encore moins dans le futur.
Je pourrais l'interrompre à ce moment précis pour lui prouver qu'il se trompe totalement. Il ne sait évidemment pas que je me promène dans l'espace temps avec beaucoup de facilité.
— Tu es dans ton monde, continue t-il, celui que tu as crée pour te punir je ne sais pour quelle raison. Alors que tu n'as qu'à changer ta vision des choses. Essaye d'imaginer un nouveau

monde dans lequel tu ne planifies rien, un monde où les défauts et les imperfections font le charme d'une personne, où tu peux montrer tes émotions sans crainte et accepter ce qui arrive sans peur. Un monde où chacun est libre d'être soi même et avancer à son rythme sans se mettre la pression. Regarde autour de toi. Je suis sûr que tu es apte au bonheur. Je suis sûr que tu peux rendre un homme heureux. Je suis sûr que lui aussi saura te rendre heureuse.

— Tu es un grand philosophe. Je ne comprends pas pourquoi elle t'a quitté.

— Pourquoi la rupture serait-elle uniquement de son fait ?

Il me regarde avec dans le regard une bonne dose de consternation.

— Je pensais que..., j'essaie de répondre en bafouillant.

— J'ai compris que ce n'était pas elle la femme qui pourrait me rendre heureux. J'ai essayé d'y croire, comme à chaque fois et j'ai compris que c'était ça le souci number one de mes échecs. Si je veux y croire, c'est qu'au départ c'est pas gagné. Je me suis voilé la face car elle est une personne qui aurait pu me convenir. Elle est jolie, sympa et sexuellement ça allait. Je crois même que j'aurais pu faire ma vie avec elle… si ma vie avait pris une autre direction.

— Comment ça ?

— J'ai l'impression de m'être réveillé d'un long sommeil. Je sais la femme que je veux maintenant. Auparavant, je n'avais pas vraiment de type de femme. Il fallait juste qu'elle soit pas mal et qu'elle me fiche un peu la paix, me laissant vivre sans me prendre la tête. Cela fait quelques mois déjà que la vision de ma femme idéale m'est apparue.

— Oh ? Et comment est-elle ?

— Elle est indépendante et loyale. Naturelle et vraie. Elle me plaît aussi bien en jean qu'en talons. Elle me plaît nue sans maquillage et pomponnée pour les occasions. Une femme intéressante, divine et que j'admire car elle accepte l'imprévu et sait s'adapter sans faire un court circuit mental si son rouge à lèvres ne s'accorde pas avec son pull. Une femme au visage souriant, rayonnant. Un look, une attitude, une personnalité. Une femme à laquelle je ne peux résister. Ce qui est irrésistible pour moi c'est une femme qui ne met pas de filtre quand elle me parle, drôle, un peu folle, avec un regard sur moi qui me prouve son intérêt et son amour. Cette femme qui me donne l'impression que les lendemains avec elle seront toujours parfaits. Une femme qui apprend à me connaître et qui, en voyant mes défauts, veut toujours de moi. Une femme qui arrive à ne pas me lasser. Je veux qu'elle soit mon amie, mon amante et mon héroïne.

Faut que j'arrête de me plaindre. Je ne suis pas toute seule. Vincent est avec moi. Lui non plus n'est pas très folichon en ce moment. Il est rassurant, dans ma tristesse, de savoir qu'un autre l'est tout autant. J'en serais presque à souhaiter qu'il soit malheureux toute sa vie pour qu'il ne me laisse pas seule. C'est méchant, je le sais bien.

27

Nous sommes à la mi juillet et je suis en vacances. J'aurais pu partir à l'autre bout du monde pour décompresser un peu. Mais je ne l'ai pas fait. Tout d'abord parce que je ne suis pas une riche héritière et ensuite parce que je n'ai pas envie de quitter Vincent. Sa présence me rassure et m'apaise. Il me fait rire en plus avec son air taquin qu'il maîtrise avec beaucoup d'humour. Cela fait quinze jours que je le vois à temps plein. Monsieur a décidé de devenir chef de service à l'hôpital Pasteur. En plus de ses activités dans l'arrière pays. D'après lui, il n'a pu résister à l'appât du gain. Mais étant donné que j'ai appris à le connaître et que je lui tire les vers du nez assez facilement, il a finalement abdiqué en me donnant la vraie réponse. Mais j'avais deviné.
— N'essaie même pas de m'embrouiller Vincent. Je sais pourquoi tu as accepté le poste.
— Vraiment ? répond-il l'air intéressé. J'écoute vos déductions madame Irma.
— Tu es médecin, tu as ça en toi et t'occuper des patients est ta raison de vivre. Être docteur dans l'arrière pays ne te donnait pas assez de satisfaction étant donné que la vie au grand air revigore les corps sains. Tu t'ennuyais un peu et tu ne te sentais pas vraiment utile.
— Ta connaissance parfaite de ma personnalité me laisse pantois, déclare t-il en souriant.
— Et puis, tu dois avoir le complexe du héros : tu vas en rencontrer des patientes fébriles en admiration devant ta blouse blanche, te considérant comme leur sauveur personnel dès que tu auras trouvé le bon diagnostic. Dans les hauteurs de Nice tu n'avais rendez-vous qu'avec des vieux.
— On ne dit pas des *vieux*. On dit « des personnes du troisième âge »
— On ne dit pas des *patientes*, on dit « des futures conquêtes ».

Naturellement il se met à rire en me tournant le dos. Une fois calmé, il est prêt à conduire. Monsieur m'emmène acheter des nouveaux meubles. Parce que bon... je ne peux pas déménager vu l'état de mes finances. Et comme je ne veux garder aucun souvenir de Jordan dans mon appartement, certains accessoires volumineux doivent être changés.

* le sofa coquin tantra qu'il m'a offert à la suite de mon accident. Confortable pour des séances de souplesse car ses contours s'adaptent au corps. Je ne savais même pas qu'un sofa conçu en priorité pour le sexe existait vraiment. Jordan me l'a fait découvrir. Juste pour ne pas que je rechigne à pratiquer son sport favori pour lequel il n'a jamais été sur le podium. Peut-être un peu au début de notre relation. Je devais être shootée aux hormones pour avoir été aussi épanouie en ce temps là.

* la table de la salle à manger sur laquelle il me positionnait pour qu'il puisse prendre son pied. Les muscles de mes bras sont encore endoloris au seul souvenir de nos séances. Je veux avoir une autre table qui me servira comme ses créateurs l'ont conçue : pour manger dessus essentiellement.

* le lit doit aussi être changé. Je ne peux m'y glisser sans penser à lui endormi sous les draps.

Pour le reste... ça ira. Je ne vais quand même pas me ruiner pour remplacer toute la salle de bain. Heureusement que je n'ai qu'un trois pièces.

Vincent était là pour recevoir mes nouveaux meubles et m'aider à tout réorganiser. J'ai vidé tous les placards pour remplir la superbe penderie que je viens de m'offrir.

— Tu as dit que tu venais pour m'aider, je dis à Vincent allongé sur le lit tout neuf tandis que je me bats avec les draps pour les plier.

— Rectification : tu m'as demandé si je pouvais être là quand tu recevras tes meubles. Je suis là. À aucun moment tu n'as parlé de rangement.

— Parce que tu crois qu'ils vont se ranger tout seul ? Ça doit être le vrai bordel chez toi.
Il me lance un coussin qui rebondit sur mon fessier et atterrit par terre.
— Je vois, je lui dis en grimaçant, tu trouves que je n'ai pas assez de travail alors tu me compliques la vie en foutant tout par terre.
— Fais une pause. On dirait une pile électrique. Décharge ta batterie une seconde et viens boire ton verre. Ton lit est hyper confortable.
Il est adossé sur les autres coussins restants, sa main droite brandissant un blanc glacé au gout pamplemousse. De guerre lasse, je regarde le linge entassé sur les chaises puis je me dirige sur le lit. J'avale une goulée gelée. Ça fait du bien.
— Sur un lit pareil, mon cerveau est en mode roupillon intense, me dit-il en dégustant son verre.
Il se met à ronfler. Naturellement que je lui jette un coussin sur la figure pour tenter de l'étouffer. Il se débat gentiment. Il sait qu'il n'a pas intérêt à laisser une goutte d'alcool se déverser sur les draps.
— Alors, tu me dis maintenant ce qu'il s'est passé ?
Je pourrais lui répondre que la curiosité est un vilain défaut. Cependant, je vais un peu mieux. J'ai moins de mal à en parler. Et puis je crois que cela me fera du bien d'exposer à voix haute ce que je ressens. Une façon d'affronter mes émotions en live, de les accepter puis de passer à autre chose.
— Tout était toujours très compliqué avec lui. Je m'y suis faite durant ces longs mois passés à observer qui il était et ce que j'étais devenue pour lui plaire. Est-ce que je l'aime vraiment ?
— Est-ce que tu l'aurais quitté si cela avait été le cas ?
— Est-ce que je n'ai pas eu ce que je voulais pourtant ?
— Tu en as peut-être eu marre de vivre comme une éternelle victime d'un sort douteux. Cette tendance enracinée en toi de tout faire pour qu'il aime ta petite personne n'a été qu'une

longue plainte, comme si tu t'imposais un refus inconscient d'être heureuse.

— Tu as changé de branche ? Tu es devenu psy ?

— J'ai refusé. Beaucoup trop de patientes à soigner. Toi au moins tu es guérie. Fini la princesse Disney qui croit aux miracles.

— Aujourd'hui je suis Sophie terre à terre qui ne croit plus à rien.

— Comment tu as fait pour tomber raide dingue de lui alors qu'il est chiant comme la pluie ?

— Et qu'il préfère encore plus son boulot, ses contrats et son fric que *moi* ? S'enticher d'un mec pareil, qui n'est jamais d'accord avec ma vision de la vie, qui ne m'aime que sous certaines conditions, qui me fait espérer une vie remarquable à ses côtés seulement si je le vénère chaque jour en m'oubliant à chaque fois ? Je n'en sais rien.

— Ouais, j'ai connu ça. Tu n'identifies plus tes besoins, tu ne cernes plus ce qui te plaît ni qui tu es.

— Comment tu t'en es sorti, toi ?

— En l'oubliant. Et pour cela, je n'ai gardé que les mauvais souvenirs.

— Tu as raison. Si c'était le mec génial, il aurait du me rendre heureuse. Aucune sensualité au quotidien, que des problèmes que je devais résoudre pour ne pas le brusquer. Une chochotte, une soumise, prosternée devant mon dieu. Ma vie n'avait plus aucun sens. Ce n'est pas qu'elle en a maintenant. Mais tout de même je suis digne d'être aimée pour ce que je suis. Ou rester seule. C'est la flamme qui s'est éteinte et notre sexualité s'est transformée en cendres. Par ma faute je le sais bien. Mais je me suis assez consumée. Il ne reste aucune braise incandescente. Je suis apte à prendre le voile car je n'ai plus envie qu'on me touche. Ma relation avec Jordan a été catastrophique finalement pour mon épanouissement personnel. Je suis vidée, sans enthousiasme pour un futur incertain. Vraiment, si c'était ça ma leçon d'une nouvelle vie, j'aurais pu tout aussi bien me faire larguer l'année dernière.

— Comment ça ?

Zut. J'ai dérapé.
— Le vin me fait perdre le fil de mes pensées. Je voulais dire que je commence une nouvelle vie. Et la leçon de ma nouvelle vie est celle ci : je suis une femme bien mais aucun homme ne le verra jamais. Il y a de quoi déprimer. Bon allez zou ! Toi tu prends les couvertures et tu les places sur l'étagère du haut. C'est fastoche, elles sont déjà pliées.
Il souffle mais il se lève.
— Dis Vincent, tu m'accompagnes samedi à Cap 3000 pour faire du shopping ?
— Dis moi, tu me considères comme un compagnon gay ou quoi ?
— Quoi ? Renouveler ta garde robe n'est pas une mauvaise idée.
— Je ne suis pas une drag queen non plus. Ma *garde pantalon* est plus dans mon style. D'accord, je pensais que c'était pour te suivre dans toutes les boutiques, attendre des heures devant les cabines d'essayage en train de porter tous tes sacs.
— T'es vraiment un casse couilles. Faire du shopping pour tous les deux. Il y a les soldes en plus.
— Je ne sais pas, tout dépend. On ira manger gras après ?
— Fast food et régime ensuite. Faudrait pas retourner dans les boutiques pour faire des retouches.
— Je suis partant. Il faut absolument que je me déniche des tee-shirts moulants pour que me pectoraux et mes bras musclés se voient bien.
— Ça va être dur de trouver des tee-shirts magiques.

28

Il ne reste que deux semaines avant le 1ᵉʳ septembre. Fichu calendrier qui m'obsède maintenant alors que j'avais réussi à être bien dans ma peau et dans ma vie. J'appréhende un peu. Car le temps s'accélère. Je ne sais pas si c'est une bonne idée d'être en vacances car mon cerveau, libéré des impératifs du boulot, part complètement en vrille. Je ne peux pas dire que c'est nouveau pour moi. Je n'arrive jamais à méditer pour faire le vide. Je vais peut-être me mettre au yoga et suivre des séances de relaxation intense pour me recueillir dans le silence de mon esprit. Pour cela, il me faudrait des cours intensifs. C'est le soir que je suis le plus amoindrie. Voir le jour qui se couche devant la nuit qui se lève me panique un peu au fil du temps. Que va-t-il se passer ? Est-ce que je vais encore faire un bond dans le passé ? Vais-je me retrouver de nouveau en 2019 ? Aurais-je toujours mon poste ou devrais-je encore recommencer toute la série d'événements déjà vécus en doublon ? Vais-je revoir Jordan ? Est-ce que je vais refuser un rendez-vous pour ne pas avoir à subir une autre année de misère ? C'est alors que l'image de Vincent m'apparaît. Et je souris immédiatement. Je suis heureuse de l'avoir fréquenté. Dans ma première vie il n'avait pas été là pour me faire rire de mes sottises. J'avais changé de trottoir pour ne pas le rencontrer et ensuite je ne l'avais plus croisé. Car je n'étais plus monté à Bouyon. S'il y a quelque chose que j'ai aimé dans ma seconde vie c'est de l'avoir rencontré. C'est le seul qui m'a aidée. Le seul qui m'a fait rire quand mon monde s'écroulait. Sans trop savoir pourquoi ni comment alors qu'avant je me sentais plus faible que jamais, aujourd'hui j'ai tout le courage du monde qui bat en moi. Et c'est à Vincent que je le dois. Je me sens forte à nouveau. Il m'a fait promettre que plus jamais je ne laisserai qui que ce soit me faire croire que je suis inconstante. Je m'approprie la maxime que Vincent rabâche à longueur de temps : Qui vivra verra. Si j'ai un vœu à formuler ce serait de garder contact avec lui... si jamais je devais tout recommencer. Je réalise en fait que c'est son amitié qui me manquera le plus. Je dois me calmer devant les journées qui défilent, en écoutant le tic tac du Temps se précipiter pour mon plus grand malheur finalement. C'est pourquoi je cours voir Vincent. Il m'a proposé de manger avec lui un sandwich pris dans le hall de l'hôpital. Il n'avait que quinze minutes de pause et... il me les a accordées. Nous nous asseyons à l'extérieur sur des bancs de pierre. Un monde fou est déjà installé à l'ombre des quelques arbres qui parsèment la cour. L'été nous insuffle son air brûlant. La canicule est sur toute la ville. Pourtant je me sens bien. Je me sens radieuse. D'ailleurs depuis le départ de Jordan, j'ai vu Vincent quasiment tous les jours. Et si ce n'était pas le cas, je l'avais au téléphone. Quelques petits mots gentils, une petite blague par ci par là. Rien de tel pour me faire du bien. Quand je pense qu'il est passé de simple inconnu à une personne qui me rend heureuse, je reste encore stupéfaite de l'exploit. Il m'a fait oublier tout ce qui était mauvais dans ma vie. D'ailleurs tous mes amis me trouvent rayonnante. C'est une première ! Il est devenu cette personne avec laquelle j'ai envie de parler le matin en premier et la dernière à qui j'ai envie de dire *bonne nuit* et *à demain*. Et attendre le lendemain avec une impatience quelque peu retenue. Car je crains de me réveiller de nouveau le même jour de l'année dernière et de devoir tout recommencer. Est-ce que notre relation amicale se réalisera encore ? Il est assis à côté de moi et sa voix calme et grave me procure déjà une grande paix. Son sourire m'enchante. Son regard sur moi me plaît. J'apprécie même ses taquineries. Il est très difficile pour moi de comprendre ce qui m'arrive. Il est encore plus ardu de déchiffrer mes sentiments. Car, comment ai-je pu expulser Jordan de mes pensées sans aucune souffrance si l'on s'en tient au fait qu'en compagnie de Vincent je suis aux anges. C'est alors qu'une grande perche blonde s'approche de nous avec un air béat d'admiration. En fait c'est de Vincent qu'elle s'approche. D'une petite voix mielleuse, elle s'excuse de nous déranger.

Aurait-il quelques instants à lui consacrer au sujet d'un patient de la chambre 16 ? En disant cela, elle lui tend une feuille. Vincent se lève et lui dit qu'il lui manque l'ordonnance.
— Oh je vais la chercher ! Quelle tête de linotte, réplique t-elle en minaudant.
Sa voix est un peu rocailleuse et son air ne m'inspire aucune confiance. Vincent n'a pas l'air de mon avis parce qu'il s'excuse auprès de moi de me laisser seule un instant puis il se tourne vers la blonde infirmière en lui disant tout sourire :
— Je vais la chercher. Attends moi, j'irai plus vite, je sais où je l'ai posée.
Et le voilà qui s'élance vers le bâtiment puis disparaît dans l'entrée. La blonde créature ne me regarde même pas. Je dois être complètement transparente. Peut-être que je viens de boire un café enchanté qui rend invisible. Mais je n'ai pas envie de rire. Je n'ai même pas envie de lui parler. Elle non plus à l'évidence car elle se dirige lentement vers l'entrée. Je compte les secondes. Au bout de 90, Vincent réapparaît. Je le vois discuter tranquillement avec miss tête de linotte en tenue verte d'infirmière. Heureusement que le pantalon est de rigueur et que la veste de la même couleur est tout aussi nauséabonde. Puis, une autre tenue verte s'approche d'eux avec une tête elle aussi blonde posée dessus. Qu'est-ce qui se passe dans cet hôpital ? Ils n'embauchent que des femmes vikings ? Puis une autre arrive aussi. En dix secondes, Vincent est entouré par quatre fichues bonnes femmes. L'apparition instantanée de clones n'a pas l'air de le traumatiser. Je regarde la scène de loin et je me sens un peu énervée. Je crois que je ne supporte pas que les yeux des femmes détaillent Vincent tout en formant un cœur sur leur bouche dès qu'il ouvre la sienne. Il n'y a pas de doute, elles minaudent bel et bien. J'ai le sentiment qu'elles veulent me le voler. Alors que je veux être la seule à ses yeux, lui est vachement occupé à regarder ailleurs. Et il leur rend leur sourire en plus. Surtout à cette grosse vache aux sabots blancs rembourrés de cuir marron. Elles sont vraiment super moches ses chaussures. J'ai envie de me lever et de courir vers elles en gueulant que ce mec est à moi ! Et qu'elles sont toutes les quatre

de grosses nulles. Je secoue la tête et je me force à détourner le regard de la scène qui se joue à quelques mètres de moi. Jusque là ça semblait super d'avoir quelqu'un avec qui partager des moments agréables. Mais c'est aussi effrayant de penser à quel point il est facile pour *lui* de tout simplement partir loin de moi tout en emportant mon petit bonheur sous le bras.
Je me redresse vivement. A qui je pense quand je dis cela ?
Ce n'est pas à Jordan.
Ce *lui* ne lui est pas du tout destiné.
Alors.....*Vincent*.... ?
— Tu parais soucieuse, me lance Vincent.
Naturellement que je sursaute. J'avais baissé la tête et il n'était plus dans mon champ de vision. Je lève les yeux sur lui. Il est tout sourire.
— Tu étais en train de parler avec toutes ces femmes, je lui réponds un peu vertement. Dont l'une en particulier, celle à la voix rauque.
— Sybille. Elle est infirmière de garde et je devais lui donner des détails pour la sortie prochaine d'un patient.
— Une infirmière ? j'insiste d'une voix lourde. Sa voix est tellement rocailleuse qu'on s'y tromperait.
— Elle a la voix d'une chanteuse de blues.
— Je suis sûre que c'est un homme.
Il se met à rire. Il a l'air vraiment content de lui et de sa petite cour.
— Tu exagères toujours, répond-il gentiment. Elle n'a rien de masculin.
— Moi je la trouve complètement virile.
— Tu serais pas un peu jalouse toi ?
— N'importe quoi. Je suis simplement stupéfaite.
— Mais de quoi ?
— Que tu fréquentes des transsexuels.
Il me regarde, le rictus toujours dans le coin de sa bouche. Je baisse la tête et je sens qu'il m'observe. Je pourrais me lever et exploser de rire pour détendre l'atmosphère. Enfin... pour me détendre. Parce que Vincent, lui, a l'air totalement décontracté.
— Je t'adore, lance t-il d'une voix douce.

Son timbre chaud déclenche un lot d'émotions qui me titillent le cœur. Je le sens d'ailleurs se rétracter une seconde sous la chaleur. Je suis immédiatement touché en profondeur par son intonation et par ce qu'il vient de me dire. Ce n'est pas la première fois qu'il me dit ça d'ailleurs. Mais aujourd'hui, je le reçois différemment. Sa voix me rassure et me berce. Une voix affirmée, chaude, douce, posée.
— On aurait pu aller manger un morceau après. Ah non, je ne peux pas. Je suis pris ce soir !
Je lève la tête et je croise son regard. Fixe et intense, je me sens défaillir. Mais qu'est-ce qui m'arrive ? J'ai une tumeur au cerveau qui me fait dérailler. Je vais devoir aller consulter. Peut-être que c'est ça finalement. Comme les héros d'une série que j'ai regardée il y a quelques années, je suis déjà morte et je ne le sais même pas en fait. Ce que je vis actuellement je dois le vivre dans une bulle sans fin car j'ai quelque chose à comprendre avant de quitter ce fichu purgatoire. Je suis perdue et je cherche un sens à ma vie. Si c'est ça, c'est trop cruel. Ou alors je dois arrêter de regarder des séries. Ses yeux me fixent toujours, je suis dans un état second. Ce n'est pas la première fois que je ressens une telle émotion. J'ai toujours aimé être avec lui. La peur que je ressentais à l'idée que Jordan me quitte n'est rien comparée à celle que je commence à entrevoir si jamais Vincent me laissait tomber. C'est lui.
C'est lui qu'il me faut.
Je crois que je mérite amplement la Palme d'Or de la plus grosse andouille. C'est pour ça que j'ai revécu cette année. Car dans mon ancienne vie, j'avais laissé tomber Vincent, trop occupée à fantasmer sur un autre beau gosse. J'étais attirée par le style hommes d'affaire fringant qui s'affichent dans de supers bolides. Mais j'en suis revenue du style tape à l'œil. On s'en lasse quand il n'y a rien derrière la façade flamboyante. Je suis profondément bouleversée par cette découverte. Vincent me fait un petit signe de la main. Je le vois se diriger vers la blonde créature. Heureusement que fusiller du regard reste une expression, sinon il y aurait eu un sacré carnage devant l'entrée

de l'hôpital et cette fichue Sybille aurait disparu de la surface de la terre.

Non, ce n'est pas possible ! Il n'est pas du tout mon genre. D'abord, il ne correspond pas à mes critères physiques de sélection. Ensuite... Ben ensuite... ensuite... (je fronce les sourcils, je me concentre) ensuite... ça va.

Est-ce que je suis vraiment dans la cour, les yeux fixant le ciel à la recherche d'une réponse écrite en lettres fluo à la question absurde que je me pose ? Et la question absurde étant celle qui n'arrête pas de me houspiller le cerveau : Mais qu'est ce qu'il m'arrive *encore* ? Le *encore* étant le summum de la cruche attitude, celle qui me reste fidèle depuis que j'ai commencé à me poser des questions sur ma deuxième vie. Sans jamais trouver de réponse, cela va sans dire. Il faudrait plutôt que je désactive mon cerveau. Je réfléchis trop. Et mal. Mes pensées s'emballent et je ne réussis pas à me calmer. Je suis stressée, abattue et complètement à la ramasse. Vincent n'a jamais été le type d'homme perché sur mon podium, tenant fièrement la médaille du grand vainqueur. Et pourtant, il s'y tient maintenant sur la première marche, triomphant, conquérant. Le lauréat dans toute sa splendeur. Comment a-t-il fait pour balancer tous les éphèbes blonds au-delà des marches, briser ces mêmes marches et se tenir solitaire et conquérant sur le ring ? Je perds pieds, je suis en train de me noyer. Les abysses m'engloutissent et je ne peux plus respirer. Je dois remonter à la surface, maintenir ma tête hors de l'eau. D'accord je suis déroutée. Mais ce n'est pas comme si c'était la première fois. Je devrais y être habituée à force. Et c'est alors que je visualise le visage de Vincent, avec son regard qui me perce à jour et son sourire qui fait fondre toutes mes résistances. Je me sens mieux tout à coup rien qu'en pensant à lui. Il est ma bouffée d'oxygène, mon petit rayon de soleil. Je l'ai toujours écouté. Toujours j'ai suivi ses conseils, sans le réaliser consciemment. Ses opinions ont toujours beaucoup compté pour moi. Dès notre première rencontre, j'ai recherché secrètement son approbation. Et je me retrouve maintenant, presque un an après, à comprendre qu'il est le seul homme au monde qui pourrait me convenir.

Vincent....
J'ai appris à connaître au fil du temps le genre d'homme qui me fait fondre. Et ce n'est pas un brun vêtu de jeans. Pourtant, toutes mes anciennes conquêtes sont devenues de véritables échecs. C'est peut-être pourquoi mes neurones ont cramé tout ce qui me faisait pencher du mauvais côté de la balance pour m'emmener dans une autre direction. C'est fièrement qu'elles se sont focalisées sur un test audacieux : *tu devrais essayer un type qui n'est pas ton type*. Tout s'est joué en une année. Mon inconscient m'a prise par traîtrise. Comme Vincent ne correspondait pas du tout à tous ceux qui m'ont fait souffrir, *on* lui a laissé un peu de temps. L'attirance physique s'est construite doucement mais sûrement. Si on m'avait dit un jour que je serai attirée par Vincent, j'aurais ricané. Et pourtant aujourd'hui, je sais ce que je veux. Tout est limpide. L'admiration que j'ai toujours ressentie pour sa façon de vivre, de parler et d'agir m'a amenée tout doucement sur le chemin de l'attirance. Il a ce quelque chose de spécial qui le rend irrésistible. Mon petit cœur s'est ramolli.

C'est un bon ami. Je n'arrêtais pas de me le dire comme pour m'en persuader. Et cela a marché. J'ai embobiné tout le monde avec notre soi disant amitié, j'y ai cru moi-même. Et maintenant que tout le monde est convaincu, Vincent compris, je réalise que je ressens autre chose qu'une simple camaraderie. Mais pour lui, qui suis-je ? Sa confidente, celle avec laquelle il aime rigoler. Je ne peux plus être cette simple amie. Je suis une femme intéressante, désirable, une femme déterminée qui sait prendre des initiatives. Bon... ça c'est pas encore gagné car comment faire pour me sortir de la friend zone ? Lui dire tout ce dont j'ai envie maintenant ? Je veux faire l'amour avec lui, je veux des petits messages du soir, des discussions nocturnes, des coups de fil, des petits surnoms, des attentions, une affection constante. Il m'est devenu indispensable. Mon corps est impatient, il l'attend. Il réclame sa voix, son regard, sa présence. Le sentiment d'urgence fait de nouveau son apparition, me culpabilisant d'avoir perdu trop de temps. Il ne reste que deux semaines avant le 1er septembre et je ne sais toujours pas si ma vie va continuer. Je sais que je n'aurai pas la force de tout recommencer. Et surtout je n'ai pas envie de perdre ce qui nous lie actuellement Vincent et moi. Même en recommençant une année, rien ne pourra être aussi parfait entre nous. Je n'ai plus beaucoup de temps, je dois me montrer attirante pour qu'il ouvre les yeux lui aussi. Tant pis si je ne suis pas son type de femme. Et lui alors ? Il n'est pas du tout mon type. Par conséquent, il pourrait faire un effort. Naturellement la peur refait surface car si rien de concret ne se passe entre nous, je vais briser notre amitié. Mais je préfère vivre *sans lui* plutôt que de subir en simple figurante tout ce qui va lui arriver *sans moi*.

29

Bien sûr le matin au réveil je pense différemment. Mes sentiments pour Vincent sont toujours évidents. Mais je suis une autre femme maintenant. Une femme qui sait ce qu'elle attend d'une relation. Je dois réfréner mes pulsions destructrices qui m'enthousiasment, me précipitent et me gâchent tout. Je hais ce sentiment urgent qui me gagne à chaque fois que je tombe amoureuse. Je hais encore plus le temps qui a défilé sans me faire réaliser plus tôt ce que je ressentais vraiment. Je ne dois pas me précipiter au risque de tout détruire. Seulement le temps défile et je ne peux pas mettre en pratique une attitude plus réfléchie et me montrer patiente. Me jeter dans les bras de Vincent serait une erreur si jamais il ne ressentait pour moi que cette stupide amitié que nous avons créée tous les deux. Qui ne tente rien n'a rien. Mais si ça se trouve, il va mal le prendre. Ou alors la magie opérant, il va réaliser lui aussi que je suis la femme qu'il lui faut et tout se terminera dans un happy end digne de la plus belle romance de l'été. S'il arrive bien sûr à digérer ce que je vais lui avouer. J'aurais du mal à passer à autre chose si jamais je lui suis totalement indifférente. Je l'imagine bien me répondre avec douceur que je ne dois pas espérer un changement dans notre relation car il ne pourra jamais éprouver autre chose que ce qu'il éprouve actuellement : une tendresse fraternelle.
Mon téléphone sonne. Mon cœur fait un bond en avant comme s'il voulait sortir de mon corps. Je dois à tout prix relativiser, me détendre et agir normalement quand je vais répondre à Vincent. Il va sans doute me raconter sa soirée de la veille. Surement avec cette blonde antipathique qui lui a fait les yeux doux.
Jordan ?

Mais qu'est ce qu'il me veut ? Quand je pense qu'il n'y a pas si longtemps je le considérais comme le plus admirable des hommes et maintenant il m'exaspère à peine je prononce son nom. Mes sentiments pour lui, au contraire de tout ce que je me suis imaginé, étaient assez fragiles finalement. Tout allait pour le mieux, ensuite le doute est arrivé, puis je ne ressentais plus rien, quelque temps après je pleure et je crie mon désespoir et maintenant je ne veux plus jamais le revoir. Les montagnes russes, je les laisse volontiers à une autre femme qui aime les sensations fortes. J'ai fait un choix. Notre histoire est finie. Définitivement. J'ai déjà accepté cette idée. Cela n'a pas été facile. L'étape est franchie. Il est trop tard pour faire marche arrière. Je ne veux plus de lui. La sonnerie s'arrête. Puis le bruit d'un texto se fait entendre. Au même moment on sonne à la porte. J'attrape le téléphone qui affiche le message de Jordan et j'ouvre la porte les yeux fixés dessus.
— Tu ouvres sans regarder ?
Je sursaute devant l'apparition de Vincent. Sa main est posée sur le mur, étirant son bras pour laisser apercevoir sa peau brunie par le soleil.
— Ça pourrait être n'importe qui, continue t-il sans bouger d'un pouce, un serial killer, un vendeur de calendriers, toi tu ouvres, naïve et insouciante les yeux plantés sur ton téléphone. Sûrement la chose la plus intelligente à faire quand on ouvre à un inconnu.
Je ne sais pas quoi répondre. Alors je ne réponds rien. Je lâche juste un rictus qui pourrait l'apitoyer car il n'a pas tout à fait tort du reste. Je lui fais signe d'entrer d'un geste de la main. Il a eu le temps de voir le prénom de Jordan sur mon téléphone car je l'entends ronchonner alors qu'il est toujours sur le palier. Sa voix est un peu bourrue quand il me parle à nouveau.
— Je pensais que tu en avais fini avec lui.
Je me retourne alors et je lui fais face. Ma stupeur est passée, j'ai réussi à cacher la rougeur de mes joues devant sa visite surprise. Je réussis même à lui répondre tranquillement :
— C'est terminé. Il veut juste qu'on parle. Je croyais avoir mis les choses au clair. A moins que ce ne soit qu'une ruse pour

m'amadouer. De toute façon, je n'ai pas envie de lui parler parce que… je me contrefiche de tout ce qui pourrait sortir de sa bouche.

— Je ne peux pas lui en vouloir d'essayer. Tu es quelqu'un qu'on n'oublie pas facilement.

Son regard posé sur moi, toujours dans la même posture, toujours sur le pas de la porte, Vincent a l'air tout à fait serein. Tandis que moi je me ramollis de l'intérieur après ce qu'il vient de dire. Il n'y a sans doute rien à décrypter dans sa phrase, si ce n'est un petit compliment anodin. Je ne vais pas commencer à me faire des films, imaginant des choses qui n'existent pas réellement. Je dois laisser mon imagination de côté si je ne veux pas me brouiller la vision d'un ami faisant un compliment à une amie et m'élancer sur lui en plein délire. Il ne manquerait plus que je sois ridicule à ses yeux si je lui demande de plus amples informations sur sa phrase. *Ah Bon ? C'est-à-dire ? Argumente un peu*. Oh et puis après tout, je ne vois pas pourquoi je me tairai.

— Comment peux-tu savoir ? je lui réponds en me la jouant moi aussi hyper décontractée. Tu as déjà essayé de m'oublier ?

Je lui fais un large sourire, légèrement taquin, je plisse les yeux et je le fixe d'un air tout aussi curieux. Il n'a toujours pas bougé. Et ses yeux sont toujours fixés sur moi. Il me semble même avoir entraperçu son regard se poser sur mes lèvres. Juste un instant. Ce n'est pas la première fois que je fonds devant son regard. Ses yeux sont des armes qui neutralisent toutes mes angoisses et comme il maintient toujours le contact, je me sens de nouveau connectée à lui. Mon rythme cardiaque s'accélère. Je me sens divinement bien sous la protection de son regard. Il me fascine, me captive, je suis ensorcelée. J'ai l'impression que le monde vient de s'arrêter de tourner, immobile devant l'attraction puissante que lui me procure. Je n'ai qu'à tendre la main et je pourrai toucher sa joue, légèrement cachée par une fine barbe. Je me sens prête à bouger. Pour poursuivre ce moment parfait et le rendre plus intense encore. Sa bouche contre la mienne. Un baiser tendre et appliqué. Est-ce que je décode vraiment bien les signaux que ses yeux perçants

m'envoient ? Ce baiser que mon corps réclame, impatient. Et pourtant je suis terrifiée à l'idée de gouter à ses lèvres. Va-t-il aimer ? Va-t-il me repousser ? Est-ce qu'il a en a envie ? Je dois me décider. Je vais me décider et me jeter à l'eau. Je dois lui montrer le désir qu'il m'inspire pour voir s'il est prêt à poursuivre l'aventure. Eveiller son désir pour qu'il me regarde *autrement*.
— Sophie !
Je me réveille de ma torpeur et je me tourne machinalement vers la voix qui vient de me parler. Jordan vient de sortir de l'ascenseur. En l'espace d'une seconde, il réussit à détruire la tension sexuelle que Vincent m'a procurée. Il vient de vider mon esprit, mes poumons et mon cœur. Je suis tétanisée, affaiblie et je me sens complètement stupide. Si je n'étais pas aussi abattue par sa présence improvisée qui m'a gâché le moment de bonheur dans un silence chargé en émotions que seul Vinent réussit à créer autour de moi, j'aurais volontiers lacéré le corps de Jordan de mes ongles. Je peux encore le faire car c'est à ce moment que Vincent enlève sa main du mur, se redresse en soufflant doucement et... s'en va. Sans un mot, il dépasse Jordan, s'engouffre dans l'ascenseur. Je regarde les portes se refermer sur lui alors qu'il se tient de profil, le dos appuyé sur les parois, les portes se referment. Il est parti.
Heureusement que j'ai été élevée dans un cocon familial tout ce qu'il y a de plus traditionnel et normal car il est fort à parier que j'aurais pu finir enfermée dans une cellule capitonnée ou au fin fond d'un trou d'une prison de haute sécurité si mon éducation avait été faite sous des auspices moins heureux. Car à l'instant où l'ascenseur s'est refermé, emportant avec lui toutes les ondes positives ressenties auprès de Vincent sans m'en laisser la moindre miette, j'ai failli me jeter sur Jordan pour le frapper. Dans le but de lui faire très très mal en plus. Du genre à lui saccager son visage de fouine sous mes talons. Heureusement donc que j'ai réussi à dominer cette violence, prenant sur moi pour ne pas déraper et devenir l'ennemi public numéro un recherché par toutes les forces de l'ordre. Au moment même où

je me félicitais intérieurement de la formidable maîtrise de mes nerfs, Jordan me dit :
— Il est toujours dans tes pattes celui là.
Cette seule phrase a suffi. J'ai bien surpris son regard maussade, sa voix accusatrice, son timbre impérieux et son attitude hautaine. Jordan est une machine créée pour pulvériser mes sensations dans le but d'y incruster les siennes. Je ne suis plus une vulgaire éponge qui absorbe toutes les vérités de cet homme que j'ai porté aux nues depuis tellement longtemps. La même erreur reproduite depuis mes premières amours, encore et encore jusqu'à épuisement. Le mépris qu'il affiche ouvertement envers Vincent m'a ouvert les yeux. Tout est devenu si limpide que je me demande qui m'a posé des œillères depuis mes dix sept ans. Et cette expression désabusée, hargneuse « Il est toujours dans tes pattes, *celui là* ! » a réussi à elle seule à nettoyer tout ce qu'il pouvait rester de regrets au fond de moi. Vincent, gentil, attentionné, prévoyant. Le contraire absolu de tous ceux que j'ai rencontrés et aimés. Je lance un regard noir à Jordan et j'ai la surprise de constater que plus jamais il ne pourra me faire de mal. Les petits regrets, les doutes, les sempiternelles questions concernant le bien fondé de ma séparation, tout est parti en fumée. Un gros chalumeau a cramé tout ce qui pouvait rester de mes lamentations idiotes et ridicules. Je souhaite du courage à la prochaine qui me remplacera dans ses bras. Comment ai-je pu être aussi sotte pour avoir vu en lui l'homme idéal ? Le souvenir de nos corps entremêlés dans ce que je croyais être de l'amour, la braise qui irradiait mon corps dès que ses mains se posaient sur moi, nos nuits d'ivresse, mon adoration… je ne les ai pas oubliés. Je me revois, je contemple ma souffrance là où je croyais être heureuse : sa façon de me rudoyer puis de me faire croire que je comptais pour lui, ses mensonges, sa trahison même dans toutes les jolies paroles qu'il me lançait et qui n'étaient que des mots pourris. Je choisis juste de les bannir de mon esprit. Balayés, excommuniés. Ma lente agonie n'a plus aucune raison d'être et la raison en est toute simple : il pourra dire ce qu'il veut, il pourra agir de la manière qu'il voudra, jamais il ne

pourra être à la hauteur de Vincent. Je me découvre une force nouvelle qui m'aide à délimiter mon territoire personnel devant Jordan. C'est terminé. Je ne ressens plus un brin de tristesse devant l'échec de ma relation avec lui. Est-ce que j'ai bien fait de le quitter ? Ai-je raison de ne pas nous accorder une autre chance ? Est-ce que j'arriverai à gérer ma solitude ? J'ai franchi un cap. Car je sais maintenant que la réponse à toutes ces questions est bien évidement un grand oui sonore.

30

Bien.... Maintenant que mon esprit est aussi clair qu'une goutte d'eau pure, je devrais pouvoir m'en sortir. Je ne vais pas rester les bras croisés à attendre que le destin daigne jeter un regard attendri sur mon existence pitoyable. C'est à moi de prendre ma vie en main et d'épingler sur chacun de mes neurones les bonnes décisions concernant mon propre bonheur.
Vincent donc.
Comment changer la done pour qu'il s'intéresse un peu à moi ? Nous sommes le 30 août, il ne me reste pas beaucoup de temps pour l'enfiévrer et faire de lui un lover pour moi toute seule. Deux jours, c'est pas suffisant, merde ! Plusieurs solutions s'offrent à moi :

* Y aller carrément en me jetant sur lui délicatement et l'embrasser un peu de force en y mettant ma plus grande dose de sensualité. Je ne crois pas qu'il rechignerait à un pur moment de délice buccal avec une femme. Mais avec *moi* ? Si je ne suis pas une femme à ses yeux mais juste un petit être vivant à forme humaine qu'il apprécie comme une petite sœur, je risque de le traumatiser à vie. Cette solution, je la garde en réserve. Elle sera mon plan Z. Il doit y avoir mille autres façons de procéder avant de concrétiser ce plan de la dernière chance.

Je me pose sur le fauteuil, un verre de blanc glacé à la main. Je suis persuadée que cela va m'éclaircir les idées. D'ailleurs une autre idée arrive dès ma troisième gorgée.

* Le rappeler immédiatement en lui disant que j'ai besoin de le voir. Il va s'inquiéter et rappliquer car il est persuadé que je ne

vais jamais bien. Ce qui n'est pas une bonne chose en soi si j'y réfléchis bien mais bon... je pourrais lui raconter ma vie, les erreurs que j'ai commises, la chance que l'on m'a donnée de tout recommencer et de réaliser grâce à la magie de la vie que c'est lui que j'aime. Mais... là aussi je risque de lui faire peur s'il se met à penser que je suis une folle puissance dix qui s'ignore en croyant se balader dans l'espace et le temps.

J'abandonne cette idée.
Je bois une autre gorgée de vin. Puis une autre encore.

* M'habiller en tenue sexy légère comme ce début de soirée d'été qui insuffle sa douceur au travers des fenêtres ouvertes. Un décolleté sur une robe fluide qui laisse apercevoir mes formes. Là, normalement, ses yeux devraient se révulser de désir devant la découverte de ma chair. Ou alors (et là c'est après avoir commencé une vodka orange) je l'invite à m'accompagner à la plage. Il me verra presque nue, laissant mon corps brunie par le soleil en pleine exposition de ses yeux. Il va dégouliner de bave en me voyant sortir de l'eau à moitié à poil.

Je me mets à rire bêtement. Je ne sais plus à combien de verre j'en suis arrivée. Mais il fait si chaud et j'ai donc logiquement soif.

* Ou alors encore mieux ! Je monte à Gilette pour le surprendre chez lui et, par inadvertance, je tombe dans sa piscine. Quel homme rechignerait devant un tee-shirt mouillé ? Une idée géniale et idéale pour un été très chaud.

Et je me mets à ricaner de nouveau. Je suis d'excellente humeur et tout me paraît réalisable.
Il est 19h40. J'attrape mon portable et je lui envoie un message.

Tu es où exactement, dans les moindres détails ?

A l'hosto, je mange un panini à l'ombre des arbres.

Est-ce qu'autour de toi fourmillent des blondes créatures à la voix rocailleuse ?

Je suis seul, à l'abri des regards.

Tu as un peu de temps pour moi ?

Je prends mon service dans moins d'une heure.

J'ai un truc à te dire.

Oui, quoi ?

J'arrive.

Mon état d'excitation m'empêche carrément de prendre le volant. Je suis heureusement encore vigilante et j'appelle donc un taxi. Durant le trajet, je prépare mes phrases pour ne pas me retrouver devant lui tétanisée comme à chaque fois qu'il me fixe. Mon plan Z me plaît carrément. C'est franc, c'est honnête, c'est même très cool. Je souris aux anges durant les cinq minutes que dure le trajet. Une fois arrivée, je demande au chauffeur de m'attendre car je n'en ai que pour cinq minutes montre en main. Il s'en fiche de toute façon, ça lui fera du chiffre. J'aperçois Vincent assis effectivement à l'écart. Il porte sa blouse blanche. Une main invisible tord déjà mon cœur dans tous les sens tandis que je remarque à quel point je le trouve beau. Ce n'est pas le dieu sur l'Olympe entouré de déesses prêtes à tout pour le satisfaire. Il est plus que cela. Un homme en chair et en os, le meilleur d'entre tous à mes yeux. Ses cheveux sont coiffés en arrière, sa légère barbe lui donne cet air un peu sauvage qui m'émoustille, toute sa physionomie respire le calme et la force. Tel un maître Yoda qui a su m'insuffler, à force de rencontres, de discours et de rire, un peu de cette grandeur. Ça y est, il m'a vue. Son regard se pose sur moi. Evidemment, ma gorge se noue mais je continue à avancer. Je peux le faire. Je me laisse porter par mon instinct qui me dicte la marche à suivre. Les yeux de Vincent toujours posés sur moi me rendent vulnérable et un relent de gêne et de timidité m'empêche de parler une fois que je me retrouve devant lui. Il est toujours assis, son regard appuyé sur moi, un peu étonné et curieux en même temps. Il ne me sourit pas mais pourtant le charme opère toujours. J'ai une forte envie de l'embrasser. Ce ne sera pas une étreinte timorée, je suis enflammée et désireuse de ne pas être recalée à ce test. Je ne peux pas parler et alors ? Celui qui a dit que *le baiser est la plus sûre façon de se taire en disant tout* est un véritable génie. En une fraction de seconde, je glisse mes deux mains contre son cou. Je sens une petite résistance de son côté comme s'il se demandait ce qui était en train de se passer. Je ne dois pas lui laisser le temps de réfléchir. Alors je maintiens son visage fermement et je l'attire vers ma bouche. La rencontre de ses lèvres sur les miennes est une merveille. Un choc frémissant, une friandise humide et fraîche. Je reçois dans mon cerveau des petites décharges électriques quand ma langue rencontre la sienne. Un baiser qui me fait tourner la tête, qui affole mes sens. Je suis partie dans une autre dimension faite de douceur. Je suis au-delà du temps, de la réalité et de l'espace, entraînée dans un vertige irradiant tout mon corps. Je m'imprègne de son goût et de son odeur. Les éléments se déchaînent, c'est une tornade, un raz de marée, un embrasement qui me clouent au poteau d'un désir grandissant. Et en même temps je suis dans l'œil du Cyclone faite d'une douce torpeur encerclée par la puissance de mon plaisir. C'est un baiser évident, incroyablement doux et impétueux en même temps. Trois minutes après, je suis sur le point de défaillir tant j'ai la respiration coupée. Un baiser en apnée a ses limites. Je me recule, j'ôte mes mains de son visage, je lui souris tandis qu'il me regarde les yeux agrandis et le souffle court. Je lui fais un petit signe de la main tandis que je repars en ondulant d'une manière correcte vers le taxi. Vincent n'a toujours pas bougé.

31

Je suis sur un petit nuage pendant que je me prépare pour la nuit. Et je m'endors totalement apaisée, béate, sûre de mon succès, avec une vision enchanteresse de mon avenir. Au matin, le réveil est plus dur. J'ai super mal à la tête. Même si je comprends ce qui m'a poussée à me désaltérer avec autant d'alcool, j'aurais pu éviter de prendre une cuite. C'est gamin, absurde, je frôle le ridicule. Heureusement que je ne me suis pas mise à boire à chaque fois que j'ai eu un problème dans ma vie, sinon j'aurais hyper mal fini. Des bribes de souvenirs apparaissent, ce baiser fou avec Vincent me picote encore les lèvres. Je me jette sur mon portable. Aucun message de Vincent. J'essaie de calmer ma peine en me disant qu'il a bossé toute la nuit et qu'il n'avait certainement pas le temps de me textoter. Il faudrait que j'aille chercher sur le net si une catastrophe nucléaire ne s'est pas produite à partir de 20 heures hier soir, entraînant les secours et naturellement les médecins de garde sauvant des vies. Seule excuse pour ne pas m'avoir envoyé au moins *un* message. Ça y est, je l'ai traumatisé ! Il a compris que j'avais des vues sur lui, des idées intimes malsaines étant donné que, me considérant comme sa petite sœur, il a trouvé mon geste écœurant, à la limite de l'inceste. Je l'ai véritablement choqué. En me remémorant la scène, c'est vrai qu'à aucun moment il ne m'a touchée. Ses bras sont restés figés et il est resté assis. Même pas un sursaut d'énergie ou d'envie pour se lever et me tenir serrée contre lui pendant que nos lèvres s'activaient. Il aurait pu au minimum se sentir lui aussi transporté par la passion. Ou même un *léger* intérêt. Un *iota* de contentement. Un *soupçon* d'euphorie. J'essaie de me rassurer en me disant qu'il a participé à ce baiser. A aucun moment je ne l'ai vu sur le point de vomir son désarroi. Il a sans doute été surpris. Si ce n'est que cela, je ne peux pas lui en vouloir. Si encore je m'étais réveillée en 1850 et que nos rôles avaient été inversés, sans doute que je l'aurais giflé pour exprimer mon mécontentement. Mais à notre époque moderne et heureusement normale, il n'y a aucune gêne pour qu'une femme fasse le premier pas. Bon il a été désarçonné, il doit se poser des questions. Alors, pourquoi il ne m'appelle pas ? Demain nous serons le 1er septembre. 2020 ? Ou 2019 ? J'ai tout de même plus de problèmes, *moi*, avec ce fichu temps qui m'a prise pour cible pour son plaisir personnel que *lui* qui s'est fait embrasser à l'improviste par une simple amie. Ce serait plutôt à moi de me sentir perdue. J'ai envie de l'appeler pour lui demander ce qu'il se passe quand un relent d'inquiétude me pousse à regarder la date sur mon portable. Non, tout va bien, nous sommes bien le 31 aout 2020. La scène d'hier soir s'est bien passée. Je passe mon dernier jour de vacances à ruminer dans mon coin, hurlant mon mécontentement, défaitiste, en crise et de nouveau complètement esseulée. Car je n'ai rien compris du tout. Je vais devoir supplier les forces temporelles qui guident nos vies pour ne plus me faire basculer dans le passé. Mes nerfs ne sont pas d'acier. Et ce petit jeu ne m'amuse plus du tout. Ou alors, ce serait un moindre mal que demain je me réveille de nouveau en 2019. Je saurai alors qu'il ne faut surtout pas devenir amie avec Vincent pour me laisser une chance de lui plaire. Je déprime grave car je ne sais plus où j'en suis. Je l'appelle, je ne l'appelle pas ? Mon hésitation dure la journée entière. Et il ne m'a toujours pas appelée. Je ne vais quand même pas faire le second pas en lui demandant d'une voix calme et sereine si tout va bien de son côté. Il va prendre peur s'il croit que je le harcèle.

Finalement, c'est sans doute cela mon destin : ne jamais comprendre rien. Si ce n'était pas la découverte de mon intérêt pour Vincent, peut-être que ma seconde chance n'était due que pour mon travail. Ok, je suis adjointe de la directrice et sans doute, comme me l'a signalé ma boss, dans trois ans au poste de directrice lorsqu'elle partira à la retraite. C'est donc ça ma vie : faire carrière.

A 19 heures, sans aucune nouvelle de Vincent, je baisse les bras. Je me prépare à aller au lit en parfaite pénitente qui attend le jugement du Temps bourreau qui va lui asséner un coup de hache si demain n'est plus demain. Je vais au lit comme une vestale de l'ancien temps en nuisette blanche, cheveux coiffés, peau lavée et parfumée, visage nettoyé de la moindre impureté. Je suis soumise, repentante, désolée de ne pas avoir réussi à déchiffrer le message qui m'avait été adressé dans ma seconde chance d'une nouvelle vie. Je vais devoir sérieusement penser à m'acheter des chats. C'est au même moment, le moment M où j'accepte la solitude amoureuse de ma vie pour le reste des années à venir, que l'on sonne à la porte. Je prends ça comme l'alarme m'indiquant que j'ai enfin compris quelque chose. C'est donc sans aucune émotion que je me décide à ouvrir la porte tout en pensant à ce que m'avait dit Vincent la dernière fois. Si c'est un vendeur de calendriers, sans doute y aura-t-il dans le lot un calendrier rempli de chatons. Ce sera un bon début avant de les avoir en vrai attendant mon retour du boulot en se vautrant sur tous les recoins douillets de la maison. Si c'est un serial killer... je pourrais l'apitoyer en lui racontant ma future vie déprimante entourée de miaulements. J'ouvre sans regarder, sans intérêt et sans joie évidemment. Ma surprise est d'autant plus grande que je ne m'attendais pas du tout à la venue de Vincent. Il se tient devant moi, l'air un peu énervé. Je vois les muscles de sa mâchoire bouger. Il ne va tout de même pas me mettre une mandale, monsieur de l'ancien temps qui n'accepte pas de lui avoir montré mon intérêt évident pour lui ?

— Tu avais bu ? C'est pour ça que tu t'es jetée sur moi ? Tu savais au moins que c'était moi ? Ou tu imaginais te jeter sur un autre ?

Oula ! Il est très énervé. Monsieur nous ferait-il une crise de nerfs ? Là, devant ma porte ?

— J'ai un peu bu hier soir, je lui avoue calmement en maintenant le regard sur lui avec beaucoup de naturel, j'avais juste besoin d'un remontant pour m'aider à faire ce que j'avais envie de faire et que j'ai fait. Je ne suis pas débile, je sais qui j'ai envie d'embrasser quand même.

Il ne me laisse pas le temps de finir. J'étais sur le point de faire mon mea culpa en lui détaillant point par point mon envie grandissante de le connaître mieux, mon intérêt grandissant pour lui au fil de cette année et lui demander d'oublier ce qui s'était passé si cela lui avait vraiment déplu. Mais il m'a déjà plaquée contre le mur. Il m'embrasse avec force, bien déterminé à ouvrir ma bouche pour la laisser passer, cette douce et humide langue que j'ai tant aimée. Ses mains s'invitent sur moi. Son désir est évident et vorace et il décuple le mien. La montée du plaisir me fouette, montant crescendo et cela me rend dingue. Je ne contrôle plus rien, mes sens sont en train de bouillir vu ma température. Il vient de m'ouvrir les portes de la paillardise. Car ces gestes sont à la fois tendres et crus. A chaque passage de ses mains je tressaille. Je cuis littéralement. D'un geste vif, il m'ôte déjà ma petite culotte. Ma nuisette est déjà à terre et je ne me souviens plus de l'instant où il me l'a enlevée, trop préoccupée par les vagues successives qui m'inondent de bienfaits. Je sens son souffle sur moi, ses mains sur moi et je suis bien. Dans ses bras, je suis à ma place, en totale cohérence avec qui je suis. Voluptueusement enlacés, nous basculons sur le lit. Il a du passer un doctorat de géographie du corps humain car il maîtrise à la perfection toutes mes petites zones érogènes. Il est un explorateur affamé de mon corps qu'il parcourt tendrement, doucement puis plus fort. Fabuleusement. Ma boulimie de lui me submerge littéralement. Il est patient et à l'écoute des sensations de mon corps qu'il caresse dans tous les recoins. Il pose ses mains, sa langue, ses lèvres. Il me mordille

de temps en temps et j'ondule de plaisir. Je me sens entière, chanceuse, rayonnante et légère, intimement persuadée que nous sommes faits l'un pour l'autre. Sans pleurs, sans angoisse, je laisse le bonheur m'envahir. A vingt trois heures, ivres de satisfaction, nos corps se relâchent enfin. C'est avec la respiration quelque peu coupée et un grand sourire aux lèvres qu'il me lance en me regardant fixement dans les yeux. Comme j'aime le regard qu'il pose sur moi !
— Tu fais quoi durant les cinquante prochaines années ?
Je me mets à rire. Il me prend dans ses bras.
— Tu m'as rendu fou Sophie. A partir du moment où je me suis rendu compte que j'étais dingue de toi, j'ai eu peur que t'avouer mes sentiments ne te fasse fuir. Je pensais que tu me voyais comme un simple ami.
— Et moi j'avais peur que tu me prennes pour ta petite sœur.
— Je suis venu la dernière fois chez toi pour t'avouer mes sentiments. J'avais tellement envie de t'embrasser et puis… ton ex est arrivé. Je me suis dit que je me trompais et que jamais je ne pourrai te le faire oublier. Et puis tu es venue et tu m'as… enflammé avec ce baiser improvisé.
— Tu parles ! Tu ne m'as même pas téléphoné.
— Excuse-moi mais tu m'as chamboulé. Tu ne sais pas dans quel état tu m'as mis. Tu ne sais pas encore à quel point je suis raide dingue de toi ?
Avec mes autres amants, le sexe était ludique et excitant. Avec lui, c'est plus fougueux encore. C'est à la fois sauvage et tendre. Avec lui, je suis rassasiée. J'aime déjà son caractère, son humour, sa capacité à me faire réfléchir et rire. J'aime sa façon de me colorier le cœur là où il était le plus souvent opaque et froid. A ses côtés, tout me semble logique. Nos discussions coulent de source. Nos mains aussi connaissent le chemin de nos corps comme si c'était évident, comme une rencontre que l'on attendait tous les deux depuis longtemps. Moi qui n'ai voulu vivre que des histoires passionnelles qui crament tout sur

notre passage, avec Vincent j'ai compris enfin l'essentiel. Avec lui, c'est beaucoup plus généreux, touchant, doux et aussi animal. Un amour constant. Simple et facile.

32

1er septembre :

J'ouvre les yeux dans la pénombre. Je suis à l'affut du moindre son. Aucune respiration à côté de moi. Suis-je seule ? Je n'ose aventurer mes yeux sur le côté gauche de mon lit car j'angoisse à l'idée que la place est libre. Il serait facile pourtant de connaître la réponse à ma question : j'ai qu'à m'activer un peu, tourner la tête, hurler le nom de Vincent pour le voir rappliquer s'il est seulement aux toilettes ou en train de préparer le petit déjeuner. Saisir mon portable et regarder la date. Plusieurs solutions s'offrent à moi et tout peut se régler très vite. Cela pourrait m'éviter une crise d'angoisse tout en détruisant immédiatement mes pensées déprimantes. Je suis plutôt curieuse de nature. Pourtant c'est plutôt une sorte de fatalisme qui me cloue sur le lit. Prenant sur moi, l'air totalement abattue, je me retourne enfin.

Personne.

Je suis seule dans mon lit alors que quelques heures auparavant, j'étais encore lovée dans les bras de Vincent. Je n'aurais pas du m'endormir. J'aurais du résister au sommeil et attendre le lendemain les yeux ouverts. Est-ce que j'aurai alors été témoin de la disparition du corps de Vincent à minuit et une seconde ? Se serait-il volatilisé dans mes bras à ce moment là ? Le voir disparaître de cette façon m'aurait certainement poussé dans la frayeur.

Il n'est pas là. La malédiction poursuit sa route macabre sur mon cerveau atteint par la démence. Je ne pourrai jamais recommencer une autre année 2019. Et si je prenais plutôt cet exercice temporel comme un moyen de vivre éternellement dans la jeunesse ? Si le temps s'arrête pour moi le 31 aout 2020 et recommence inlassablement sa marche funèbre, je pourrais en conserver le seul bienfait qu'il me procure : ne jamais vieillir. Il faudrait sans doute que je m'accroche à cette idée intéressante pour ne pas sombrer de nouveau dans l'incompréhension et la déprime. Je pourrais même faire ce que je veux de cette année. Rencontrer Vincent de nouveau et le séduire plus rapidement pour profiter de mois plus intense en émotions qu'une seule nuit enchanteresse. Recommencer inlassablement ensuite les mêmes scènes avec le même plaisir en sachant que tout de nouveau renaîtra. Ou démissionner et partir à l'autre bout du monde pour oublier Vincent et mon profond amour pour lui. Voyager comme un Highlander et profiter de ma longue vie pour tout connaître du monde.

Mais ne jamais rien construire, ne jamais porter d'enfants, ne jamais évoluer avec l'homme que j'aime à mes côtés... tout le reste me parait dérisoire.

Allez, je vais me lever.

Il me semble que l'odeur de Vincent est encore collée sur ma peau. Cela ne peut être un rêve. Mon appartement est vide. J'ai beau chercher dans tous les recoins, j'ai beau l'appeler, tout ce que je vois ce sont mes yeux secs. C'est étrange, pour Jordan j'avais pleuré toutes les larmes de mon corps. Pour rien d'ailleurs. Pour Vincent, ma peine est beaucoup plus profonde. L'attachement que l'on ressent pour une personne ne se mesure pas en nombre de larmes ou de cris de désespoir. Non, mes larmes ne coulent pas mais je pleure à l'intérieur et c'est

douloureux. Physiquement parlant, c'est quasiment insupportable. Je ressens la peine, je mesure l'ampleur de mon désarroi en dedans. Ou alors peut-être que Vincent est juste rentré chez lui. Passer la nuit avec moi, ce n'était pas dans ses intentions. Je suis tellement concentrée sur mon mal être que je ne fais pas de suite attention aux deux bras qui m'entourent la taille.
– Tu es debout ! Et je voulais te faire la surprise.
Je me retourne complètement chamboulée.
– Vincent ?
– Quoi ? Tu as l'air surpris.
– Quel jour sommes nous ?
Son rire me fait l'effet d'une cascade rafraichissante.
– C'est la première fois qu'on me le fait ce coup là ! Un bonjour *Vincent chéri* est au dessus de tes forces ? Toi tu préfères connaître la date. Nous sommes le 1er septembre. Et l'heure, tu veux savoir l'heure qu'il est ? Sept heures du matin.
Je délaisse ses bras un instant car je dois aller vérifier quelque chose. Je sors mon portable et la date s'affiche/ 1er septembre 2020. Je bondis de joie, je me jette dans les bras de Vincent, je ris. Et lui me serre très fort contre lui. Peut-être pour que j'arrête de sautiller.
– Je ne voulais pas te réveiller, me dit-il au creux de l'oreille. Je suis allé prendre des viennoiseries, je comptais préparer le petit déjeuner avant ton réveil.
Il me repousse tendrement, pose le sachet de croissants sur la table puis me dit d'un air plus sérieux :
– Tu croyais que j'étais parti dans la nuit, sans te dire au revoir ?
– Oui je réponds en toute franchise. J'avais peur que tout ça ne soit qu'un rêve et qu'au matin au réveil tu aies disparu.
– Je serai là tous les soirs et tous les matins, tant que tu voudras de moi.
– Oh Vincent !

Je colle son torse contre ma poitrine. Je veux entendre son cœur battre à l'unisson du mien. C'est alors qu'il me caresse les cheveux et qu'il me dit :
– Tu as faim ?
– Je suis affamée.
Je pose mes lèvres goulument sur les siennes puis je l'entraîne vers le lit.

Je remercie ma famille qui m'a toujours soutenue dans mes idées un peu *délirantes* à chaque fois que j'écris une nouvelle histoire.

Merci à mes enfants qui sont toujours heureux pour moi quand je termine enfin chacun de mes romans.

Merci à Dominique ma petite soeur adorée qui a réussi, un jour où je n'arrivais plus à avancer dans l'histoire, à me donner une phrase qui, à elle seule, a réussi à déclencher les chapitre suivants.

Et merci à Véronique Audelon, une véritable professionnelle, toujours à l'écoute de mes envies pour la création de cette couverture. Si un jour vous êtes à la recherche d'une couverture pour votre livre, allez voir son site Veronika.

Merci à BoD pour son sérieux et sa compétence.

Et merci à vous chers lecteurs et lectrices qui me suivez depuis quelques années déjà. Bien le bonjour à ceux qui ne me connaissaient pas encore.

A bientôt pour de nouvelles histoires.

Cristiana.